U0075373

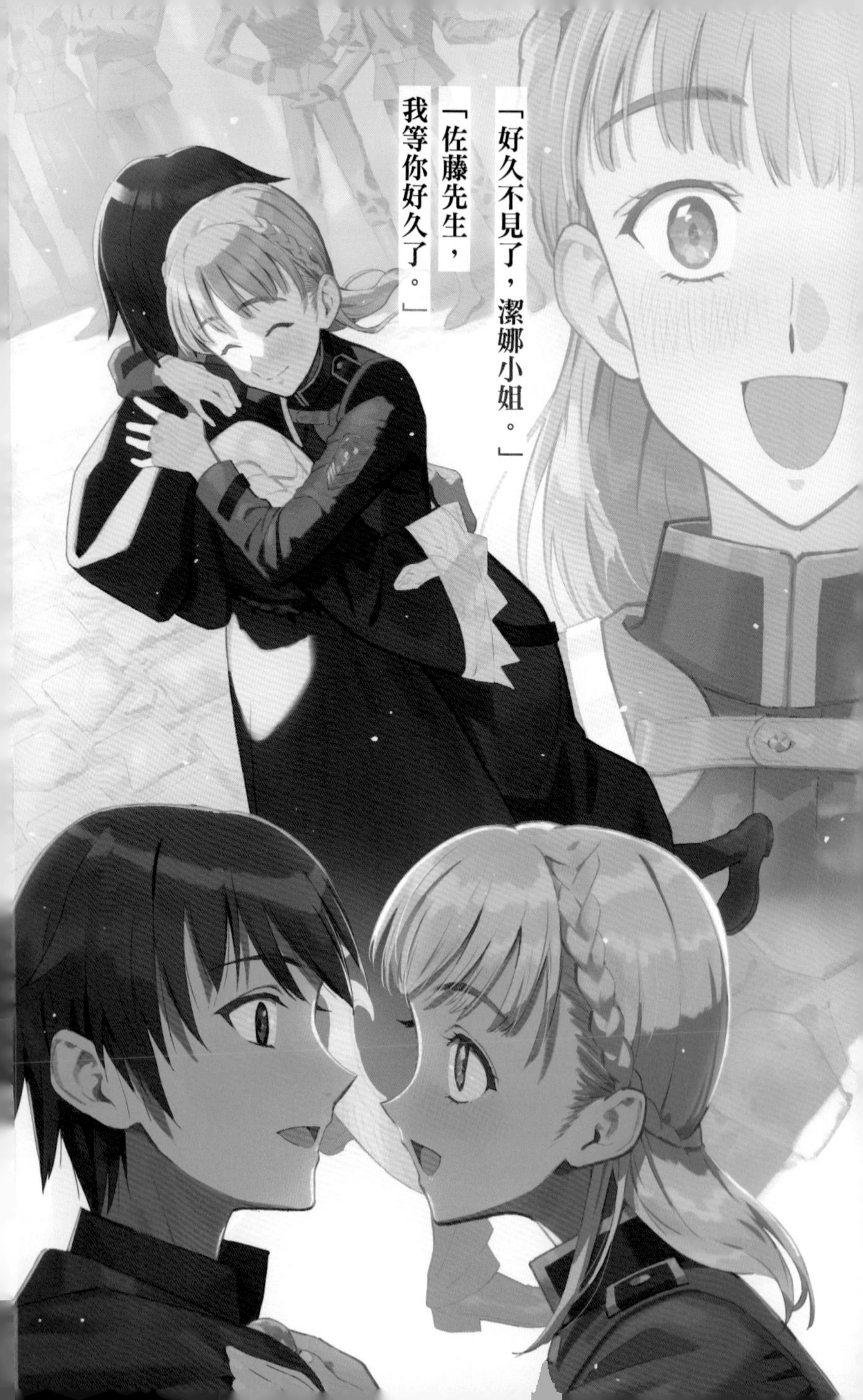
「好久不見了，潔娜小姐。」
「佐藤先生，我等你好久了。」

爆肝工程師的異世界狂想曲

27

愛七ひろ

Death Marching to the Parallel World Rhapsody

Presented by Hiro Ainana

Kadokawa Fantastic Novels

插畫／shri

CONTENTS

Death Marching to the Parallel World Rhapsody

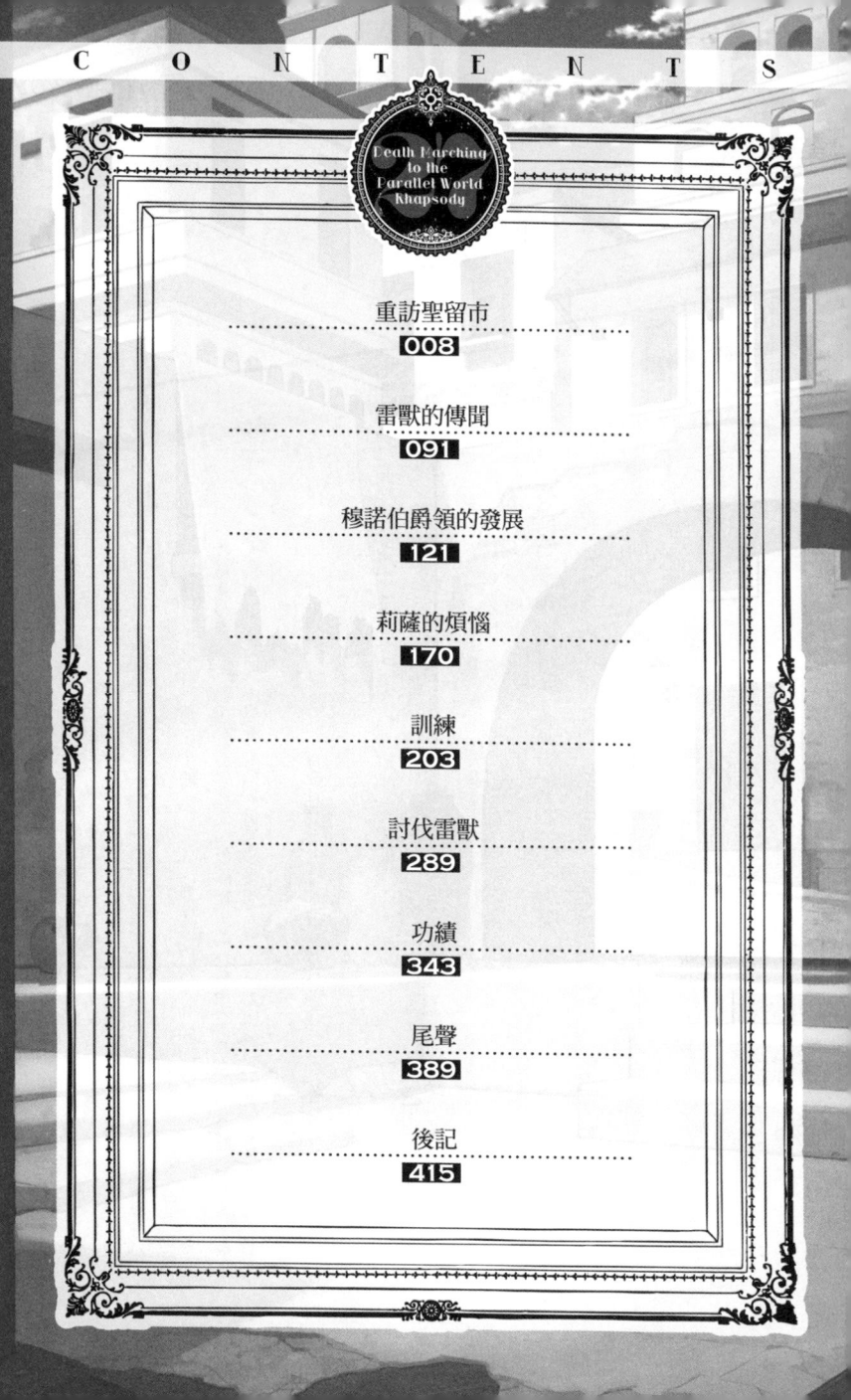

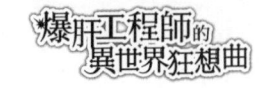

重訪聖留市

「我是佐藤。過去曾經有人說過：『無論醫生還是草津溫泉，都治不好相思病。』就算到了現代，戀愛的煩惱仍無法盡如人意。這點即使到了異世界也一樣──」

「主人，前面可以看見聖留市的外牆塔，我這麼報告道。」

騎在馬上這麼報告的，是有著金髮碧眼和巨乳的娜娜。雖然她看起來只是個妙齡美女，其實是個實際年齡剛滿一歲的魔造人。

「佐藤，天上。」

和娜娜騎著同一匹魔像馬的蜜雅抬頭仰望並指著北方的山脈。

她那隨著馬匹奔跑節奏飄動的淡綠色頭髮因為頭部的動作劇烈晃動，露出精靈族特徵的微尖耳朵。

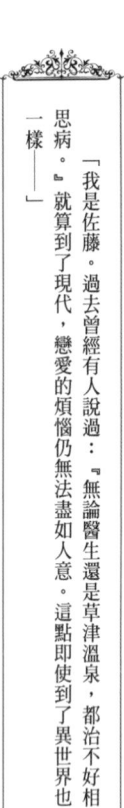

「主人，看來似乎是飛龍。」

橙鱗族的莉薩用手遮擋陽光，騎在馬上仰望北方山脈這麼說。

由於她今天只穿著輕便的鎧甲，在陽光的照耀下，她脖子和手臂上的橙鱗族特有橙色鱗片散發著燦爛光芒。

「獵物～？」

「是肉先生喲！」

聽見有飛龍，有著白色短髮、長著貓耳貓尾的幼女小玉，以及留有一頭鮑伯短髮的犬耳犬尾幼女波奇從馬車車窗跳了出來。

——LYURYU。

嬌小的幼龍溜溜從波奇胸口的吊墜——「龍眠搖籃」中現身。

溜溜平時都在龍眠搖籃中打瞌睡，似乎受到波奇愉快的氣氛影響而醒了過來。

「能夠跟飛龍交手，真讓人躍躍欲試呢。」

坐在馬車另一邊座位上緊握拳頭說出英勇臺詞的，是超越爆乳的魔乳擁有者，留有金色蛋捲頭的千金小姐卡麗娜。

由於她為了能夠隨時裝備中意的武具「獸王葬具」而穿著騎馬服的緣故，身體曲線十分明顯，讓人不知道視線該往哪裡擺。

不過，還不到因為馬車震動搖晃的胸部那種程度就是了。

「啊，抱歉。因為位置剛好，我就把牠射下來了。」

留著長黑髮的和風美少女露露坐在駕駛座上這麼說。

她擁有即使在編撰故事中也相當罕見的超級美貌，作為狙擊手的本領在希嘉王國也算屈指可數。

「我來回收～」

「波奇也要一起去喲！」

小玉用忍術鑽進影子裡，波奇和溜溜也一起跳了進去，從馬車裡消失了。

她們一定是去回收被擊墜的飛龍了吧。

慢了一步的卡麗娜看起來有些寂寞。

「她們兩個真有精神耶～果然要讓小孩子乖乖坐在馬車裡是不可能的呢。」

轉生者幼女亞里沙在我身邊說著充滿老奶奶風格的臺詞。

因為現在身邊只有自己人，她正大光明地露出自己被稱為不祥象徵的紫色頭髮。

「畢竟離開庫沃克王國之後，就幾乎沒有遇到魔物啊。」

肯定是覺得很無聊吧。

「說到庫沃克王國，沒關係嗎？」

亞里沙曖昧不清地詢問。

「妳是指後輩的事嗎？」

「嗯，你們以前很熟吧？把他留在庫沃克王國真的好嗎？」

「他好像在這裡成家了，本人似乎也想留在庫沃克王國，這也是沒辦法的事。」

和沙珈帝國的兩位新勇者一起討伐了優沃克王國出現的魔王之後，在經過庫沃克王國時，我出乎意料地和在日本時認識的後輩重逢了。

那是我和夥伴們一起在庫沃克王國的城下町散步時發生的事——

◇◇◆◇◆◆

『鈴木前輩！』

在酒館前撞到的黑髮少年呼喚我的本名。

「難不成你是——」

出現在我面前的黑髮少年——不，青年是我認識的人。

是我來到異世界前，必須爆肝加班的原因。

『——公司後輩？』

失蹤的公司後輩就在這個異世界。

『咦？前輩，感覺你縮小了耶？年紀好像也變年輕了？難道是弟弟？不過他用後輩來稱呼我耶？』

『你喝醉了嗎……』

『才沒喝醉！我痕正常！』

連話都說不清楚了。

「不好意思，貴族大人！我家的老爺失禮了！」

一名具有威嚴感的女性衝出酒館，抓住後輩的頭一起向我低頭致歉。

「既然叫他老爺，代表您是她的妻子嗎？」

「是、是的，我是雷吉的老婆——」

「嘿嘿嘿～我在這裡娶到老婆了。」

他在日本時明明對女人沒興趣——要是講出這種話，感覺會被吐槽「這句話輪不到你來說」呢。

「主人，我們不如移動到稍微安靜一點的地方吧？」

亞里沙這麼建議，因此我帶著後輩和他的妻子離開了吵鬧的酒館前。

這段期間後輩的妻子為了避免受罰拚命地說著後輩的好話，可是我在移動中說出自己是後輩熟人的事，成功讓她放下心來。

由於覺得事情會變得有些複雜，為了支開卡麗娜小姐，除了亞里沙之外的人都跟我們分頭行動。

「好苦！」

為了讓喝醉的後輩恢復正常，我餵他喝下能促進酒精分解的魔法藥。

因為味道很苦，後輩打算制止我，不過我擺出前輩的架子說著「乖乖喝下去」，強行讓他把藥喝光。

「太過分了啦～鈴木前輩——呃，叫你鈴木前輩可以吧？」

「是啊，這樣稱呼就可以了。」

要是被公司同事叫做「佐藤」，會有種被用社群網站的暱稱來稱呼的感覺，讓人覺得有點羞恥。

「那麼，本來應該待在日本的你為什麼會來到庫沃克王國呢？」

「嗯——我想想，大概是在公司過夜工作的時候吧？我出去買宵夜時，被一個說著關西腔的奇怪中年男性纏上，打算逃走時眼前出現了一個大型的紫色圓環。鑽進裡面之後，我就來到像是石造城堡之類的地方了。」

他接過夫人端來裝有井水的杯子喝了一口繼續說。

後輩的妻子說著「又把臉遮住了！」，生氣地將後輩的頭髮綁在頭上讓他露出臉龐。他在公司的時候是個會堅持用瀏海遮住眼睛的人，看來他似乎無法反抗老婆。

「我在那裡遇見了一個紫色頭髮的超級美女，她身邊跟著許多角色扮演成騎士，以及打扮得像是電影裡魔法使一樣的人。」

他口中的「紫色大型圓環」，大概就是通往異世界的轉移門吧。

那應該是紫色頭髮的美女——轉生者的獨特技能。

「等等，雷吉，你才剛結婚不久就想出軌嗎？」

「不、不是啦！我對老婆妳可是一心一意！所以拜託妳，把舉起的拳頭放下來吧！」

後輩和老婆起了爭執。

「前輩，請不要冷眼旁觀，來幫忙啦。」

「那麼，召喚你的那些人說了些什麼呢？」

「因為他們說著莫名其妙的外國話，我完全聽不懂。」

這麼說來，他沒有語言系的技能。

看來他靠自己記住了庫沃克王國語言的樣子。

他似乎善用了自己每次去海外旅行都會記住當地語言的特殊經驗。也就是興趣——一技之長勝過千金呢。

「啊，不過那個紫髮的美女——」

「喂，還要講那個女人的事嗎？」

「等一下！這是在講正經事啦，好嗎？」

後輩一邊哄著老婆，一邊說了下去。

「其他人好像用『尤里可』來稱呼她。」

尤里可——這是盧莫克王國的梅妮亞公主說過，擁有從其他世界隨機召喚人物能力的轉生者名字。

恐怕召喚他的國家，就是盧莫克王國吧。

「她身邊有戴著王冠的人嗎？」

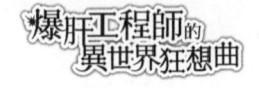

「呃——這麼說來，印象中好像有耶……抱歉，我不記得了。因為之後發生的事情實在太具衝擊性……」

「衝擊性？」

「沒錯，就是那樣！當時出現了一個像是巨大黑色惡魔般的怪物。那個比大樓還大的怪物用牠那大到誇張的手抓住了我。」

「——會是魔族嗎？」

「大概是吧。」

這也符合從盧莫克王國的梅妮亞公主那裡聽到的第八位被召喚者的故事。

「被抓的人只有你嗎？」

「抱歉，因為當時我非常緊張，已經不記得了。」

唉，這也沒辦法。

要是被召喚之後立刻被大型魔族抓住，就算是我也會驚慌失措陷入恐慌吧。

「抓著我的怪物飛上了天空，然後——」

將後輩一副想吐的模樣說出的內容作個總結，那個抓著他的魔族似乎用雷電和火焰將召喚大廳破壞殆盡。

他太過害怕而閉上眼睛，因此不知道地上的人究竟發生了什麼事。

根據梅妮亞公主的說法，參與召喚的人似乎都被魔族全滅了，所以我認為沒看是正確

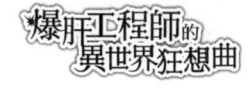

的。要是不小心看到，大概會變成心理創傷吧。

「我昏了過去，所以不太清楚後來發生的事，可是牠在跟這裡不同的城裡降落——」

說到這裡，後輩像是想到什麼似的露出恍然大悟的表情。

「對了！當時牠把纏著我的中年男性扔在了那裡！」

「中年男性是指在原本世界找你麻煩的人？」

「沒錯。」

那個中年男性該不會——

「會是真的父親嗎？」

「可能性很高。」

儘管大叔魔王擁有獨特技能，牠的技能和企圖篡奪優沃克王國的「幻桃園的魔女」繆黛和弟弟基基拉一樣。按照新勇者們的說法，他似乎也不是紫色頭髮的轉生者。

我說出真父親的特徵之後，得到了和纏著後輩的中年男性一致的答案。看來被盧莫克王國召喚的人不止八個，而是九個。

「然後怪物再次飛上天空，把我丟在這個國家的城堡前面。」

「魔族為什麼要做這種事啊？」

「不知道耶？」

後輩搖了搖頭。

魔族就此消失，幾天後好像發生了城堡和離宮起火的事件。

「是我和露露逃出離宮的那件事呢。」

「當時魔族沒有和你接觸嗎？」

「不，完全沒有。只不過……雖然只有遠遠地看，好像跟送我過來的怪物是不同種類的樣子。」

兩件事分別是由不同魔族做的嗎？

不過，燒掉亞里沙她們居住的離宮和王城的，似乎是和她前家臣締結契約的魔族，我不認為兩者有所關聯。

「然後我在城堡前面發現了不知所措的老爺，把他帶回了家裡。」

「哦～真虧妳敢把不認識的男人帶回家呢。」

「因為他穿著沒見過的華麗服裝，我認為肯定是個大人物，才會照料他啦。」

夫人將後輩之後發生的事告訴了我。

她起初見到穿著西裝的後輩，為了禮金才接近他，可是後來還是基於自己好管閒事的性格照顧了他。當後輩自行學會庫沃克王國的語言時，兩人似乎已經發展成男女關係。

「要跟我們一起走嗎？雖然暫時還不知道回去原本世界的方法，可以不用煩惱金錢的問題喔？」

「抱歉，我要留在這個國家。畢竟還有她在，而且我也單方面地受到她的父母和這個城鎮的人不少照顧。」

「你打算在這裡度過一生嗎？」

「是的。」

後輩用充滿男子氣概的表情回答。

不過隨後他立刻——

「啊，不過！要是知曉了回去日本的方法，還請告訴我！我想看一直在追的連載少女漫畫和動畫的後續！」

「我懂！」

他和亞里沙意氣相投地這麼說，破壞掉了原本的氣氛。

雖然把他丟在這個嚴峻的世界讓我很擔心，只要留下拋棄式的緊急聯絡裝置、暫時不愁吃穿的金錢以及魔法藥，就沒問題了吧。

畢竟也拜託艾路斯替我暗中關照他了嘛。

◆◆◇◆◇◇

在我回憶這些事情的時候，馬車來到能夠看見聖留市外門的地方。

「好多人喲！」

「嘉年華～？」

「我認為這個時期應該沒有那種東西才對……」

獸娘們偏著頭看著擁擠的大門。

由於我之前待在聖留市的時間很短，記憶有些模糊，但是從來沒有白天這麼多人排隊的印象。

「主人，守衛說貴族要從其他地方進行入市審查，我這麼報告道。」

先一步騎馬去了解情況的娜娜和蜜雅回來了。

露露駕著馬車離開隊伍，前往在正門等待的守衛前面。

等在那裡的，是個我認識的人物。

「請在那裡停車。這是哪位貴族大人的馬車呢？」

「好久不見了，騎士索恩。」

他是我初次來到聖留市時，替我辦理手續的騎士。

「哦～我記得你好像是潔娜小姐的戀人吧？」

看來他似乎還記得我。

「潔娜小姐不是戀人，而是朋友。」

「是這樣嗎？算了，就當作是這樣吧。」

騎士索恩這麼說著看向馬車。

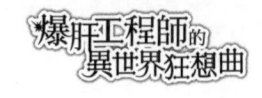

「那麼，你現在在當貴族大人的僕從嗎？」

「不，我不是僕從，而是貴族。」

我這麼說著，將貴族身分證拿給他看。

「貴族？你之前作了謊報嗎？」

「不是的，在那之後我在穆諾伯爵領成為了貴族。當時不是用大和石作了鑑定嗎？」

「這麼說來的確是呢。」

因為騎士索恩露出了不悅的表情，我為了解開誤會而說出真相。

「如果是穆諾領，就算當上名譽士爵也沒什麼不可思議——」

看向身分證的騎士索諾表情當場僵住。

「子爵……？偽造身分可是重罪喔？」

「——潘德拉剛大人！」

排隊等候的商人們打斷騎士索恩嚴肅的聲音。

「果然是潘德拉剛大人！」

對方裝得跟我很熟的樣子，然而我並不認識他。

「潘德拉剛？是『弒魔王者』嗎！」

「你說這位就是傳聞中的『弒魔王者』潘德拉剛子爵大人！」

周圍的商人們就像見到名人的追星族一樣鼓譟起來。

順帶一提，他們都是王都的商人，而且似乎是單方面認識我。好像有不少人是因為聖留市的迷宮熱潮才會過來。

我一邊回應想要握手的人們，一邊向對話被打斷的騎士索恩道歉。

「不，剛剛實在失禮了。」

「發生什麼事了嗎？因為他們的聲音太大，我沒聽見。」

由於把其他領地的子爵當作偽造身分的人很嚴重，我假裝自己沒聽見。

「非常感謝您——派人通知伯爵大人，就說穆諾伯爵領的潘德拉剛子爵大人來訪。」

接到騎士索恩的命令，守衛跳上馬朝城堡的方向離去。

雖然他邀請我前往貴族用的等候室，因為光是等待也很無聊，我決定請他們保管馬車，先去門前旅館或萬事通屋之類的地方逛逛。

◆

「我去找悠妮喲！」

「耶耶～」

波奇口中的「悠妮」，是在門前旅館擔任侍女的小女孩。

雖然「萬事通屋」離大門比較近，由於波奇和小玉靜不下心，我們決定先去門前旅館。

「波奇，要是溜溜在門前旅館現身會引起騷動，龍眠搖籃給我保管吧。」

「好的喲。」

波奇將吊在脖子上的龍眠搖籃交給我。

或許是因為剛剛在回收飛龍時玩鬧了一番，溜溜似乎在龍眠搖籃裡睡得很沉。這樣就算波奇她們再怎麼吵鬧，應該也不會被吵醒。

「午安。」

門前旅館一樓的餐廳是客滿的。

「啊！佐藤先生！好久不見了！」

擔任招牌女店員的瑪莎抱上來表示歡迎。

她還是老樣子，擁有一身不像十三歲的豐滿身材。不對，因為已經過了新年，現在是十四歲嗎？

「最近還好嗎，瑪莎？」

「嗯，當然！」

話說回來，明明已經過了將近一年，真虧她還記得我的名字。

該說不愧是門前旅館招牌女店員的記憶力嗎？

「好了，分開、分開。」

「嗯，不要臉。」

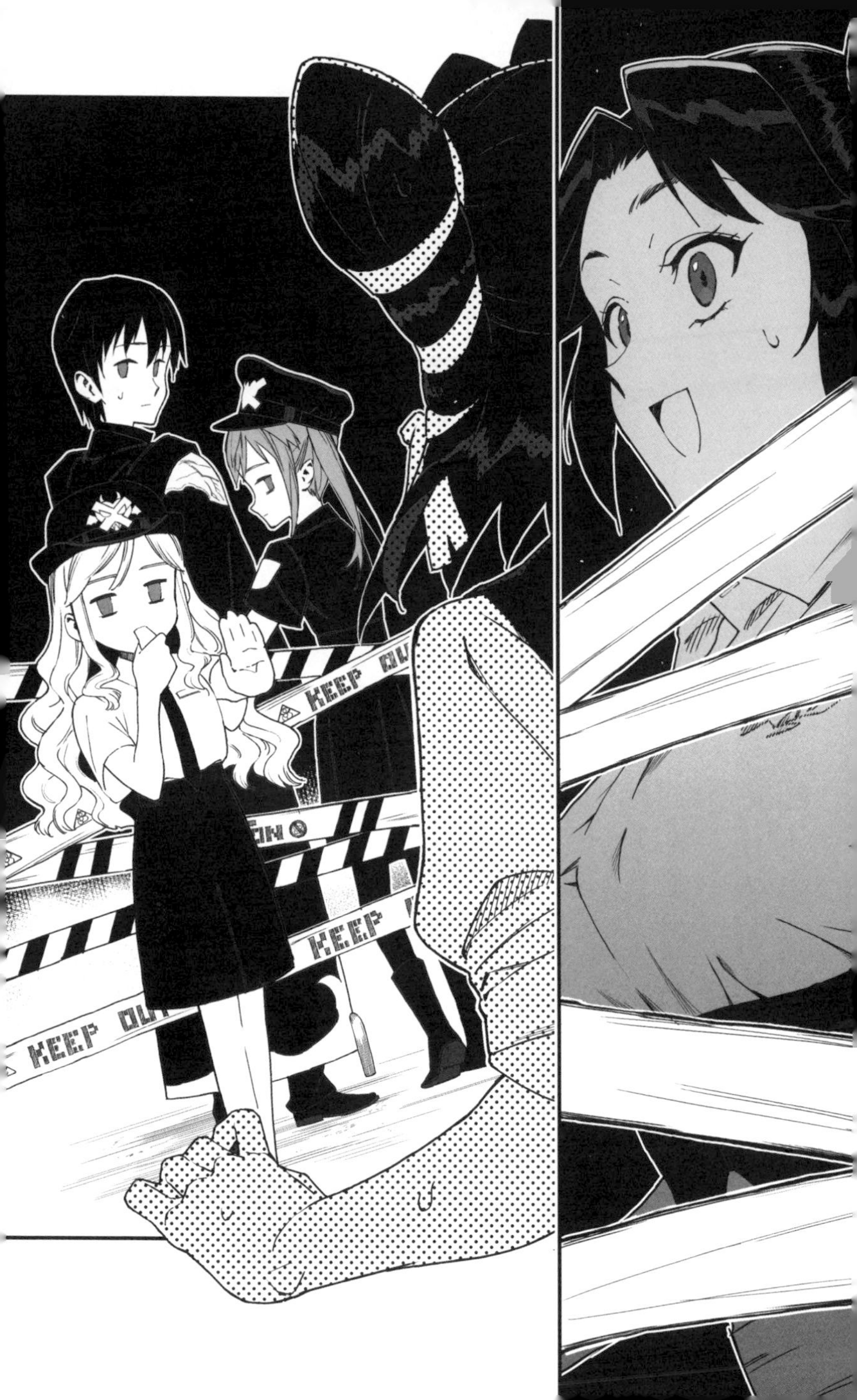
KEEP OUT
KEEP
KEEP

亞里沙和蜜雅熟練地介入，拉開我和瑪莎。

「悠妮在嗎～？」

「是悠妮喲！」

見到悠妮從店內深處走出來，小玉和波奇衝了過去。

「喂！獸人不要進來店裡！」

一名看似本地人的青年挑毛病似的用不耐煩的語氣大聲斥責小玉和波奇。

遭到斥責的兩人縮起身子，表情一副快要哭出來的模樣。

這麼說來，聖留市好像是個相當歧視獸人的地方。

「小玉，波奇。」

我跑到兩人身邊，她們隨即像求救似的緊緊抱住了我的腰。

「既然是飼主，就該牽好自己的寵物！」

我有點不爽了。

就算再怎麼嚴重，也不代表我必須忍受歧視。

「那邊那位，被你當成寵物的這些孩子可是貴族喔。」

大概是威迫技能不小心啟動的緣故，明明我努力用溫柔的語氣說明了，歧視青年的臉色很難看。

「貴、貴族？——你是要我跟貴族養的狗低頭嗎！」

或許是遭到威迫的事傷到了青年的自尊心，他用自暴自棄的表情開口頂撞我們。

「看來您似乎誤會了什麼呢。她們兩位都由國王陛下直接授動為名譽士爵，是不折不扣的貴族。」

「那種事怎麼——」

我打斷仍想垂死掙扎的歧視青年，接著繼續說：

「而且她們並非受到高位貴族功績的影響，而是憑藉自己的武勇得到了爵位。你想嘗嘗她們那能夠屠殺迷宮強大魔物與魔王手下的刀刃嗎？」

我用壞心眼的表情繼續追問著歧視青年。

一名坐在附近、身穿商人風格服裝的男性代替嘴巴不停開闔的歧視青年站了起來。

「嬌小的耳族名譽士爵——是基修雷希嘉爾扎三姊妹嗎！既然那些孩子是的話——那麼這位橙鱗族女性就是基修雷希嘉爾扎名譽女準男爵！打敗希嘉八劍『不倒』祖雷堡卿的『黑槍』莉薩大人！」

男性商人露出發燒般的表情跑了過來，感動不已地要求莉薩跟他握手。

「主人……」

露出困擾表情的莉薩也挺難得一見的。

「獸人居然能當上準男爵……」

「怎麼？有意見的話，你就給我滾出去！」

「說得沒錯！酒都變難喝了！」

雖然歧視青年仍是一副無法接受的表情，由於掃了周圍商人們的興，被趕出了餐廳。

「佐藤先生是『弒魔王者』，然後獸人是準男爵？」

大概是跟不上話題，瑪莎一副頭暈腦脹的樣子陷入了混亂。

「在門口吵什麼呢——客人，好久不見了。之前您跟信件一起送來的梳子和小鏡子，我用得很珍惜喔。」

老闆娘從店裡深處走了出來，對許久之前送信跟土產過來的事向我道謝。

「這麼說來，聽說您當上貴族了呢，恭喜您。難得您特地前來，可是很抱歉，因為現在來了很多外地商人，已經沒有空房間了。」

雖然她說兩三天後就能準備空房間，這次我不打算待那麼久，因此我道謝並回絕了她的提議。

由於想讓悠妮和波奇她們玩，我和老闆娘商量在中庭準備桌椅座位，讓悠妮負責接待。

這是之前聖留市被魔物襲擊時，作為感謝我們保護門前旅館而被招待享用美食的位置。

因為只能待到城堡的人前來迎接，我們沒有點正餐，而是點了些輕食。

「我有好好看完波奇和小玉寄來的信喔。妳們也有看我寫的信嗎？」

「Yes～」

「我好好收起來了喲！」

小玉和波奇從妖精背包裡拿出悠妮寫的信。

寄信給門前旅館時，我也事先做好了收信的準備，因此很順利地就收到回信。畢竟侍女的薪水無法負擔這個時代的寄信費用。

三個小女孩開心地聊著天。

——LYURYU。

當我將「龍眠搖籃」還給波奇時，嬌小的幼龍溜溜從裡面冒了出來。

「哇啊，好可愛！這孩子是？」

「牠是溜溜喲！溜溜，這個人是悠妮，是波奇跟小玉重要的朋友喲！」

——LYURYU。

降落在波奇頭上的溜溜伸長脖子，向悠妮打招呼。

「希望也讓我加入，我這麼告知道。」

「好的喲！娜娜也要一起喲！」

看到溜溜加入，她似乎忍不住了。

娜娜讓悠妮坐在自己的大腿上，加入小女孩們的話題。

「佐藤先生，讓您久等了。」

在我守望著孩子們時，瑪莎將和人數相同分量的法式鹹派端了上來。

這是我第一次在門前旅館住宿時吃過的法式鹹派。

「哇！這孩子是誰？」

「牠是溜溜喲！是波奇和小玉重要的朋友喲！」

——ＬＹＵＲＹＵ。

「哦～牠不會咬人吧？」

「謀問題～」

「沒錯喲。溜溜是乖孩子，不會咬人喲！」

瑪莎或許不擅長應付爬蟲類，一邊跟溜溜保持距離，一邊將法式鹹派擺到桌上。

「這是今天剛做好的，所以比之前更好吃喔！」

「謝謝妳，看起來真的很美味呢。」

這麼說來，印象中門前旅館是在上菜的時候支付費用。

「多少錢？」

「媽媽說這是禮物的回禮，所以不用錢。」

因為覺得有些過意不去，我將門前旅館用得到的腿肉當作伴手禮送了出去。

「媽媽，佐藤先生給了我們肉！」

「瑪莎，這樣對貴族大人很失禮喔。要叫士爵大人。」

老闆娘拿著裝有蘋果水的水壺以及跟人數相同的杯子，斥責瑪莎的用詞。

這麼說來我好像沒說過自己升上子爵了。

「給我們這麼好的肉真的好——可以嗎？反而讓您費心了呢。」

老闆娘好像也不擅長使用面對貴族的敬語。

「我收到了很多，請別客氣。」

「那麼我就收下了。」

因為光靠老闆娘和瑪莎兩人搬不完，我請露露和莉薩一起幫忙搬肉。

搬完回到這裡之後，瑪莎投來詢問：

「既然是士爵大人，代表跟馬利安泰魯小姐一樣嗎？」

「情報太舊了！主人已經是子爵了喔！」

亞里沙訂正瑪莎的說法。

「哦～那樣很厲害嗎？」

看來瑪莎似乎不了解貴族的階級，一副不太明白的樣子偏著頭。

「比起這個，讓我聽聽『弒魔王者』的故事吧。該不會還跟勇者大人見過面吧？」

「那當然有嘍。」

亞里沙在能說的範圍內，生動有趣地說出在巴里恩神國的冒險故事。

不知道從什麼時候開始，連悠妮她們也豎耳聆聽著亞里沙的故事。

「佐藤。」

蜜雅扯了扯我的袖子。

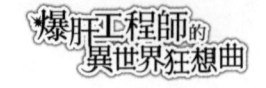

「萬事通屋。」

「說得也是，先去露個臉吧。」

「嗯。」

「主人，我也一起去。我也想跟娜迪小姐打聲招呼。」

「知道了，那就一起走吧。」

我把這裡交給莉薩和亞里沙，帶著蜜雅和露露一同前往萬事通屋。

「午安。」

「哎呀！歡迎光臨，佐藤先生。」

走進萬事通屋的門後，二十多歲的美女娜迪小姐隨即前來迎接我。

雖然瑪莎和老闆娘也是這樣，做生意的人記憶力還真是驚人呢。

「店長！佐藤先生和蜜雅上門嘍。」

在店內深處沙發上小睡的精靈店長尤薩拉托亞將原本戴得很低的帽子掀起來。

露出和蜜雅同樣顏色的頭髮，以及被帽子遮住的微尖耳朵。

「尤亞，我來了。」

「蜜雅嗎？」

「嗯。」

店長和蜜雅用單字交談。

「還好嗎？」

「嗯，伴手禮。」

蜜雅將波爾艾南之森寄放給店長的信和禮物交給他。

「娜迪小姐，這是王都和西方諸國的土產。」

「哎呀，是稀有的茶葉和可愛的小東西呢。謝謝您。」

我一邊看著店長和蜜雅的對話，一邊默默看著露露將土產交給娜迪小姐。

「——子爵大人，您在這裡啊。」

當我們正在和娜迪小姐她們聊天時，騎士索恩前來呼喚我們。

「子爵大人在這裡！」

騎士索恩向店外的同伴大喊。

我不經意地朝雷達看了一眼，發現表示同伴和熟人的藍色光點增加了。

「佐藤先生！」

我跟著騎士索恩走出店外，只見馬利安泰魯家的潔娜小姐身穿領軍的士官服站在門外。

她那金黃色的頭髮在陽光的反射下閃閃發光，而且臉上掛著不輸給太陽的燦爛笑容，對於跟我再次見面感到高興。

「好久不見了，潔娜小姐。」

「佐藤先生，我等你好久了。」

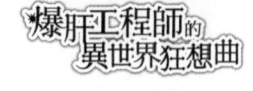

當我們用簡單擁抱慶祝重逢時，後方的騎士索恩有些尷尬地咳了幾聲。

「——啊，不好意思。我是替聖留伯爵來迎接各位的！歡迎潘德拉剛子爵來訪！」

潔娜小姐進入工作模式向我敬禮。

在門前旅館的夥伴們也在悠妮和瑪莎的目送下走了出來。沒有見到溜溜的身影，看來牠已經回到龍眠搖籃中的樣子。

我們在前來迎接的騎馬部隊護送下前往城堡，在抵達城堡前的短暫路程中，我和潔娜小姐聊起近況。

傭人們——女僕和執事們整齊地列隊在城堡的玄關大廳迎接我們。

明明是突然來訪，還真是盛大的歡迎呢。

「——咦？獸人？」

「明明是人族，卻長著獸耳和尾巴耶？」

我的順風耳技能聽見傭人們的竊竊私語。

見到獸人之後，在遠處的家臣和前來迎接的傭人們紛紛皺起眉頭。

看來就連城裡也有許多對獸人抱有歧視的人。

◆

「歡迎你的到來，潘德拉剛子爵——不，還是叫你『弒魔王者』大人比較好呢？」

「不，我並沒有做出能被那種誇張稱號形容的行為。」

被帶到會客室的我正在和聖留伯爵交談。

其他夥伴們也和潔娜小姐一起在隔壁房間和伯爵夫人愉快地聊天。

「是這樣嗎？」

聖留伯爵露出意味深長的眼神看著我。

由於不知道伯爵想表示什麼，我等著他的下一句話，於是伯爵在觀察我的反應之後，繼續開口說：

「根據我指使潛入優沃克王國的密探報告，他似乎見到閣下和沙珈帝國的新勇者們一同行動喔？」

唉呀，雖然是鄰國的事，情報傳得真快。

「您的消息真靈通呢。是琳格蘭蒂大人在公都請我幫她的忙。」

「哼，畢竟是那位公主殿下，你肯定是被她強行帶走的吧？」

雖然他說得並沒有錯，此時也不能隨便表示同意，因此我用日本人風格的曖昧笑容蒙混了過去。

「為了以防萬一，直到幾天之前我們都做好了能隨時應對的準備。不過託你們的福，不用出兵事情就解決了，謝謝你。」

「您該道謝的人不是我，而是沙珈帝國的兩位新勇者。」

「聽說是很年輕的勇者呢。可以說說潘德拉剛卿對他們的看法嗎？」

「那麼，恕我冒昧——」

我開始講述遇到的兩位新勇者——特色是飛機頭的勇者陸和以瞇瞇眼作為特徵的勇者海的活躍表現，以及他們重視夥伴的性格。

「看來潘德拉剛卿相當認同那兩人呢。他們真的那麼有魅力嗎？」

「雖然兩人還年輕，面對魔王的威脅能夠不畏懼地發起挑戰的模樣，我認為才是勇者應有的姿態。」

「年輕？依照密探的說法，他們的年紀應該跟潘德拉剛卿差不多才對啊？」

這麼說來的確是呢。

因為我目前是十六歲，反而是兩位新勇者比我年長一些。

「不好意思，因為我經常跟年長的人接觸。」

我借助詐術技能，先用這種說法蒙混過去。

「這麼說來勇者無名大人好像也去優沃克王國了，閣下見到他了嗎？」

「不，雖然從遠方見到了各位從者大人的戰鬥，由於受到魔王製造的霧氣妨礙，沒能直接看見勇者無名大人和魔王的戰鬥。」

聖留伯爵仔細地觀察我的言行舉止聆聽著。

儘管沒有理由，感覺他好像在懷疑我是勇者無名。

「這樣啊，那還真是遺憾。」

伯爵用不帶情緒的語氣這麼說，接著說「另外——」拋出另一個話題。

「對於討伐了出現在聖留伯爵領迷宮上級魔族的銀面具勇者大人，你有什麼看法？」

「您的意思是指？」

因為不太清楚他想表達的意思，我試著確認他這麼問的用意。

「有很多人認為他跟勇者無名大人是同一人，但是我並不這麼認為。」

「是這樣嗎？」

毫無疑問是同一個人喔？

「我之前也覺得他們是同一人，不過在王都見到勇者無名大人和王祖——光圀女公爵的戰鬥方式之後，我對這個想法產生了質疑。」

「有什麼讓您在意的事嗎？」

「你沒有發現嗎？」

「因為我沒有直接見到在『惡魔迷宮』出現的銀面具勇者大人。」

畢竟我沒照鏡子。

「他們的戰鬥方式有所不同。」

聖留伯爵說「我也沒有直接見到」之後，這麼繼續說。

這麼說來，我在「惡魔迷宮」戰鬥時沒有裝備勇者稱號，也幾乎沒有使用聖劍，魔法也只用了從卷軸學到的「小火焰彈」而已。服裝也和能自由使用中級攻擊魔法的勇者無名不一樣，會覺得形象不同也很正常。這麼一說，我當時好像也沒使用閃驅和天驅呢。

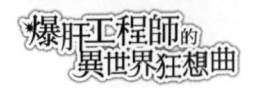

「會不會是在戰鬥中成長了呢？」

「在短短幾個月內？再怎麼說也不可能吧？」

聖留伯爵對我說的話一笑置之。

明明我說的是事實，真是無法理解。

「銀面具勇者大人好像也在穆諾伯爵領——當時是穆諾男爵領——陷入危機的時候現身了吧？」

「是的，他拯救了窮途末路的我們。」

聽到我這麼回答，聖留伯爵隔了一會兒拋出了震撼彈。

「不覺得很奇怪嗎？銀面具勇者出現的地方一定有潘德拉剛卿在——」

「——那是偶然。我本來就是個容易遇到麻煩的人，只是剛好被捲進事件，然後得到銀面具勇者大人的幫助罷了。」

面對得意揚揚向我套話的聖留伯爵，我同時使用無表情技能老師和詐術老師來加以對抗。縱然瞬間有些語塞，應該比起立刻開口辯解要來得自然才對。

「唔嗯……我覺得你的戰鬥方式和銀面具勇者大人很像就是了。」

「很像嗎？我認為趕來救援穆諾領的銀面具勇者大人的戰鬥方式，並不是常人能夠模仿再現的……」

「你打算堅持自己跟他不一樣？」

「在被捲進聖留市的迷宮事件之前，我沒有拿劍戰鬥過。像我這種人不可能是勇者。」

我用事實回擊聖留伯爵懷疑的話語。

「既然你說自己不是勇者本人，那麼勇者無名的黃金騎士團以及在暗地裡支配越後屋商會的隨從庫羅——」

呃，這下他開始懷疑庫羅和黃金騎士團的成員了。

「——也有這種可能性。」

「我曾經在迷宮都市得到庫羅大人的協助，當時他一轉眼就打倒了連我們和探索者公會長——『紅蓮鬼』佐娜大人都遲遲無法擊敗的魔族。」

「這麼說來我好像也收到過這樣的報告。」

「雖然在王都被人加上『弒魔王者』這種誇張的稱號，和真正的勇者與隨從大人們一比實在讓人汗顏。」

我運用無表情技能和詐術技能這對黃金組合來說服伯爵。

或許是有了成效——

「這樣啊，原來差距那麼大嗎……抱歉懷疑你了。作為賠禮，今晚的晚宴就讓我的廚師們大顯身手吧。」

——聖留伯爵至此似乎也總算是願意收起矛頭了。

「潘德拉剛卿，你決定好下榻的地方了嗎？」

「還沒，接下來才要去找。」

「那麼正好，我已經吩咐準備了迎賓館，你們就住下來吧。」

儘管一度回絕了，在被告誡歧視亞人的旅館很多之後，我便答應住下來。

我和夥伴們會合，在女僕的帶領下前往迎賓館。

「這裡我知道～？」

「是之前住過的房子喲！」

正如小玉和波奇所說，這間迎賓館是我們在迷宮事件後住過的地方。

負責接待的女僕似乎也跟之前是同一人。

「軟綿綿的～」

「床鋪好有彈性喲！」

「妳們兩個，這樣很沒規矩喔。」

或許是想到之前留宿時的事，小玉和波奇在床上跳來跳去，挨了莉薩的罵。

「總之，去迎賓館探險吧！」

「嗯，贊成。」

「是的，亞里沙。必須掌握住宿地點，我這麼告知道。」

「Let's漏～」

「是Go喲！」

在亞里沙的帶領下，少年組和娜娜出發前去迎賓館探險。

「潘德拉剛大人，有人想和您會面，請問要怎麼處理呢？」

當我在房間裡休息時，女僕前來轉告。

因為拒絕也很引人耳目，我決定在迎賓館的會客室跟他們見面。或許是「弒魔王者」的名號很有分量，跟之前都是平民的情況不同，希望會面的貴族和商人絡繹不絕，甚至讓我沒空和潔娜小姐見面。

大部分的人都是來為女兒提親的，商談只是順便。

其中有幾件是和穆諾領的正式交易，因此我稍微將路線調整成也會經過由我擔任太守的布萊頓市，並跟對方約好也會將事情轉告穆諾伯爵和妮娜．羅特爾執政官。

成果稀少的會面還沒結束，便已經到了該準備晚餐會的時候。於是我在途中結束會面，前去更換禮服。

領內的貴族們和聖留伯爵的陪臣們都列席參加了這場晚餐會，使得現場散發十分豪華的氛圍。

「佐藤，這樣會不會很奇怪？」

「不會，卡麗娜小姐，非常適合您喔。」

今天的晚餐會只有我和卡麗娜小姐參加。

白天的會談中，我聽說晚宴的參加者有不少人對獸人抱有歧視，因此我請人讓夥伴們在迎賓館的餐廳裡享用跟晚餐會同樣的美味佳餚。

我們的座位在領主一族的旁邊。

領主夫妻和幾名側室，以及以近二十歲青年為首的七個孩子們並肩坐在一起。

其中也包含了巴里恩神殿神諭的巫女歐奈小姐的身影。

我就座時環顧四周，發現潔娜小姐坐在最後面，身邊有個十五歲左右的少年，似乎是她的弟弟。

我們好像是最後入席的，在坐下的同時，晚餐會就在聖留伯爵的致詞和乾杯的口號下開始了。

儘管餐點用了許多高級食材，卻因為料理方式隨便而差強人意。有一道羊肉和豆類的料理十分美味，不過從其他賓客們的表情看來，這道菜以聖留伯爵領的菜單上來看似乎是一道微妙的料理。明明很好吃啊。

飯後我們將前往沙龍聊天，這方面的流程和在王都及公都時一樣。

「佐藤，聽說男女會分開耶……」

卡麗娜小姐對於要混進一群不認識的人之中表達她的不安。

她擁有怕生的一面，因此不擅長應付這種場面吧。

「不要緊的，卡麗娜小姐，我也會陪著您。」

「……潔娜，妳真的很可靠呢。」

潔娜小姐跑了過來，為我陪伴了卡麗娜小姐。

「而且今天歐奈小姐也在場。」

「初次見面，卡麗娜大人。我是聖留伯爵的次女，平時在巴里恩神殿擔任『神諭的巫女』一職。」

「初、初次見面，歐奈大人。我是穆諾伯爵的次女卡麗娜。」

「呵呵呵，我們兩個都是次女呢。」

巫女歐奈以圓滑的口才緩解了卡麗娜小姐的緊張。

此時默默看著她們的潔娜小姐像是發現了某個人一樣地用力揮起手來。

「啊！尤凱爾，我在這裡！」

「姊姊！歐奈大人也在！」

潔娜小姐似乎發現到弟弟。

而他或許對巫女歐奈有好感，在見到她之後立刻就紅了臉頰。

「佐藤先生，這孩子是我的弟弟，名字叫做尤凱爾。」

從人牆對面出現的尤凱爾，是個長得和跟姊姊潔娜很像的帥氣美少年。

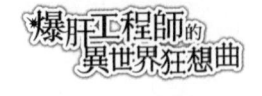

儘管潔娜小姐也一樣，他的名字感覺有點像營養飲料（註：尤凱爾的日文ユーケル跟日本營養飲料品牌ユンケル只差一個字）呢。

「姊姊，這傢伙是誰啊？」

「尤凱爾！」

聽尤凱爾高高在上地這麼說，潔娜小姐語氣強烈地呼喊弟弟的名字。

「初次見面，我是穆諾伯爵領的貴族——」

「其他領地的貴族？姊姊已經在領內開始相親了，請別來多管閒事。」

「尤凱爾，那件事我應該拒絕了才對。」

「不過對方可是貝克曼男爵家的長子耶？這不是姊姊成為男爵夫人的好機會嗎！」

說起貝克曼男爵，印象中好像是擅長雷系魔法，聖留伯爵領的首席魔法使吧？

這麼說來他的孫子好像跟聖留伯爵一起來穆諾領露過臉。如果我的記憶正確，他應該是個頗具姿色的美青年。

而且似乎還是個魔法使家族，正如尤凱爾所說，是個不錯的相親對象。

——前提是潔娜小姐願意的話。

「尤凱爾，不情願的相親只會使得雙方變得不幸，強迫他人是不對的。」

或許是跟我擁有同樣的想法，巫女歐奈斥責了尤凱爾。

「我以為你比任何人都還要清楚這一點，是我誤會了嗎？」

「——不，實在非常抱歉，歐奈大人。」

見巫女歐奈露出悲傷的表情這麼說，尤凱爾顯得很消沉。

「而且，這種話不該在外面說。」

「……是。」

「而且這位大人是——」

「我知道，他是『弒魔王者』潘德拉剛子爵——」

哎呀，看來尤凱爾認識我的樣子。

「——身邊的貴族子弟對吧？最近有很多因為主人很優秀，就誤以為自己也跟主人一樣偉大的年輕人。」

尤凱爾對巫女歐奈這麼說完，轉頭看著我繼續說了下去。

「如果想把主人當作誘餌哄騙姊姊，我可不會原諒你。」

他表情凜然地對我說，接著再次轉頭看向潔娜她們。

看來他是個非常替姊姊著想的少年。

「尤凱爾，你誤會了！」

「姊姊？」

「潔娜說得沒錯，錯的人是你，尤凱爾。」

「連歐奈大人都……」

潔娜小姐和巫女歐奈接連這麼說，尤凱爾顯得非常困惑。

「雖然偉大這個說法讓人難以自我介紹——」

聽到我這麼說，尤凱爾轉過頭來。

「不過我就是佐藤．潘德拉剛子爵。」

這次我好好地將剛剛被打斷的自我介紹說到最後。

「你——不對，您就是『弒魔王者』大人？那個在迷宮都市賽利維拉討伐『樓層之主』取得祕銀證，然後只用一年就從平民升格成子爵的非凡劍士？」

尤凱爾困惑地看著我，同時語氣顫抖地這麼說。

嗯——這下甚至被用「非凡」來形容了。

尤凱爾開始喃喃自語地小聲說著「那麼偉大的人找上姊姊？」、「身分差太多了」、「這是在玩弄姊姊嗎？」之類的話。

他似乎非常混亂。

潔娜小姐說著「我弟弟失禮了」向我道歉。

「尤凱爾，我很清楚你非常混亂，但是還是先向潘德拉剛卿道歉吧。」

在巫女歐奈的勸說下，尤凱爾僵硬地筆直挺起腰桿，然後就像裝了彈簧的機器一樣用漂亮的角度深深地朝我低頭道歉。

「實在非常抱歉，子爵大人！」

「能夠解開誤會真是太好了。」

我讓一直低著頭的尤凱爾抬起頭來。

「卡麗娜大人，抱歉讓您久等了。我們差不多該去沙龍了。」

巫女歐奈先是向後方不知該作何反應的卡麗娜小姐道歉，並且也催促在遠處觀望我們的賓客一同前往沙龍。

「子爵大人，我們也走吧。」

在尤凱爾的帶領下，我來到聚集許多男性的沙龍大廳。

「尤凱爾，我在這裡！」

一名體格壯碩的美男子呼喚尤凱爾。

他是在王都擔任聖留伯爵護衛的奇果利卿。

因為迷宮事件而認識的貝爾頓子爵也在他身旁。

「好了，坐下吧。潘德拉剛卿請坐在這裡。」

我在奇果利卿的催促下坐了下來。

仔細一看，奇果利卿和尤凱爾坐的位置，和我及貝爾頓子爵的座位使用的椅子等級不同。階級社會似乎在各方面都很麻煩。

「沒想到在迷宮裡救了我一命的你，只用一年就晉升成跟我同級的貴族。」

貝爾頓子爵感慨不已地說。

我當時也完全沒想到自己會成為貴族。

「尤凱爾，親愛的巫女大人穿禮服的樣子怎麼樣啊？」

「奇果利大人，請別開我玩笑了。」

鄰座傳來奇果利卿捉弄尤凱爾的聲音。

「您是指巫女歐奈嗎？」

「是啊，沒錯。」

看來尤凱爾果然喜歡巫女歐奈。

「她跟尤凱爾是同一個奶媽照顧的。」

印象中潔娜小姐好像曾經說過這件事。

「這麼說來一年前見到歐奈大人的時候，她就很在意尤凱爾大人了喔。」

「這是真的嗎，子爵大人！」

尤凱爾氣勢洶洶地湊了過來。

因為不記得詳細內容，我將和潔娜小姐在神殿參觀時，歐奈小姐只為了確認尤凱爾的近況就跟我們搭話的事情說了出來。

儘管不清楚巫女歐奈是否對尤凱爾抱有戀愛情感，我認為她至少不討厭他。

「太好了呢，尤凱爾。」

「是！」

雖然受到奇果利卿拍背祝福的尤凱爾一副很痛的樣子，依舊很有精神地回話。

「為了能夠配得上巫女，這傢伙十分努力，目前在新來的騎士中是第一名。無論是在飛龍跋扈的領地邊境、巡邏山岳地帶，還是掃蕩魔物作戰，他都最出風頭。」

「畢竟家族地位低落的我如果想提升地位，藉由實戰踏實地累積功績最快。」

奇果利卿似乎很中意尤凱爾。

態度一直都認真的奇果利卿露出充滿稚氣的表情繼續說：

「畢竟巫女大人出現在走廊時，他總是能第一個發現，還把巫女大人送的手帕當成護身符塞在鎧甲裡面嘛。」

「奇果利大人！你、你怎麼知道！」

「哼哼，這件事在隊上很有名喔。其他還有——」

自己有多喜歡巫女歐奈的事被奇果利卿拆穿，尤凱爾顯得十分狼狽且滿臉通紅。

這麼純真實在很可愛。不過用這種方式形容獨當一面的男性感覺會惹他生氣，因此我不會說出來就是了。

「——奇果利卿！」

「哎呀，有人找我，我稍微離開一下。」

被遠處的貴族呼喚，奇果利卿離開了座位。

能炒熱氣氛的他離席之後，現場立刻安靜下來。

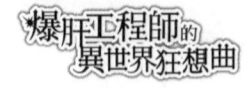

當我想著要找些話題的時候——

「馬利安泰魯卿，騎士要對貴婦人或巫女抱持敬愛的心情是無所謂，不過還是別期待能夠更進一步比較好。」

一直默默聽著對話的貝爾頓子爵用告誡的口吻對尤凱爾提出忠告。

「像、像這種事情！……我很清楚，我們的身分天差地別。」

尤凱爾一副垂頭喪氣，看起來十分失落的樣子。

「我稍微去冷靜一下。」

他這麼說著，離開了座位。

因為他似乎相當消沉，我向貝爾頓子爵告辭，然後追了過去。

儘管才剛認識，他畢竟是潔娜小姐的弟弟，放著不管未免太無情了。

◆

尤凱爾在面對沙龍大廳的中庭角落。

這裡被高聳的樹籬圍得像座迷宮一樣，是個如果沒有地圖或雷達，要找人得費一番力氣的地方。

「您沒事吧？」

「——潘德拉剛子爵。」

垂頭喪氣坐在長椅上的尤凱爾抬起頭來。

「你怎麼會來這裡？」

「因為想吹風出來散步，剛好就走過來了。」

當然是騙人的。

「……是這樣啊。」

尤凱爾有氣無力地回答。

看來精神似乎受到了相當大的打擊。

「我可以坐在您旁邊嗎？」

因為他沒有回答，我把沉默當成同意坐了下來。

雖然他看起來有點為難，卻並未特別開口。

「不嫌棄的話要喝嗎？」

我從儲倉裡拿出一杯紅葡萄酒遞給尤凱爾。

他的注意力似乎渙散到甚至不會吐槽我是從哪裡拿出酒來的了。

「……我要。」

尤凱爾粗魯地接過杯子一口氣喝下紅葡萄酒，然後咳了起來。

「請用手帕。」

我拍著尤凱爾咳個不停的背，將手帕遞給他。

總覺得這樣勾起了我在迎新會上照顧新生的回憶。

「就算搭理我這種人，我也不會承認你跟姊姊的關係喔。」

「請放心，我跟潔娜小姐不是那種關係。」

之前明明也否認過了，看來尤凱爾並不相信。

「你就是！就是像這樣勾引姊姊的嗎！」

「我沒有勾引她。我從一開始便完完全全地將潔娜小姐當作朋友看待。」

縱使對她有好感，其中並沒有戀愛的情感。

「既然如此，你為什麼這麼關心我和姊姊呢？」

「因為潔娜小姐是我重要的朋友。」

尤凱爾仍是一副無法接受的表情，於是我繼續說下去。

「在我剛來到這裡、什麼都不懂的時候，潔娜小姐體貼地給了我許多幫助。您明白這究竟讓我的心情輕鬆了多少嗎？」

儘管當時沒有意識到，正因為潔娜小姐接受了我，我才能夠毫不費力地進入聖留市。而就是有這些成功的體驗，我才能夠用積極的態度享受異世界。

把這些話說出來，讓人有點害羞呢。

「而且，她也是莉薩她們的救命恩人。」

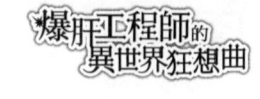

「姊姊嗎？」

「是的。您知道成為迷宮事件起因的札伊庫恩神殿騷動嗎？」

「我聽過這個傳聞。」

「當時神殿長他們打算把莉薩她們當成誘餌犧牲，而潔娜小姐挺身救了她們。」

正因為當時潔娜小姐毫不猶豫地衝了出去，我也才能夠立刻展開行動。

要是當時有任何遲疑，無論莉薩她們之中的哪個人失去性命都不奇怪。

「……原來是這樣啊。」

尤凱爾喃喃自語似的小聲說。

「那麼，為什麼你不乾脆地甩掉姊姊呢？」

「說什麼甩掉，潔娜小姐從來沒有跟我告白過。」

儘管從態度能看出她對我有意思，還沒被告白就先一步甩掉對方，我認為有點不太對。

「是這樣嗎？」

尤凱爾露出不解的表情。

「歐奈大人曾經向尤凱爾大人告白過嗎？」

「沒有。歐奈大人不是像我這種程度的人能夠企及的對象。」

「雖然我認為不必這麼貶低自己，或許潔娜小姐也擁有同樣的想法也說不定。」

聽到我這麼說，尤凱爾露出恍然大悟的表情。

「原來如此，也就是我們姊弟很像嗎……」

尤凱爾無力地乾笑了幾聲。

「尤凱爾大人從小時候就一直喜歡歐奈大人嗎？」

儘管青梅竹馬在輕小說裡大多都被當成失敗者，其中也不乏青梅竹馬獲勝的著名作品，因此希望尤凱爾能夠好好加油。

「不，小時候的我不擅長應付歐奈大人。」

真令人意外。

還以為他從小就對人家有好感。

「看來是發生了什麼成為契機的事情呢。」

「是的，那是在我六歲的時候發生的事。」

尤凱爾用懷念過去的口吻說：

「我在神殿後面見到了歐奈大人和高大的貴族小孩爭論的光景。」

「應該不是單純的吵架吧？」

「是的，當時歐奈大人出手幫助了被那個貴族小孩虐待的亞人少女。」

「亞人？是獸人嗎？」

「不，不是的。因為我一開始甚至以為對方是人族。」

「是耳族或鱗族嗎？」

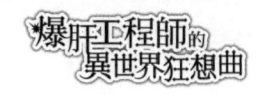

「我想應該是鱗族。畢竟她的脖子和手腳上有鱗片，還長著類似蜥蜴的尾巴。」

難不成是小時候的莉薩嗎？

——縱然這麼想，應該沒那麼巧吧。根據莉薩的說法，她是因為淪為戰爭奴隸才會來聖留市，以前橙鱗族的奴隸或許更多也說不定。

「抱歉，我打斷您說話了。」

我開口催促，尤凱爾便繼續說下去。

年幼的歐奈小姐用高高在上的正確言論駁倒對方，似乎打算藉此矯正貴族小孩不正確的行為。然而被駁倒的貴族子弟脾氣好像很差，怒氣沖沖地朝歐奈小姐撲了過去。

就在從來沒被人粗暴對待的歐奈小姐不知所措時，尤凱爾從旁介入了紛爭。

「要是能像故事的主角一樣，颯爽地出手相助就好了——」

因為對方是個較為年長且體格也比較壯碩的男生，反而是尤凱爾被痛扁了一頓。

「即使如此，由於不能讓歐奈大人受傷，我不停地起身挨揍，導致當天晚上我的臉腫到連母親和姊姊都認不出來。」

「那還真是慘烈呢……」

我一邊順著他的話回應，一邊對明明想聽他和巫女歐奈墜入愛河的故事，話題卻莫名演變成小孩打架的事感到困惑。

見到我這副表情，尤凱爾說著「不好意思，前面說太長了」向我道歉。

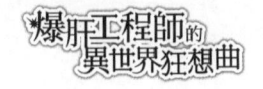

看來接下來似乎才是重頭戲。

「當失去意識的我清醒之後——」

『尤凱爾！』

當時年幼的歐奈小姐似乎眼眶泛淚地爬到床上，抱著尤凱爾哭了出來。

平時總是盛氣凌人的歐奈小姐判若兩人的模樣，讓尤凱爾大吃一驚。

『歐奈大人，既然尤凱爾已經醒了，請您回城裡去吧。』

即使尤凱爾的雙親這麼說，歐奈依然不肯離開——

『不要！我要照顧尤凱爾！』

——她這麼說，如同宣言般不肯離開床鋪旁邊。

「多虧領主大人給的魔法藥，腫脹的臉當天就治好了。不過據說慣用手因為斷掉的方式不對，即使用中級魔法藥也難以痊癒，將來可能會留下後遺症。」

現在的他看起來沒有那種跡象，大概是之後完全治好了吧。

雖然長輩們是在走廊上交談，尤凱爾家因為年久失修的緣故，導致聲音傳進了他們所在的病房裡。

「聽見那些話的歐奈小姐說著『我來代替尤凱爾的慣用手！』大聲地哭了出來，我也受她影響而開始哭泣，實在很慘烈呢。」

據說一起待在房間裡的潔娜小姐拚命地安撫兩人。

覺得自己有責任的歐奈小姐即使到了深夜也不肯回去，還說出了「我要當馬利安泰爾家的孩子！」這種話，態度十分堅定。

「不過畢竟是個孩子，當她累到睡著之後，就被負責服侍的侍女帶回去了。」

尤凱爾如此說著，露出苦笑。

而說起歐奈小姐，據說她隔天一大早就跑到尤凱爾家，之後每天都拚命地照顧他直到半夜睡著為止。

從吃飯、換衣服，甚至洗澡上廁所她都打算幫忙。

「再怎麼說都不可能讓她幫忙洗澡跟上廁所，我便拒絕了。」

我認為學齡前的小孩子就算一起洗澡也沒什麼，可是對貴族而言似乎很不妙。

「您迷上了她努力的模樣嗎？」

「哈哈哈，事情沒那麼單純。更何況當時我因為用不了慣用手，沒心情去管這方面的事情。說來丟臉，但是我當時認定自己無法當上騎士而十分失落，反而還去怨恨歐奈大人。」

尤凱爾這麼說著，很不好意思似的搔了搔頭。

即使被冷淡對待，歐奈小姐似乎仍然持續著代替尤凱爾慣用手的行為。

「而就在某一天，姊姊把我叫出去狠狠地罵了我一頓。」

據說年幼的潔娜小姐把尤凱爾叫進自己房間，豪爽地賞了他一巴掌。

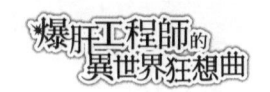

面對不知所措的尤凱爾，潔娜小姐——

『你這樣還算馬利安泰魯家的嫡出長子嗎！就算沒機會成為騎士，你想要自怨自艾到什麼時候！』

『姊姊不會了解！』

『我才不想了解喪家犬的心情！』

『我討厭姊姊！』

『聽好了，尤凱爾！只是用不了慣用手就當不了騎士？你不是還有另外一隻手嗎！在勇者的故事裡，單手的劍豪可是有好幾個！要是真的當不了騎士，就像祖母或母親一樣成為魔法使！』

聽見潔娜小姐不像孩子的成熟發言，尤凱爾被澈底駁倒，第一次開始關注周圍的人。

「託姊姊的福，我的態度變得積極，然後終於能夠對歐奈大人的努力表示感謝。」

他開始了一段由祖父指導復健、空閒時間和潔娜及歐奈小姐一起進行詠唱訓練的日子，並且在期間漸漸地和歐奈小姐打好關係。

『我長大之後要當尤凱爾的新娘，扶持尤凱爾。』

『我長大之後，也會變得強大到能夠保護歐奈大人。』

幾個月後，他們的關係似乎好到會立下這種約定。

「說到底，伯爵大人不可能允許這種事。」

歐奈小姐被要求和領地內的有力貴族子弟結婚，或是去巴里恩神殿正式進行巫女修行。

「因為當時歐奈大人非常不願意去神殿，煩惱了非常久。當我提出兩人一起私奔的提議之後，她猶豫了一陣子答應了我。」

「你們私奔了嗎？」

在離開都市和城鎮之後魔物橫行的地方私奔，我認為是一種賭上性命的行為。

「不，我們沒能那麼做。」

隔天，在私奔的集合地點，歐奈小姐穿著巴里恩神殿的巫女裝扮現身。

『……歐奈大人？』

『尤凱爾，我會去巴里恩神殿。』

「看見歐奈大人語氣平靜地說，我產生了一種被背叛的心情。」

『請你等我五年。五年後我會將治癒魔法練到極致，屆時一定會讓尤凱爾的慣用手恢復原狀。』

據說歐奈小姐用充滿決心的眼神向尤凱爾宣言。

「為了治好我的手，歐奈大人選擇前去她那麼討厭的神殿。」

當時的尤凱爾似乎沒發現這件事，而是以為自己被歐奈小姐背叛，鬱悶地過著日子。

「那是在四年後的春天。」

『尤凱爾！』

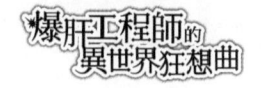

『——歐奈大人？您來做什麼……』

『當然是為了治好你的慣用手啊！』

稍微成長後的歐奈小姐——巫女歐奈出現在尤凱爾面前，依照約定治好了他的慣用手。

『……手臂能動了。』

『太好了，成功了！尤凱爾！』

「我無法忘記歐奈大人當時的笑容。」

巫女歐奈毫無防備的燦爛笑容，似乎奪走了尤凱爾的心。

「我想大概是在產生『我想守護她的笑容』的時候，我才在真正意義上對有身分差距的她抱有戀慕之情。」

尤凱爾眺望著滿天的星空說。

「——呃，我在說什麼啊。子爵大人，剛剛的話請不要告訴姊姊或其他人。」

回過神來的尤凱爾臉頰泛紅地拜託我。

「嗯，我不會告訴任何人。經過那件事之後，您跟歐奈大人就和好如初了嗎？」

「哈哈哈，如果是故事的主角和女主角，或許是那樣吧——」

無意間嶄露頭角的巫女歐奈開始學習因為神殿工作和巫女修行忽略的社交事務；尤凱爾也因為慣用手復原的緣故，展開了復健和騎士修行，導致兩人遲遲未能見面。

「不過我們一個月能見幾次面，這成了我努力的動力。」

尤凱爾帶著戀愛少年的眼神說。

透過無法見面的時間來培養感情的意思嗎？

然而很遺憾，在那之後似乎沒有進一步的發展。

「差不多該回去了吧。」

尤凱爾為了掩飾害羞而試圖轉移話題並走了出去，卻搞錯方向。

「如果要回去，方向不對喔。」

「不好意思，因為我沒來過這裡，不太了解路線。」

「畢竟這裡就跟迷宮一樣嘛。」

或許是聊得太久，中庭好像也出現了一些來散步的人。

由於其中也包含了獨自一人的巫女歐奈，我懷著當戀愛邱比特的心情，挑選會經過那裡的路線在前面帶路。

◆

「——巴里恩大人，為什麼人的內心如此不自由呢？」

順風耳技能從薔薇的樹籬另一頭拾取到巫女歐奈的喃喃自語。

我們該不會來得不是時候吧？

「明明腦袋知道自己應該做什麼，為什麼我的心仍為了無法實現的愛情感到焦慮呢？」

是很符合年輕少女的煩惱。

她坐在噴泉邊，手浸泡在清澈水裡的模樣看起來就像一幅畫。

「身為貴族的女兒，我明明注定要為了家族進行策略聯姻，我卻無論如何都無法壓抑在自己內心深處燃燒的戀慕之情。」

在月光的照耀下，一滴淚水從巫女歐奈的側臉滑落。

她身上環繞著一股會這麼消失在月光中的夢幻氛圍。

「……尤凱爾。」

看來巫女歐奈果然也喜歡尤凱爾。

畢竟繼續偷聽下去很沒禮貌，我決定看氣氛之後再來——

此時一名少年從我身後衝了出去。

「——歐奈大人！」

「尤凱爾！你怎麼會在這裡？」

糟糕，我忘記尤凱爾也跟我在一起了。

「難不成你聽到了嗎？」

「非常抱歉，歐奈大人。」

尤凱爾非常老實地承認。

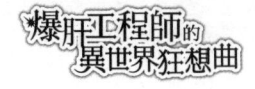

「你、你從哪裡開始聽的？」

「從『無法實現的愛情』開始。」

「那不就幾乎是全部了嗎！」

巫女歐奈非常慌張，甚至到了與她平時沉著冷靜的模樣截然不同的程度。

在旁邊湊熱鬧也不太好，我便全力開啟潛伏系技能，從他們的視線中隱藏身影。

好了，請盡情地打情罵俏吧。

「我完全沒發現……」

尤凱爾語氣沉重地小聲說，從巫女歐奈身上**別開視線**。

「沒想到歐奈大人居然有如此愛慕的人。」

「尤凱爾？」

「是我認識的人嗎？難不成是潘德拉剛子爵！」

「——才不是！」

面對尤凱爾遲鈍過頭的誤會，巫女歐奈使盡全力吐槽。

「那麼，您愛慕的對象是誰呢？」

尤凱爾一副完全不覺得是自己的表情詢問巫女歐奈。

在這種情況下還搞不懂，他真是有夠遲鈍。不過感覺他就算心裡明白，也會因為對自己沒自信而不敢相信吧。

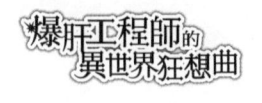

「那個——」

巫女歐奈滿臉通紅地一句話也不說。

「那個人就是我！」

一名微胖的貴族青年撞破樹籬宣言。

雖然我早就發現他在隔壁的路上，沒想到他居然會撞破那麼厚的樹籬來到這裡。

巫女歐奈吃驚得說不出話來，尤凱爾則反射性地擺出保護巫女歐奈的姿勢啞口無言。

「我正是適合讓巫女歐奈朝思暮想的人！」

微胖的貴族青年自信滿滿地說。

看來他喝了不少酒，酒臭味甚至飄到了我這裡。

「難不成是這位大人？」

「才不是！」

見到尤凱爾錯愕的模樣，巫女歐奈迅速開口否認。

「沒有錯喔，歐娜大人！本基曼男爵家的嫡出長子，札米爾埃正是適合成為妳丈夫的男人喔！」

微胖的青年張開雙手朝巫女歐奈走去。

尤凱爾擋在害怕的巫女歐奈面前。不過嘛，要是見到醉漢走近自己心儀的對象，自然會想保護她呢。

「請別對歐奈大人無禮。」

「少礙事，你這個下人。別妨礙情侶間的調情。」

激動的微胖青年朝尤凱爾揮出拳頭，然而未經任何鍛鍊的人大動作揮出的拳頭，不可能打得中身為騎士的尤凱爾，他輕易地便閃過了。

「纏著歐奈大人的狗竟敢躲開高貴的我揮出的拳頭，實在太無禮了！」

微胖青年滿臉通紅地說出詭異的理論。

「札米爾埃大人，請您住手。再繼續下去的話，將會影響到基曼男爵的去留喔。」

「哼，我家的權勢可沒小到區區毆打一個下人就會受到影響。」

微胖青年對巫女歐奈的威脅嗤之以鼻。

從地圖搜索來看，聖留伯爵領的第二大都市，礦山都市卡傑的太守正是基曼男爵。看來他家有權勢的確是事實。

「好了，給我滾開，你這個下人！」

微胖青年試圖推開尤爾凱，但是他抱持著堅定不移的決心擋下對方的手。

此時要我介入很簡單，可是我不想奪走尤爾凱在巫女歐奈面前表現優點的機會。

該怎麼辦才好呢——對了。

我打開主選單的魔法欄，使用光魔法「幻影」。

「唔、唔哇啊啊啊！怪物！是鬼魂！不死生物出現了！」

見到尤爾凱他們背後出現的幻影，微胖青年踉踉蹌蹌地朝樹籬另一頭逃走了。

某種意義上，他逃得還真乾脆。

「不死生物在哪裡？」

「真奇怪耶，我沒有感覺到那種邪惡的氣息啊？」

跟保持戒備的尤凱爾不同，巫女歐奈只是好奇地環顧四周。

「俗話說『疑心生暗鬼』，會不會是看錯了什麼東西呢？」

當我開口攀談，兩人都嚇了一跳。

這麼說來，我剛剛好像還全力開啟潛伏系技能，默默看著他們兩個吧？

「難不成是潘德拉剛子爵做了什麼嗎？」

巫女歐奈似乎隱約發現到，但是我選擇什麼都不說，只是聳肩蒙混過去。

◆

「——佐藤先生？」

此時身穿禮服的潔娜小姐從微胖青年消失的相反方向出現。

她的後面則跟著因為裙襬太長被絆到，看起來隨時都會跌倒的卡麗娜小姐。

「晚安，潔娜小姐。今晚的月色很美呢。」

「是啊，被月光照亮的庭院充滿了神祕氣息呢。」

「佐藤，你在這種地方做什麼呢？」

或許是我和潔娜小姐氣氛不錯的緣故，卡麗娜小姐的語氣有點帶刺。

「我跟尤凱爾大人在庭院裡散步。」

「尤凱爾？歐奈大人也在！」

當我稍微移動位置之後，她隨即看見佇立在噴水池前的巫女歐奈和宛如守護騎士般守在她身旁的尤凱爾。

「太好了，原來妳在這裡啊。」

「潔娜，看來妳是來找我的呢。」

巫女歐奈用她平時的平靜表情回應潔娜。

她的側臉已絲毫不見自言自語時那種為愛情動搖的情緒。

「因為妳忽然不見了，我很擔心。」

「謝謝妳，潔娜。也給卡麗娜小姐添麻煩了。」

「不，那個，沒什麼大事真是太好了。」

受到巫女歐奈道謝，怕生的卡麗娜小姐有些不知該作何反應。

既然連卡麗娜小姐都跟著一起過來，擔心巫女歐奈肯定是事實，然而其中一個理由大概是不想獨自留在沒有熟識對象的沙龍大廳裡吧。

「這麼說來，我聽見這裡傳出男性的叫聲……」

「對方說了鬼怪之類的話。肯定是覺得昏暗的地方很可怕吧。」

我回答潔娜小姐的問題。

庭院只有沙龍大廳的方向有照明，這裡的光源也只有潔娜小姐和巫女歐奈帶來的提燈。

「歐奈大人，差不多該回去了。難保剛剛那位大人不會回來。」

「說得也是呢。」

尤凱爾悄悄對巫女歐奈說。

「潔娜，我回去了。」

巫女歐奈對潔娜小姐說著，邁出步伐。

「那麼我們一起回去吧。畢竟晚上只有女性的話，或許會被惡徒纏上也說不定。」

我這麼說著，催促大家返回沙龍大廳。

因為那個微胖青年闖入的緣故，巫女歐奈和尤凱爾確認彼此兩情相悅的機會泡湯了，可是那應該只是時間的問題。硬要說的話，一切正如貝爾頓子爵說的一樣，身分差距感覺會成為阻礙。

就算是為了潔娜小姐弟弟的戀情，要不要稍微出點力呢？

◆

回到沙龍大廳之後，我決定借用貝爾頓子爵的智慧。

「貝爾頓子爵，有事想請教一下——」

「是關於馬利安泰魯卿如果要和歐奈小姐結為連理，需要累積多少功績嗎？」

「正如您所料。」

順帶一提，尤凱爾不在這裡。

他被奇果利卿那群人逮到，正在比拚酒量。

「假如是伯爵家的其他女兒，只要有男爵的地位或許就夠了。可是歐奈小姐是『神諭的巫女』，至少需要子爵以上的地位。一般而言大概必須擁有相當於其他領地領主、小國的國王，或是足以在王都呼風喚雨的上級貴族那種地位吧。」

門檻還真高呢。

「或者是顯而易懂的大型功績。畢竟聖留伯爵領的貴族很重視武勳。」

「所謂的武勳，是指打倒強大魔物之類的事蹟嗎？」

「飛龍那種程度可不夠喔。假如能做到獨自擊退成年龍那種獨樹一格的功績，想必沒有人會有意見。」

「再怎麼說成年龍都不可能吧。」

以黑龍赫伊隆為首，我很清楚成年龍所擁有的那種超乎常理的戰鬥力。

我想即使是勇者，想要擊退牠們也不是一件容易的事。

「說得也是。雖然我見過好幾次下級龍，就連牠們都是集合一百位騎士也無法抗衡的對象。換作是成年龍，就算聚集整個國家的騎士也不夠吧。」

貝爾頓子爵的說法讓我只能表示同意，因此我在一旁不停地點頭。

「你怎麼一副事不關己的態度？」

「——是？」

「潘德拉剛卿在歐尤果克公爵領得到了退龍勳章吧？」

「那是勇者隼人大人的功績喔。」

「假如只是那樣，公爵那個老狐狸怎麼可能會給退龍勳章？」

貝爾頓子爵斷言。

「姑且不論我的事，說起類似擊退龍的功績，是在賽利維拉的迷宮討伐『樓層之主』之類的事蹟嗎？」

「只有那樣稍嫌不夠呢。」

「原來不夠嗎？」

我認為那樣已經非常足夠了耶。

「不是那個意思。迷宮都市很遠，因此聖留伯爵領了解『樓層之主』是何種程度存在的人很少。」

原來如此，不熟悉的事物很難比較啊……

「說起其他能列舉的功績，就是討伐中級魔族了吧。假如是擊退上級魔族程度的功績，就不會有異議了——」

儘管對付上級魔族可不是鬧著玩的，討伐中級魔族感覺應該有辦法解決。

不過，即使是那樣也必須擁有跟希嘉八劍相當程度的實力就是了。

「——如果是『弒魔王者』就無可挑剔了。」

貝爾頓子爵暗示性地這麼補充。

「如果是戰鬥以外的功績——」

「那就難了。我剛剛也說過，聖留伯爵領崇尚武勳。」

因為話題感覺快轉到我身上了，我將話題帶往別的方向，然而貝爾頓子爵面有難色地搖了搖頭。

「要是有像王祖大人的英勇事蹟一樣，能達成騎著龍飛翔的偉業，那就另當別論了。」

「那才是天方夜譚吧？畢竟龍不僅好戰又高傲。能夠達成那種偉業的，只有王祖大人那樣的人。」

坐在隔壁的騎士聽見貝爾頓子爵的發言，斷然表示這是不可能的事。

是這樣嗎？我和夥伴們都曾經讓黑龍載過就是了……

「就算是世襲，要迎娶新貴士爵的女兒，對方同時還是『神諭的巫女』，就是這麼困難的事。」

所以就放棄吧——貝爾頓子爵的言外之意似乎是這個意思。

不過嘛，畢竟討伐中級魔族程度的事情並非完全不可能，像潔娜小姐那樣推薦尤凱爾參加派遣到迷宮都市賽利維拉的選拔隊，然後在那邊協助他提升等級，應該是成就這段戀情的最佳途徑吧。

儘管這裡也有迷宮，規模比起賽利維拉來得小，因此不適合往高等級培養。

在那之後，因為其他貴族也要求我說明討伐魔王時的事情，我便講述了以勇者隼人的武勇和隨從們的奉獻為主的內容。

「潘德拉剛卿的活躍表現呢？」

「我以支援為主，所以並沒有值得一提的——」

貝爾頓子爵將話題轉到我身上，可是我沒興趣誇耀自己的表現，因此隨口敷衍了過去。

會用櫻花一閃突擊沙塵王也不是為了將其打倒，而是為了爭取時間和支援勇者隼人，所以我應該沒有說謊才對。

「接下來請讓我聽聽各位的英勇事蹟吧。」

說太久導致我精神上有點疲勞，我一邊將玻璃杯裡的比斯塔爾紅葡萄酒倒進嘴裡，一邊將講故事的棒子交給其他人。

◆

「——您說跟歐奈大人訂婚嗎？」

隔天早上，聖留伯爵將我找了過去，向我提出與巫女歐奈的婚事。

從昨天的感覺來看，貝爾頓子爵肯定知道這件事。

「如何？你們年紀也差不多，就算卡麗娜小姐當第一夫人是沒辦法的事，歐奈成為第二夫人的位置可不能讓給任何人。」

「我跟卡麗娜大人不是那種關係。」

「那就更沒問題了。歐奈不僅聰明，還很清楚該如何讓男人有面子。要是我女兒成為第一夫人，除了生繼承人之外，還能在各方面幫上忙喔。」

「不，所以說我並不打算結婚。」

聽到我立刻這麼回答，聖留伯爵露出意外的表情。

畢竟再怎麼說，在昨晚聽見巫女歐奈的獨白之後，就連暫時保留都讓人有罪惡感嘛。

「為什麼？穆諾伯爵領應該沒有『神諭的巫女』，歐奈的存在對穆諾伯爵領而言是必要的才對。作為養父的穆諾伯爵應該也會歡迎她。」

由於聖留伯爵提出過時的情報來說服我，我將公都的赫拉路奧神殿會派遣巫女前往的事情告訴了他。

「慢了一步嗎……真不愧是歐尤果克的老狐狸，總是能算到下一步。」

不，這次的派遣是「神像」的回禮，我認為並沒有受到歐尤果克公爵的想法影響。

「……今天就到此為止吧。畢竟再怎麼強迫，我想閣下也不會點頭答應。」

聖留伯爵這麼說著搖了搖鈴鐺，身穿巫女服的歐奈便走了進來。

「歐奈，我應該吩咐過，要妳打扮得漂亮一點才對？」

「這就是我的盛裝打扮。因為我可是巴里恩神殿的巫女。」

巫女歐奈表情冷淡地這麼斷言。

看來她的心情似乎不太好。不過，我能了解她的想法。畢竟就算有貴族的義務，明明另有心愛的男人，卻被要求跟別的男人相親。

會穿著巫女服過來，大概是她最低限度的反抗吧。

「算了，也罷。歐奈，帶子爵參觀城內吧。」

「遵命。」

巫女歐奈恭敬地鞠躬，緊接著引領我離開會客室。

「潘德拉剛卿比起愛情，更重視出人頭地嗎？」

一走出會客室，巫女歐奈立刻這麼對我提出疑問。

「我從來沒有主動希望出人頭地。」

不如說，我一直都對波爾艾南之森的高等精靈，心愛的雅潔小姐一心一意。

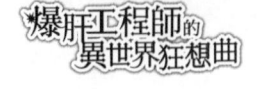

「這樣啊……既然如此，這一切都是想跟潘德拉剛卿攀親帶故的父親大人的主意吧。」

原來如此，看來巫女歐奈還沒聽說策略聯姻的事。

「請您放心，如果是策略聯姻的事，我已經拒絕了。」

「——這樣啊。」

巫女歐奈安心地吐了口氣，同時立刻掩飾起自己的表情。

「卡麗娜大人真是幸福呢。畢竟能和心愛的人在一起。」

我在考慮是否應該糾正她。畢竟這對卡麗娜小姐來說是件不光彩的事，而且跟聖留伯爵那時不同，現在並非必須解開誤會的狀況。

「不過，潘德拉剛卿，等到您和卡麗娜大人懷上第一個孩子之後，請務必也迎娶潔娜作為側室，這是貴族的誠意。」

巫女歐奈表情嚴肅地說。

「您誤會了。」

「您想說潔娜是僅限一晚的對象嗎？這不就是所謂的不誠實嗎！」

巫女歐奈豎起眉毛氣勢洶洶地朝我逼近。

「我跟潔娜小姐是朋友，不是情侶。」

「不是情侶？我太失望了，居然為了脫身說出這種謊話——」

「我沒有說謊。我沒有和她做過歐奈大人想像中的那種行為。」

畢竟我跟潔娜小姐是朋友嘛。

內心這麼咕噥的瞬間，我的腦中浮現潔娜小姐為了對抗卡麗娜小姐而親吻我臉頰的光景，不過那件事就當作不算數吧。

「——真的嗎？」

或許是我的臉上浮現了這個想法，巫女歐奈向我投來懷疑的目光。

「是真的。」

我壓抑內心的動搖這麼斷言。

「明白了，我就相信你吧。」

多虧無表情技能和詐術技能這個黃金組合全力發揮的福，巫女歐奈總算接受的樣子。

「但是，請您別忘了貴族的義務。」

雖然她在最後這麼提醒我，我對家族存續不怎麼感興趣，因此打算領養一個願意繼承家業的養子。

「那麼，我們走吧。」

在巫女歐奈的帶領下，我依照當初的預定參觀城內。

「城內也有領軍的訓練場呢。」

「您有興趣的話，我們就去參觀看看吧。」

巫女歐奈有點高興地說著，朝訓練場的方向走去。

領軍的士兵們正在訓練場上熱心地訓練。跟之前見到的時候相比，士兵的整體等級似乎都上升了。大概是讓他們定期在迷宮進行訓練了吧。

「下一個！尤凱爾！」

「是！」

看來現在正好輪到尤凱爾和奇果利卿切磋的樣子。

巫女歐奈自豪地注視著尤凱爾勇猛的模樣，並且在見到他差點被奇果利卿打飛、點到為止的驚險時刻發出短促的尖叫聲，隨即用關切的視線看著尤凱爾。

「您喜歡尤凱爾大人哪個方面呢？」

因為有一點讓我很在意，我試著開口詢問。

「——潘德拉剛卿？」

巫女歐奈先是張大嘴巴不停開闔，接著用傻眼的表情看著我。

「難不成您也跟尤凱爾一起聽見了我的自言自語嗎？」

「我並不打算偷聽就是了……」

「意思是要我告訴您，代替封口費嗎？」

「是的。我向神和王祖大人發誓，絕對不會說出去。」

巫女歐奈瞪了我一會兒，然後嘆口氣回答了我的問題。

「一開始是基於義務感。您知道尤凱爾慣用手的事情嗎？」

我對這麼問的巫女歐奈點了點頭。

「沒錯，我一開始出於責任感和義務感，打算支持他。」

她一邊看尤凱爾的比試，一邊繼續說了下去。

「可是，他在中途改變了。縱使當上騎士的夢想被奪走，他依然沒有放棄夢想。他那不斷尋找自己能做的事，全力向前邁進的積極模樣吸引了我。」

太好了，看來我的擔心似乎是多餘的。

我稍微有些擔心她是不是因為義務感和內疚的緣故，才會喜歡上尤凱爾。

我在心中針對這種失禮的誤解向巫女歐奈道歉。

她沒有發現我心中的想法，視線一直盯著尤凱爾。

「好，下一個——」

「還沒完呢————！」

「這股氣魄很好。不過，依然太不成熟了。」

尤凱爾搖搖晃晃地衝了過去，輕鬆遭到奇果利卿擊退，被打倒在地。

「去那裡觀看高手們的戰鬥，反省自己的不成熟吧。」

奇果利卿這麼說著調整呼吸後，朝別的方向開口說：

「基修雷希嘉爾扎卿，請您指點一手吧。」

「了解。」

莉薩從訓練場的另一邊走出來。

今天她身上穿著一開始在迷宮都市用過的紅色皮甲。

或許是覺得在訓練使用魔槍多瑪不太好，她將原有的魔槍交給露露保管，手上拿著訓練用的木長槍。

順帶一提，波奇、小玉和娜娜三人一早就去跟門前旅館的悠妮見面了。

「——好強。」

見到莉薩單方面擊倒奇果利卿，巫女歐奈被莉薩的實力嚇了一跳。

「潘德拉剛卿的家臣實力很強呢。」

「是的，我總是受到莉薩的幫助。」

「要是眾人見到她的模樣，對亞人的無謂偏見能夠稍微減少就好了……」

巫女歐奈用帶著憂慮的表情小聲說。

她似乎也對聖留伯爵領的亞人歧視有點想法。

「接下來我也想打打看。」

「不行啦，今天卡麗娜小姐不是穿著禮服嗎？」

「既然如此，只要換成鎧甲——」

「就說不可以啦。要是讓妳那麼做，我們會被妮娜小姐罵。」

對戰鬥感到興奮的卡麗娜小姐也想參加訓練，卻被露露和亞里沙制止了。

如果在穆諾伯爵領倒還好說，千金小姐在做客前往其他領地訪問時不應該這麼做吧。

「潔娜小姐不在呢。」

「要找潔娜的話，她現在應該正在市外的演習場接受老師的指導才對。」

我試著用地圖搜索了一下，潔娜小姐的標誌的確在都市外面。

「這樣城內的參觀就結束了。倘若不嫌棄，您要去看看迷宮相關的設施嗎？」

「潔娜小姐所在的市外演習場距離遠嗎？」

「雖然距離不遠，據說她正在進行傳授祕技的機密訓練。」

「那可不能打擾呢。」

沒辦法，只好依照巫女歐奈一開始的提議，前去參觀迷宮相關的設施了。

「還真是蓋了相當豪華的牆呢。」

明明只經過一年左右，迷宮前的廣場已經被厚實的牆和看起來很堅固的鐵門隔了開來。

當巫女歐奈拿出伯爵的許可證，大門才終於打開。

「——哦？」

看見廣場的變化，我忍不住發出感嘆。

跟之前見到時不同，迷宮的出入口被一座巨蛋型的碉堡狀建築物覆蓋，還圍繞碉堡一般鋪設了數條壕溝。壕溝與壕溝之間放置了鐵製的拒馬。

另外也設置了數個射手和魔力砲陣地，對阻止魔物湧出迷宮作好準備。

「防守得真嚴密呢。」

「是的。畢竟無論如何都不能讓魔物進入聖留市。」

不光是肉眼看得見的防禦設施，似乎也讓神殿和魔法使們構築了數道靈能系的結界。

儘管很遺憾，現在似乎只有領軍的人類才能進入迷宮，我們參觀完外圍的防禦設施就離開了。

因為回程見到了越後屋商會的分店，我便去露了個臉。縱然裡面沒有人認識身為佐藤的我，名字似乎傳了過來，他們端出茶點，還跟我說了關於暢銷商品和聖留市進貨時的事項。

回到城裡後，我和巫女歐奈在迎賓館前道別，前去和沒有出門的夥伴們會合。

「主人，午後能一起行動嗎？」

「今天看來不行。雖然很抱歉，大家就去自由行動吧。」

午後都被昨天沒能搞定，延期到今天的會面給塞滿了。

「嗯——我就留下來吧。總要有個人負責應付美人計吧？」

「波奇要和小玉她們一起，去悠妮的孤兒院玩喲！」

「莉薩小姐呢？」

「我留下來當主人的護衛。」

真是符合莉薩風格的認真回答。

除了亞里沙和莉薩之外的人似乎都要和波奇一起行動。

「機會難得，妳就去見見老朋友吧。」

「可是……」

雖然莉薩想要推辭，我的提議似乎打動了她，於是我再次提議讓她出門去玩。我認為莉薩工作過了頭。

接著就是一連串忙碌的會面。

「主人，要稍微休息一下嗎？」

「不，畢竟也不能太晚回穆諾領，我會在今天之內處理完。」

「這麼說來就任太守之後，我們因為狗頭人歸順前往了廢坑都市，為了替卡麗娜大人在那裡得到的獸王葬具解咒去了公都，接著又被小琳琳帶去應付魔王了嘛。」

就算只是掛名的太守，要是一開始不好好做事，擔任代理太守的莉娜小姐會忙不過來。

接著我打起精神更努力地應付會面。畢竟晚上還被聖留伯爵邀請參加私人的晚餐會嘛。

順帶一提，卡麗娜小姐也被伯爵夫人邀請參加了晚餐會。據說她直到最後都一副要哭出來的樣子，打算找藉口推辭。

我在迎賓館換好正裝後，前往城堡入口。

「佐藤先生！」

我在那裡見到了身穿禮服的潔娜小姐。

「晚安，潔娜小姐。時間一直配合不上，實在很抱歉。」

「不會，畢竟是工作嘛。」

至今幾乎沒有時間和潔娜小姐交流呢。

「佐藤先生大概能在這裡待多久呢？」

「目前是我不太能離開穆諾領的時期，所以我打算明天回去一趟。」

「這樣啊……」

潔娜小姐一臉落寞地低下頭去。

「領地的工作應該半個月左右就能搞定，之後我會再來悠閒地拜訪。」

「真的嗎！那樣的話，到時候請來我家住吧。雖然我家沒有那麼大，還是有能容納佐藤先生你們幾個人的空間。」

潔娜小姐笑著對我提議。

居然有能夠讓八位客人留宿的空間，潔娜小姐的家看來也相當寬敞呢。

「子爵大人，我來帶您去餐廳。」

由於一位女僕前來帶路，我和潔娜小姐便一起跟了過去。

看來這次晚餐會設在跟之前那個大房間不同的地方。

「——姊姊。」

在餐廳遇見了潔娜小姐的弟弟尤凱爾和盛裝打扮的奇果利卿，對面坐著身穿長袍的老人與一名帥氣青年。

「——尤凱爾？」

她似乎對尤凱爾也在場感到有些吃驚。

在女僕的帶位下，我來到上座的四個空座位之一就座。

帥氣青年是在王都見過的雷系魔法使，老人是他的祖父，同時也是聖留伯爵領的首席魔法使。

潔娜小姐似乎要坐在尤凱爾的旁邊。

「久等了嗎？」

聖留伯爵這麼說著走了進來。

年紀大約是大學生的長子和次女巫女歐奈也跟在後面走了進來。巫女歐奈好像要坐在我旁邊。

從邀請成員上能看出某種想法。伯爵夫人就像要隔離卡麗娜小姐一樣，邀請她參加其他晚餐會似乎也有所關連。

平穩的晚餐就此揭開序幕，不過——

「雷爺，潔娜的實力如何？」

聖留伯爵向老人——雷爺詢問。

「無可挑剔。如果賽利維拉的迷宮能讓人獲得如此成長，或許也該派我那不肖的孫子也去迷宮都市遠征也說不定。當然，還不清楚他是否有跟潔娜一樣的才能。」

「哦，到了這種程度嗎？」

「潔娜的雷魔法精采到即使傳授我等一族的奧祕給她也無所謂呢。」

受到稱讚的潔娜小姐紅著臉縮起身子。

「既然如此，您打算讓孫子迎娶她嗎？」

聖留伯爵暗示性地瞥了我一眼之後詢問雷爺。

「確實。雖然她是我那不肖的孫子配不上的女孩，卻是個有資格加入我等家族的優秀術者呢。」

「如何，潔娜？要加入雷爺的家族嗎？」

「不！我——」

「妳對雷爺家不滿意嗎？」

當潔娜小姐準備用強硬的語氣拒絕時，聖留伯爵打斷了她。

「那個……」

面對聖留伯爵壞心眼的話語，潔娜小姐頓時語塞。

依照巫女歐奈上午的說法，雷爺就像潔娜小姐的師父一樣，所以很難拒絕吧。

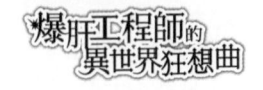

「伯爵大人，用這麼強硬的語氣，會讓對方有壓力喔。」

「——潘德拉剛卿。」

我有點看不下去這種扭曲本人意願的提親方式，便試著插嘴。

「說得沒錯。大人，要是逼得太緊，可能會失去有能力的部下喔。」

奇果利卿也開口幫腔。

「那可就不好了啊。我還有很多想指導潔娜的東西。婚姻的話題等修行告一段落之後再說也不遲。」

「既然連雷爺都這麼說了，我也不能勉強了呢。」

聖留伯爵嘆了口氣決定收手。

「潔娜，妳就一邊跟雷爺討教，一邊仔細想想吧。」

「遵命！」

潔娜小姐起身敬禮，同時受到奇果利卿的吐槽。

「雖然潔娜拒絕了，潘德拉剛卿又如何呢？現在也不遲，有沒有打算跟歐奈訂婚啊？」

「潘德拉剛卿和歐奈大人訂婚！」

大吃一驚的尤凱爾發出奇怪的聲音。

潔娜小姐似乎也沒料到，一臉不安地朝我看來。

而巫女歐奈或許是聖留伯爵事先提過，一副面無表情、事不關己的態度。

——不對，在尤凱爾驚訝地叫出來時，她的嘴角微微地上揚了。

應該是對尤凱爾感到動搖的事情很開心吧。

畢竟如果被開口祝福，肯定會感到幻滅。

在尤凱爾被奇果利卿責備，對自己的失禮向聖留伯爵道歉後，我回答了他剛才的問題。

「我目前不打算結婚。」

聽到我的回答，潔娜小姐看起來安心地鬆了口氣。

「那貴族的義務怎麼辦？永世貴族可是具有讓家族存續的義務喔。」

要是說出「還有收養子這個方法」，會被貼上沒常識貴族的標籤，對我所屬的穆諾伯爵添麻煩，因此我用「關於這點我有自己的考量」蒙混了過去。

「這樣啊。就算是出於關切，依舊是干涉了其他家族的事，請容我向閣下致歉。」

「哪裡，我是個還有許多不足的年輕小輩，非常感謝大人的提點。」

因為聖留伯爵結束話題，我也用場面話回應。

不過，因為順風耳技能捕捉到了伯爵喃喃自語地說著「既然如此，從掃蕩其他障礙開始吧」這樣的話，看來他還沒放棄的樣子。

希望他別多管閒事。

在他開始掃蕩所謂的其他障礙之前，還是趕快離開聖留市吧。

儘管對潔娜小姐很抱歉，我還會再來，希望她能諒解。

「佐藤先生！」

在從晚餐會返回迎賓館的路上，潔娜小姐叫住了正在思考這些事情的我。

「潔娜小姐，您有什麼事嗎——」

「我、我不打算嫁進師父家！雖然剛剛沒有說出來，這是我的想法！」

潔娜小姐打斷我的話，滿臉通紅地宣言。

「嗯，我明白。畢竟我也不打算接受跟巫女歐奈的婚約。」

「好的！」

因為話語中的含意莫名地有些差距，潔娜小姐的笑容令我感到心痛。

還是稍微換個話題吧。

「這麼說來，有人向尤凱爾大人提親了嗎？」

「他的確收到許多同級貴族家庭的相親邀請，但是他好像都用『現在我還在修行中』當理由拒絕了。」

潔娜小姐這麼說完，有些猶豫地補充：

「我認為尤凱爾應該還無法割捨對歐奈大人的思念。」

「潔娜小姐反對兩人的戀情嗎？」

「說得、也是呢。如果是以前的我，說不定會反對。」

潔娜小姐斟酌著用詞開口說：

「貴族的婚姻關係到家族之間的聯繫。所以，最重要是要考慮什麼對家族有益。我們一直都被教育，用個人喜好選擇對象是件很愚蠢的事情。」

也就是說，她現在不再這麼想了。

「不過，在遇見佐藤先生和亞里沙之後，我知道了除此之外的道路。」

潔娜小姐看著我。

「明白了和所愛之人相遇的幸福。」

她眼神認真地注視著我的雙眼。

「所以，如果尤凱爾和歐奈小姐想要追求他們的戀情，我希望自己能夠貢獻一份力。」

話題回到尤凱爾他們身上。

我還作好了要被告白的心理準備呢。

「既然潔娜小姐這麼說，雖然能力有限，我也來幫忙吧。」

「謝謝您，佐藤先生！」

儘管沒辦法立刻幫忙，等到布萊頓市的事情搞定後，應該能撥出鍛鍊尤凱爾的時間吧。

◆

「——潘德拉剛卿，感謝您在百忙之中抽空與我見面。」

隔天，在準備離開迎賓館的時候，巫女歐奈前來拜訪。

「基修雷希嘉爾扎卿，我聽潔娜說鍛鍊妳的人是潘德拉剛卿，沒錯吧？」

「歐奈大人——」

「是的，沒錯。」

在我開口掩飾之前，莉薩立刻作出了回答。

「潘德拉剛卿，如果是鍛鍊了基修雷希嘉爾扎卿的您，能將尤凱爾鍛鍊到擁有比肩希嘉八劍的實力嗎？」

「這是個很難回答的問題呢。莉薩能夠擊敗希嘉八劍首席的祖雷堡卿，是多虧了她不斷的努力和才能。」

「也就是說，那並非不可能對吧？」

巫女歐奈不斷地追問。

「拜託您，請您鍛鍊尤凱爾吧。」

然後低頭向我提出請求。

畢竟潔娜小姐也拜託我了，到頭來我應該不會拒絕，然而再怎麼說也不能無條件答應。

「雖然很抱歉，我不能輕易答應。」

「我知道自己在提出無理的要求。只要是我能辦到的事情，無論什麼我都願意做。」

「給我等一下——！禁止做色色的事喔！」

「嗯，禁止。」

亞里沙和蜜雅這對鐵壁組合擋在我和巫女歐奈之間。

「冷靜點，妳們兩個。既然有尤凱爾在，她不可能做出那種事情吧？」

「那是當然的。如果需要我身為巫女的力量，我會排除萬難提供協助。要是潔娜小姐被迫面對不情願的婚事，我會動員城裡所有的女性來加以阻止。」

哎呀，這還真是個有魅力的提議。

「動員城裡的所有女性，這種事情真的做得到嗎？」

「是的，畢竟治癒魔法對手部和肌膚乾燥也有療效。」

據說她只是定期使用廣範圍類型的治療魔法，就被城裡的女人們當作女神般崇拜。

畢竟藥水也能做到一樣的事，回復魔法當然也做得到吧。

「在答應之前，我只有一個條件。」

面對端正姿勢的巫女歐奈，我提出條件希望她能讓尤凱爾被選拔為前往賽利維拉迷宮隊伍的人選。

「聖留市的迷宮不行嗎？」

「賽利維拉的迷宮比較大，鍛鍊起來比較容易。」

儘管聖留市的魔物等級很高，如果想鍛鍊到五十級左右，魔物的數量和強度稍嫌不足。

「我明白了。據說最近將會派出第二次迷宮選拔隊，我會想方設法讓尤凱爾被選為其中一員。」

在向巫女歐奈叮嚀尤凱爾啟程前往迷宮都市時，要她寄信給穆諾伯爵領之後，我便和她道別了。

接著在門前旅館的門口，我們在瑪莎和悠妮、萬事通屋的店長和娜迪小姐，以及從公務中偷溜出來的潔娜小姐的送行下離開聖留市。

雷獸的傳聞

「我是佐藤。雖然大部分被稱為未確認生物的通常都是看錯或是用來製造話題的謠言，其中也有讓人覺得真實存在的案例，讓人感覺到與自己年齡不合的浪漫呢。」

「雷獸？」

在庫哈諾伯爵領山腰的山中小屋前，我前來參拜以前在這裡看護的旅行商人們的墓地，並從先來休息的商隊商人那裡聽見了一則傳聞。

據說，他們見到了如同閃電化身的野獸──雷獸。

據說，雷獸摧毀了深山的村落，將房屋和田地燒成了灰燼。

據說，一對雷獸飛上空中，消失在「魔物的領域」裡。

「我沒聽過這種生物呢。聽起來像是雷精靈，蜜雅知道嗎？」

「不知道。」

既然連和精靈擁有高度親和性的精靈蜜雅都不知道，肯定是某種十分罕見的東西，或是人們誤認了吧。

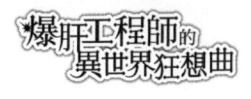

「看來你們也跟城鎮裡的傢伙們一樣，不相信這個故事呢。可是我們確實看見了。」

商人這麼說完，看似商人部下的男人們也露出微妙的表情點了點頭。

因為突然把他們當成騙子很過分，我跟商人約好「要是遇到，我會轉告城鎮的衛兵或他們的上司」，然後跟他們道別了。

「我們也差不多該走了吧。」

畢竟已經在墳前供奉過鮮花和酒，也吃完午餐了，我們離開山腰小屋前往諾奇鎮，決定試著了解雷獸的傳聞究竟擴散到什麼程度。

「雷獸？沒聽過耶？是新的魔物嗎？」

「深山的村落被摧毀了？是指尼爾斯村的角落被落雷引起的火災燒掉的事情嗎？」

「畢竟前陣子的雷雨很驚人呢。該不會是把被風吹跑的布或毛皮當成魔物了吧？」

我們分頭收集情報，然而越是收集，就越覺得雷獸並不存在。

順帶一提，就算用地圖搜索也沒找到。所謂的雷獸，似乎也是商人們的通稱，如果有其他正式名稱，當然找不到了。

「佐藤先生！」

有人呼喊我的名字，於是我回頭一看，眼前是一對少年少女。

「那個時候實在非常感謝您。」

正當我心想他們是誰，感到疑惑的時候，莉薩悄悄地對我說「主人在山腰小屋裡幫助過他們」。儘管不記得他們的長相，從他們的態度來看應該沒錯。

「嗨，過得還好嗎？」

「是的！多虧當時佐藤先生買下我們的木工藝品，我們才能避免流落街頭地過生活。」

「那真是太好了。」

這代表幫助他們是值得的。

趁著跟當地居民重逢，我順便詢問了關於雷獸的傳聞。

「我知道！」

「尼爾斯村的？」

「對對對！」

看來這對少年少女知道這件事。

「能告訴我詳情嗎？」

「村子外圍的房子被燒燬時，我剛好因為購買木材，而在那個村子裡。」

哎呀，這不就是第一目擊者了嗎？

「當我趕到現場時，有人指著空中大喊『是雷獸！』，然後發現烏雲中有某個發著光芒的東西在。」

「看得出來牠長什麼模樣嗎？」

「不，因為很遠，很快就消失不見了。」

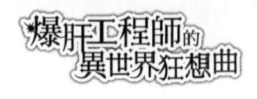

少年向我開口道歉，而我對他提供的有益情報道謝。

我原本打算一併將情報費交給少年少女，卻被他們以「不能向恩人收錢」為由拒絕了。

然後在即將道別時——

「對了！我忘記了！雷獸不只一隻！」

他補充說明消失在雲層間的光芒有兩道。

這麼說來，在山腰遇到的商人好像也說過是「一對」呢。

我再次向少年道謝，並且和他們分別。

「主人，這次不去看看嗎？」

莉薩手指的方向是一間魔法店。

這麼說來，之前我好像在這裡買了卷軸和魔法藥用的穩定劑。

「歡迎光臨，歡迎來到從魔法藥到迷情藥都應有盡有的魔法店連馬利斯。」

一走進魔法店，一名以眼鏡為特徵的女性魔法使便前來迎接我們。

「哎呀？我好像對客人的臉有印象呢……對了！是一年前左右購買了長期滯銷穩定劑的客人！」

「沒錯。」

儘管我後來開始能夠自製穩定劑，在這裡購買的穩定劑很長時間給了我不少幫助。

像是加水的魔法藥，或是不想過度提升品質時非常有用。

「今天也要購買穩定劑嗎？還是祕藥呢？」

「不，今天是來買卷軸的。」

「卷軸？雖然有賣，對於沒有許可證的人，我只能賣些普通的東西喔。」

店長這麼說著，拿出的卷軸都是些我已經擁有的魔法。

「有沒有什麼奇怪的卷軸呢？」

「奇怪的卷軸啊？的確是有些派不上用場的卷軸，可是那些啊——」

「如果需要許可證，我可以請庫哈諾伯爵申請，可以請您告訴我有哪些卷軸嗎？」

「能向伯爵申請——客人，難道說您是大戶人家的少爺嗎？」

「雖然我是平民出身，跟伯爵稍微有些關係。」

儘管關係並不親密，我想他應該願意發給我領內的卷軸購入許可。

「既然如此就沒關係，可是別抱太大的期待喔。」

店長這麼事先聲明，拿出兩個陳舊的卷軸。

「的確是很奇怪的卷軸呢。」

她拿出土魔法「絕緣體」和生活魔法「去除靜電」兩個卷軸。

簡直就像是暗示「你接下來會遇到雷獸喔」的陣容。

「這個『絕緣體』只能創造出一個小型的黑色塊狀物。另一個『去除靜電』只能用來消除冬天穿衣服時的觸電感。雖然冬天似乎還挺熱銷的，這個季節沒人想要用。」

店長聳聳肩說「因為前任店長好奇心旺盛嘛」，然後將沒有進貨的才能，將店長的位置讓給了他這種我沒問的事情講了出來。

「再怎麼說也用不到吧？」

「不，請務必讓我買下來。」

「怎麼，你是收藏家嗎？」

店長即使傻眼，依然表示願意將這些滯銷貨賣給我。雖然價格有些昂貴，我依然沒有殺價便直接買了下來。

結帳時我跟店長聊了一下，據說上次不夠的魔核因為聖留市的迷宮開始運作而解決了。

她半開玩笑地叮嚀我：「這次魔核可賣不掉喔。」

她果然已經發現我就是之前用斗篷遮住臉進行非正規交易男人的樣子。

◆

情報收集結束後，我們離開諾奇鎮，造訪了和庫哈諾伯爵領相鄰的「幻想之森」。

「果然是佐藤先生他們！」

進入森林過了一會兒，擔任「幻想之森」老魔女弟子的小伊前迎接我們。

她就跟在這裡第一次遇到時一樣，騎在鋼鐵製成的豹身上。跟之前不同，這次她沒有一見面就使用土魔法攻擊，身邊也沒有跟著四具「活鎧甲」。

「妳看起來很有精神呢。魔女大人還好嗎？」

「嗯！老師也很有精神喔！」

小伊充滿活力地回答，如同帽子般在她頭上的毛球鳥便發出「咕嚕啵」的叫聲。

在她們的帶路下，我們來到老魔女的塔，並被帶到了老魔女的房間。

「歡迎各位的到來，蜜薩娜莉雅大人、佐藤大人，以及各位。」

老魔女態度悠閒地向我們打招呼，我們也作出回應。

毛球鳥從小伊的頭上飛起，停在老魔女的法杖前端。

「突然造訪實在抱歉。」

我姑且在抵達諾奇鎮之前，用沒機會出場的「傳信鴿召喚」魔法召喚的信鴿送出了告知造訪的信件，即使如此還是很突然。

「哪裡、哪裡，我不會把精靈大人和恩人佐藤大人拒之門外。」

這麼打完招呼後，我將波爾艾南之森和西方諸國的土產送給老魔女和小伊，也將在「人偶之國」羅多洛克的工房買到的人偶送給小伊當禮物。

此時屋頂上傳來類似麻雀的鳥類鳴叫聲。

「啊！今天是梳毛的日子！」

小伊這麼說著衝出房間。

根據老魔女的說法，她似乎是去幫古老雀梳毛了。

因為有點興趣，便在徵得老魔女的允許後前去參觀。

來到屋頂上之後，這裡有個跟游泳池相當的大型巢穴，中間坐著一隻體型接近小型卡車的麻雀。

「哎呀，真大的鳥呢！」

第一次近距離見到古老雀的卡麗娜小姐驚訝地叫了出來。

根據雷達情報，小伊似乎在古老雀的翅膀陰影之中。

「嘿咻，帕羅，翅膀稍微抬起來。」

——嗶。

依照小伊的要求，古老雀抬起其中一邊的翅膀。鑽進下面的小伊用類似竹掃帚的刷子將夾在羽毛間的垃圾和蟲子掃下來。這隻古老雀的名字好像叫做帕羅。

「嗚嗚，碰不到～」

「這樣就行了嗎？」

「咦？謝謝你，佐藤先生。」

我替小伊打掃了即使她站在臺座上踮腳也碰不到的地方。

「這裡很癢嗎～？」

——嗶嗶。

「這裡舒服喲？」

——嗶。

在不知不覺間，小玉和波奇爬到古老雀背上幫忙梳理羽毛。

「沒問題。」

「我們確實得到魔女小姐的允許了喔。」

注意到我的視線，蜜雅和亞里沙這麼對我說。

梳完羽毛之後，年少組、娜娜和卡麗娜小姐在小伊的帶領下前往塔周邊冒險，我則和老魔女聊起鍊金術。我們交換了幾個鍊金術配方，並且針對近況閒聊幾句。

「您說雷獸嗎？」

「是的，因為聽到了這樣的傳聞。」

「很遺憾，我沒在這座『幻想之森』中見過牠們。」

原以為雷獸或許會棲息在有許多不可思議生物的「幻想之森」，然而猜測似乎落空了。

「這麼說來，前陣子下雷雨的時候，帕羅相當戒備天空呢。」

根據老魔女的說法，通常不會有那種事情。

既然連那麼大隻的古老雀都會抱持戒備，我想應該是相當強大的魔物，可是也很有可能是單純討厭雷雨而已。

因為太陽差不多要下山了，露露跟莉薩便和老魔女一起去準備晚餐。

「真是奇怪的食材呢。」

「這些都是『幻想之森』的特產。」

像雲朵般的蘑菇，以及有著奇妙清脆觸感的蔬菜。肉類看起來像雞肉，顏色卻跟雪一樣潔白。

由於都是些不清楚特徵的食材，我們在老魔女的指示下進行調理。

「老師，對不起，我立刻來幫忙！」

「伊涅妮瑪亞娜，先去洗手吧。」

「是的，老師。」

小伊迅速洗好手之後加入我們。

雖然波奇她們也想幫忙，因為廚房已經擠滿了人，於是我請她們去布置餐桌。

「好香的味道～？」

「非常非常魔幻的香味喲！」

「確實是感覺很甜的香味呢。」

「嗯，同意。」

「真希望趕快完成，我這麼告知道。」

餐桌布置組站在廚房入口，迫不及待地看著我們。

我對她們說「馬上就好了」，並且開始進行最後的收尾。

「我開動了！」

「「「我開動了！」」」「喲！」

我們在亞里沙的口號，以及老魔女師徒對森林恩惠的感謝話語中開始享用晚餐。

晚餐的主菜是放在深盤裡叫做「幻想之森恩賜鍋～初冬清晨風格～」、色彩鮮豔的鍋物，能夠享受甜辣調味的蔬菜帶來的爽脆口感。沉在盤底的橙色地薯只要一咬就會在口中散開，醞釀出柔和的滋味。

麵包裡添加了像是葡萄乾，類似藍莓的乾燥水果，營造出甘甜柔軟的味道。

「肉先生不見了喲。」

「困難事件～？」

波奇和小玉看似困惑地戳著鍋子和配菜的沙拉。

順帶一提，配菜的沙拉上面像雪一樣灑滿了雲朵般的香菇，獨特的口感和味道美味到讓人停不下來。

「呵呵呵，馬上就烤好嘍。」

在露露說完之前，鈴聲先一步傳了過來。

「看來烤好了呢。」

「我去拿吧。」

「妳知道怎麼用烤箱嗎？」

「是的，請交給我吧。」

莉薩從廚房端來裝有雞肉料理的大盤子。

塗著蜂蜜基底醬汁的雞肉散發著光澤，看起來非常好吃。

「美味美味～？」

「果然肉先生最棒喲。」

雖然跟其他料理相比很普通，缺乏肉類的小玉和波奇依然非常開心地享用著餐桌上的雞肉料理。

跟這道雞肉料理搭配的蔬菜也很好吃。

雞肉在放進烤箱時，我們在內部塞滿了蔬菜，代替被取出的內臟。經過蒸烤，蔬菜裡充滿了雞的鮮味。

「莉薩也覺得好吃喲？」

「嗯，很好吃。」

或許是不喜歡柔軟的肉，莉薩的反應不太熱烈。

如果是身體不適，之後就拿點藥給她吧。

「「「多謝招待。」」」

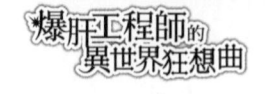

享用完充滿幻想之森風格的晚餐後，我們和老魔女以及小伊一同去散步消化。

「走過的地方自己亮起來了！」

「被燈光照亮的幻想植物真漂亮呢～」

「嗯，很棒。」

卡麗娜小姐對老魔女的魔法十分感動。

「真是漂亮的夜景。就像某個街道裡的燈光秀一樣。」

亞里沙回憶著前世的光景說。

她似乎想到了使用大量ＬＥＤ燈的美麗主題樂園。

「主人，是光的波紋，我這麼告知道。」

「唔咿～？」

「明明沒有撲通撲通，卻跟撲通撲通一樣喲！」

娜娜說的地方是個草的前端寄宿著螢火的草原。那裡似乎有著每踏出一個步伐，光的波紋就會逐漸散開的性質。

小玉和波奇也跳來跳去玩了起來。

或許是被她們開心的樣子吸引，一群半人半山羊的妖精族潘從森林深處現身，和兩人一起跳來跳去。

「哦，Amazing～？」

「非常非常開心喲！」

「是的，波奇。這個遊戲非常有趣，我這麼大力稱讚道。」

「愉快。」

孩子們、娜娜和潘圍成一圈跳起舞來。

「哈哈哈，主人也一起來跳吧。」

「卡麗娜也一起跳喲！」

「老師也一起！」

受到亞里沙、波奇和小伊邀請，我、卡麗娜小姐以及老魔女也加入這場奇幻的舞會。

在不知不覺間，其他稀有的妖精族和森林的動物們也現身，舞會變得更加熱鬧。

「連發光的蝴蝶和夜光色的小鳥都有呢！」

亞里沙看著飛舞的蝴蝶和小鳥發出讚嘆。

「呵呵呵，真漂亮呢。」

「是的，露露。是個美妙的光景，我這麼評價道。」

「嗯，歡喜。」

娜娜贊同露露的話，蜜雅一邊哼唱精靈的民謠一邊踏著舞步。

最近老是參與殘酷的戰鬥和貴族們的工作，這種幻想般的氛圍能夠療癒心靈。下次也想把潔娜小姐和賽拉她們帶過來呢。

我一邊這麼想，一邊和夥伴們以及小伊她們享受著幻想般的舞會直到深夜。

◆

「這裡是我們之前肢解狼的河邊嗎？」

「不，還要再過去一點喔。」

造訪「幻想之森」的第二天，我們充當跑腿的陪同小伊出門前往庫哈諾市購物。雖說有「活鎧甲」和鋼鐵豹的保護，小女孩獨自走在危險的森林裡還是會讓人擔心。

「話說回來，主人，你不向雅潔小姐詢問雷獸的事嗎？」

「那樣會給雅潔小姐添麻煩吧？」

我不認為雷獸的事情重要到需要麻煩雅潔小姐，所以沒有向她詢問。

雖然看起來無所事事，雅潔小姐是波爾艾南之森唯一的高等精靈，必須和精靈的長老們一同管理森林，因此肯定相當忙碌才對。

「是這樣嗎？要是被主人拜託，小潔應該會很高興吧？」

「嗯，同意。」

蜜雅似乎也抱持同樣的看法，亞里沙的說法也許有些道理。

「說得也是呢。那我試著去問問看。」

我改變想法，打算把這件事當作定期聯絡以外跟雅潔小姐交談的藉口。

卡麗娜小姐和小伊正專心地和波奇、小玉兩人玩「詞彙接龍」，就算暫時使用遠話，應該也沒問題。

『午安，雅潔小姐。』

『佐藤！』

接上遠話之後，雅潔小姐立刻用開朗的聲音回應我。

她的聲音還是老樣子，舒服到讓人想一直聽下去。

『抱歉突然發送遠話，沒打擾到妳工作吧？』

『嗯，不要緊。』

看來似乎沒什麼問題，於是我們彼此交流了一下近況。

雖然三天前也聊了很久，只要跟雅潔小姐交談，無論多久都聊得下去，真是奇妙。

「佐藤？」

「主人，看來你好像聊了很久，不過有談到雷獸的事嗎？」

——啊。

聊得太開心，以至於忘記了。

「有罪。」

「這個表情肯定是忘記了吧！」

因為挨了蜜雅和亞里沙兩人的罵，我有些依依不捨地進入正題。

『——雷獸？』

『是的，因為連蜜雅都不知道，我在想如果是雅潔小姐，或許會有些頭緒。』

『嗯～沒有印象呢。會是類似雷精聚集在一起的東西嗎？』

『有這個可能性呢。畢竟我也沒有親眼見過。』

『如果連接記憶庫，或許會知道得更詳細也說不定。我現在擁有知識的只和一千多歲的年輕人差不多——我說露亞，要是被佐藤聽到了怎麼辦！』

儘管我沒聽見，巫女露雅似乎在雅潔小姐後面吐槽了些什麼。

『有必要的話，我可以連接記憶庫確認一下喔？』

『不用，這不是重要到需要這麼做的事情。』

雖然令人依依不捨，由於事情已經辦完，我便切斷遠話。

當然，這次的遠話並不算定期聯絡，所以明天再慢慢地跟雅潔小姐聊聊吧。

「小潔說了什麼？」

我小聲地將從雅潔小姐那裡聽到的內容告訴亞里沙和蜜雅。

「確實，是雷精群體的推論是有可能的呢。」

「是嗎？」

「蜜雅覺得不可能嗎？」

「很難。」

根據蜜雅的說法，就算雷精靈聚集在一起，也會立刻引發落雷然後散開，所以維持群體的可能性很低。

「又回到原點了啊～」

「這不是挺好的嗎？畢竟也不會造成多大的損害。」

「說得也是呢。」

雖然雷獸的存在的確讓人很在意就是了。

◆

「差不多要到庫哈諾市嘍。」

隨道路延伸的森林突然中斷，來到一片一望無際的麥田。

遠處能看見的城塞都市，那裡應該就是庫哈諾市吧，規模和聖留市幾乎一樣。儘管和同樣在庫哈諾伯爵領的賽達姆市同等規模，人口卻多了大約五成。

雖然是被森林環繞的土地，在都市對面聳立的山裡似乎有採石場，因此這裡的建築物多半是木造和石造。主要居民大多是人族，而且跟賽達姆市一樣，這裡似乎也有獸人奴隸，而獸人多半是貓人。

或許是因為來的時間不上不下，庫哈諾市的大門空蕩蕩的。

「身分證拿出來。」

「嗯，給你。」

聽守衛態度傲慢地這麼說，小伊從懷裡拿出身分證。

「噫，是魔女的弟子啊。」

「是魔女大人的弟子啊？今天是來辦事的嗎？小心點喔。」

或許是對老魔女抱持著敬意，守衛的同伴對小伊的用詞和語氣很有禮貌。

「喂，那邊的是？」

「這是潘德拉剛子爵大人的馬車。」

坐在車夫位置的露露展示我的身分證。

「子、子爵大人！有叫這個名字的子爵大人嗎？」

「是其他領地的子爵大人吧？我好像聽過這個名字。」

傲慢的守衛和同伴說著悄悄話。

「我們可以通過了嗎？」

「嗯，可以。」

聽露露這麼問，守衛拚命地維持威嚴給出了許可。

穿過門後，我們和小伊會合前往庫哈諾城。

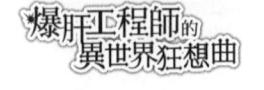

城裡的守衛似乎已經接到通知，小伊立刻被帶往城裡的會客室，我們也跟了過去。

「聽說魔女的弟子帶了同伴過來，沒想到是你啊，潘德拉剛卿。」

「好久不見了，庫哈諾伯爵。」

庫哈諾伯爵走進會客室這麼說著，我應邀和他握手。

「伯爵大人，這是老師要我帶來的藥。」

「嗯，的確沒錯。」

庫哈諾伯爵在確認裝在魔法藥保管箱裡看似很高級的瓶子後，立刻將箱子交給了侍從。

「費用和送給魔女大人的禮物，就等你們離開時再給吧。」

「嗯——不對。好的，伯爵大人。」

因為交代的事情辦完，小伊看起來鬆了一口氣，開始享用女僕小姐端上來的香甜點心。

「那麼，潘德拉剛卿有什麼事嗎？」

「因為剛好也在場，就陪伊涅妮瑪亞娜一起過來了。」

順便打算在庫哈諾市裡觀光。

「是這樣啊？這麼說來觀光就是你的工作呢。我會安排導遊，請你隨意參觀，然後今晚就住在城裡吧。」

難得他這麼說了，我決定恭敬不如從命。

「在那之前，我想先介紹一下家人。」

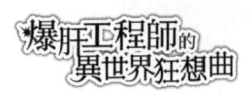

庫哈諾伯爵有許多孩子，妻子也有三位。

雖然沒有詢問詳細人數，他似乎有不少孩子因為跟魔物的戰鬥、生病和事故而去世了。

「這樣啊，請節哀順變。」

「嗯。不過我們領地因為有魔女大人的藥，比起其他地方來得好。要是其他領地爆發流行病，情況將會非常悲慘。」

因為物流並不發達，想從其他領地得到必要的藥物似乎相當困難。

「『弒魔王者』大人！請您教我劍術吧！」

大約十歲左右的女孩子眼睛閃閃發光地向我提出請求。

「太狡猾了，潔潔莉娜！潘德拉剛大人，請您也指導我吧！」

一名跟她年齡相似的男孩子這麼說完，其他孩子們也紛紛向我要求指導劍術。

我困擾地朝庫哈諾伯爵看了一眼，只見他說著「抱歉，可以請你照顧他們半個鐘頭嗎？」，向我提出請求。因為拒絕很失禮，無奈之下只好答應了。

高中生年紀的孩子們已經有一定的基礎，於是我糾正了他們的奇怪習慣、揮劍時的不穩定性，以及能夠增強體力的訓練方式和伸展運動。

小一點的孩子們只學過最基礎的東西，於是我便和他們對打，直到他們滿足為止。雖然卡麗娜小姐也想參加，萬一讓孩子們受傷就不好了，我便拒絕了她。

「還沒完呢———！」

第一個要求跟我練劍的潔潔莉娜堅持到了最後，但是由於基礎還沒打好，最終還是因為體力耗盡倒了下來。

「大人，假如方便，也請跟我們交手。」

一群希望跟我切磋的騎士們聚集了過來，不過由於時間已經大幅超出預定，我只好拒絕並表示下次再說。男人請不要一臉難過地流著淚，一邊偷偷地看著我啦。

在那之後，我們在庫哈諾伯爵安排的導遊帶領下參觀了庫哈諾市。當然，小伊也一起同行了。

這裡的木工和石工似乎非常興盛，尤其是家具方面特別出色。

「喜歡這個靠背～？」

「哦～真不錯呢。也把這套桌椅買下來吧？」

我們在一間家具店裡發現了不錯的客廳套組，因此決定買下來。

據說訂單已經排到了半年之後，所幸導遊幫忙疏通，店家表示如果願意接受展示品，就能立刻購買。

「這個要放在王都宅邸嗎？」

「總之先放在太守府吧？」

王都宅邸和迷宮都市宅邸的份，我表示即使排到一年後也沒關係，然後下了訂單。

都市觀光結束後，當天晚上被招待了一頓以山珍為主，用了大量森林食材製作的晚餐。

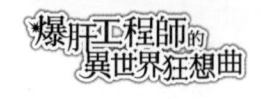

因為肉類料理很多，小玉和波奇非常興奮，吃得相當滿足。

隔天一早我們就離開庫哈諾市，將小伊送到「幻想之森」的入口處。

「佐藤先生，下次再來玩喔。」

「嗯，我一定會再來。」

「這個請你收下。是小伊自己做的。」

小伊這麼說著，送給我一套魔法藥。

「謝謝妳，這是我的回禮。」

我將從西方諸國得到的煉金術書籍，以及鍊成時很方便的道具當作禮物送給她。

「咦——？這麼多真的可以嗎？」

「那當然。」

「謝謝你，佐藤先生。小伊會好好努力，然後幫助很多人喔！」

「嗯，加油吧。」

勤奮的小伊一定能在接受老魔女的薰陶後，成為一名優秀的鍊金術師或魔女的繼承人。

我鼓勵充滿幹勁的小伊，在森林入口和她道別。

◆

「少爺！好久不見了！」

路過賽達姆市時，我稍微繞去認識的陶藝工房看了一下。

「是貓人的姊姊喲！」

「哈囉～？」

波奇跟小玉和貓人奴隸的姊姊們擊掌。

卡麗娜小姐眼睛閃閃發光地看著在穆諾伯爵領不常見的貓人，不過由於不知道怎麼應對她們，動作有些可疑。

「今天有什麼事嗎？」

「想來打聲招呼，順便訂購一些陶器。」

「畢竟在『幻之藍』的事情上得到少爺的關照，所以就算要把其他訂單延後，我也會優先處理少爺的訂單！」

工房老闆這麼對我說，然而這樣對其他顧客不太好，還是希望他能好好依照順序來。

順帶一提，所謂的「幻之藍」是在賽達姆市太守凱旋時製作，用已經失傳的工法製成的陶器。

「我想請您製作用『幻之藍』製成的餐具。」

「喔！交給我吧！」

「我想要大約一百套，可以嗎？」

「咦——？要那麼多？是想要進貨嗎？」

工房老闆對訂購數量感到吃驚。

這對貴族家的訂單來說應該很普通吧？

「不是，是我最近當上太守了，因此想在館內使用這些餐具。」

「當上太守？少爺在為哪位貴族效力嗎？」

「不，我被任命為穆諾伯爵領布萊頓市的太守。」

這麼老實回答後，工房老闆驚訝到下巴差點掉下來。

在手忙腳亂一會兒之後，他喝下貓人姊姊遞給他的水才終於恢復冷靜。

然後——

「請原諒我之前的無理啊啊啊啊啊！」

他當場跪在地上道歉。

「發生什麼事了嗎？」

「我對貴族大人說了很失禮的話。更何況為了『幻之藍』還讓您親自跑腿……」

工房老闆的聲音在顫抖。

我原本以為他在開玩笑，看來是認真在道歉。

這麼說來，我上次跟他見面時好像還是平民吧？

「請抬起頭來。」

「但是，我居然把貴族大人當成雜役……」

「不必擔心，畢竟當時的我還是平民。」

「——咦？」

「在那之後，我在穆諾領立下功績，得到了名譽士爵的頭銜。」

「是、是這樣啊——呃，名譽士爵能夠當上太守大人嗎？」

「當不了啦。畢竟現在主人是子爵嘛。」

亞里沙回答了工房老闆的疑問。

「啊啊，是這樣啊——不對，這不就代表您現在是貴族大人嗎！什麼都沒改變啊！」

在短暫地放下心後，工房老闆發現了這個事實，再次發出慘叫。

「我不在意，所以請您起來吧。」

如果他那麼畢恭畢敬，以後就很難來這裡玩了。

我想盡辦法安撫，好不容易讓他平靜下來之後完成訂單，決定委託商業公會將完成的商品送到布萊頓市的太守館。這個時候，卡麗娜小姐已經能和貓人奴隸的姊姊們正常聊天了。

辦好所有手續後，我們來到賽達姆市的市場挑選各式各樣的銀製品。

由於和狗頭人的爭端結束，銀山重新開始開採，市面上出現了許多便宜的銀製品。

「這個真漂亮呢。」

卡麗娜小姐眼睛發亮地看著一條鑲有貓眼石的項鍊。

「不覺得跟剛才那些孩子們的眼睛一樣嗎？」

「哦，Yes～？」

「真的喲！」

原來如此，所以她才會被吸引啊？

「大姊這麼漂亮，就給妳打個折吧。銀幣三枚怎麼樣？」

攤販老闆向卡麗娜小姐推銷。

順帶一提，市價是銀幣兩枚。

「……銀幣三枚。」

卡麗娜小姐露出悲傷的表情將手上的項鍊放回攤位上。

「難不成您手上沒有錢嗎？」

「因為把艾莉娜她們留在公都，沒有人能幫我付錢。」

原來如此，是這麼回事啊。

姑且不論以前的穆諾領，現在穆諾領的領主千金不可能買不起區區幾枚銀幣的東西。

「真不愧是名媛，出門都不帶現金。」

「名媛？」

「既然如此，我來代墊好了。」

我沒打算向穆諾伯爵報帳，可是為了不讓卡麗娜小姐感到內疚，我還是這麼說了。

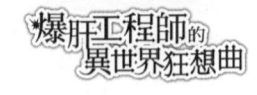

「謝謝你，佐藤。」

這個攤位不僅價格合理，還有許多有品味的商品，因此我買了不少當作送給布萊頓市太守館工作的女僕們的禮物。而要送給布萊頓市代理太守莉娜小姐的東西，我已經趁剛才在正式的店家裡買好了。

買完東西之後，我們便迅速離開賽達姆市。

畢竟要是在外面逗留太久，工作只會越積越多。

在經過以前被親切招待的國境堡壘時，我順便送了些桶裝酒和肉塊當作禮物，穿過山谷上的狹窄吊橋返回穆諾領。

就連被許德拉摧毀的穆諾領堡壘，現在也已經簡單蓋好一座新的。在負責領軍的佐圖爾卿的重新編排下，士兵們正認真地執行堡壘勤務。

「子爵大人，其實在上次雷雨時，我們發現了沒見過的魔物。」

將堡壘守備隊長跟我商量的內容統整起來，看來守備隊目擊到的就是所謂的「雷獸」。

雷獸似乎是從東邊的魔物領域出現，穿過邊境消失在庫哈諾伯爵領的方向。

從時間線來看，這裡的目擊情報應該最舊。

我把在庫哈諾伯爵領收集到的情報告訴守備隊長，並且提出了要是再次見到雷獸就通知我的要求。

離開堡壘後，我們遠遠地看著幾個村莊並沿著道路前進。

沿途已經見不到賣春和出售女兒的人，面對眼前眾人開心農耕的光景，以從政者的角度來看實在令人鬆了口氣。

「要就這樣直接去布萊頓市嗎？」

「不，先去穆諾市一趟吧。」

我稍微想了一下後回答亞里沙。

儘管得繞點遠路，在返回布萊頓市之前，得先到穆諾市把卡麗娜小姐送回去才行。

穆諾伯爵領的發展

「我是佐藤。在玩建造都市的遊戲時，印象中曾有過了中期之後要做的事情會一口氣增加，在習慣之前很累人的印象。不過只要過了那個階段，接下來就像例行公事一樣，會輕鬆很多。」

「真是的，明明只是去公都解咒，為什麼會變成去其他國家討伐魔王呢？」

「卡麗娜和佐藤你們都沒事真是太好了。」

我在穆諾城裡挨了執政官妮娜小姐的罵，穆諾伯爵則對我們平安無事表示開心。

我對讓他們擔心的事道歉，並且告訴兩人事情的始末。

「三個魔王合體，變成了超級魔王喲！」

「超級強～」

波奇和小玉在途中插嘴，遭到莉薩用「嘴巴拉鍊」的動作責備，看起來有點可愛。

「雖然波奇的說法很像在開玩笑，三個被稱為偽王的假魔王合體，變成了真正的魔王是事實。」

「一開始是分裂的嗎？」

——分裂？這麼說起來，繆黛、基基拉和大叔等三個偽王擁有同樣的獨特技能。

如果透過某種方法，將一個獨特技能——「臨機應變」拆成三份分別賦予三個人，那麼合體能夠成為真正的魔王也就說得通了。

不過，事到如今也沒辦法驗證就是了。

「那麼最後就是由沙珈帝國的新勇者們擊敗他了吧？」

「嗯，大概就是那樣。」

雖然實際上在討伐之前，魔王被「抗拒之物」給吞噬了，不過我以勇者無名的身分擊敗「抗拒之物」後，確認到新勇者們也得到了「弒魔王者」的稱號，因此我想這個說法不見得是錯的。

「儘管沒機會見到勇者隼人大人，還真想跟新的勇者大人們見個面呢。」

穆諾伯爵一臉羨慕地看著卡麗娜小姐和我們。

等到接受授勳儀式之類的緣故前往沙珈帝國時，也邀請穆諾伯爵一起去吧。

假如是他，肯定會很享受去勇者召喚的聖地參觀才對。

另外，我們在穆諾城的廚房再次見到了在公都被丟下的艾莉娜跟新人妹這對組合。

「子爵大人和卡麗娜小姐都太過分了啦！」

一見面就被抗議了。

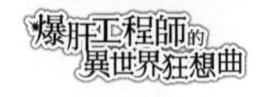

雖然我覺得當時的情況不是我的錯，由於試作品剛好完成，我便試著將話題轉了過去。

「抱歉、抱歉。要不要嘗嘗我試作的美式炸熱狗？」

「當然要！誰會拒絕試吃子爵大人的料理啊！」

「……艾莉娜小姐。」

「新人妹不想吃嗎？」

「當、當然要吃啦。」

面對艾莉娜壞心眼的話語，新人妹慌張起來。

「啊！這不是最大那份嗎！」

「請別說這種孩子氣的話啦。」

當我默默看著艾莉娜和新人妹交談時，一群像飢餓孩童的餓肚子女僕們衝了過來。

「啊——！艾莉娜她們在偷跑！」

「子爵大人，我愛您！所以，請讓我也試吃吧！」

「我在出生前就愛上您了，所以應該有試吃的權利才對。」

「我也是、我也是！我在相遇之前就愛上試吃了，讓我吃一口吧！」

最後那位的愛慕對象變成了料理。

我對這些現實的女僕們說每人只能吃一口，將試吃的小盤子遞給了她們。

女僕們用像是食人魚圍攻掉進河裡的水牛般的氣勢搶奪料理。

「廚房裡不准吵鬧！弄出灰塵的傢伙，今後禁止進入廚房喔！」

「「「對不起，蓋爾德小姐！」」」

在蓋爾德廚師長的喝斥聲中，女僕們紛紛挺直腰桿開口道歉。

她果然是廚房的主人呢。

◆

我們先在穆諾市逗留了幾天，之後返回布拉頓市。

「子爵大人，歡迎回來！」

在太守館擔任代理太守的莉娜·艾姆林子爵千金前來迎接我們。

她這陣子似乎很忙，眼睛底下出現了黑眼圈。根據彈出的AR顯示，她似乎有輕微的過勞症狀。

之後再把營養劑和能夠睡個好覺的安眠藥拿給她吧。

當我在會客室簡短地向莉娜小姐說明從公都前往優沃克王國協助討伐魔王的事情時，依然有部下接二連三前來詢問問題。

似乎是因為剛開始經營這座城市，導致每天各處都會發生不同的問題。

「子爵大人，不好意思，我先去下達指示一下。」

莉娜小姐這麼說著站了起來——

「——危險！」

我接住突然眼前一黑朝我倒下的她。

「對、對不起！」

「別著急，請慢慢調整好身體狀態再起來吧。」

莉娜小姐滿臉通紅地調整呼吸。

AR顯示的狀態是「過勞」，輕微的文字已經消失。

這是醫生會開口制止的狀態了吧？

「我已經沒事了。」

「才不是沒事。請妳接下來三天停止工作，好好休息。」

我可不能容忍自己擔任太守的行政機關變成黑心企業。

「可、可是，工作——」

「這是太守的命令。亞里沙，會計和事務工作交給妳了。」

「OK～！」

「蜜雅，不好意思，妳能幫個忙嗎？」

「嗯，交給我。」

亞里沙和蜜雅帶著文官離開房間。

「莉薩和娜娜去了解武官的需求。」

「是的，主人。」

娜娜立刻作出回答，莉薩卻沒有反應。

「莉薩～？」

「在睡覺嗎喲？」

「對不起，我稍微發了個呆，我立刻開始準備。」

以莉薩來說還真稀奇，是有什麼在意的事嗎？

「露露去跟女僕們打成一片，了解僕從們是否有不滿或煩惱的事。」

「好的，我明白了！」

露露和女僕一起離開房間。

我環顧四週，發現小玉和波奇正露出期待的表情等著我的指示。

「小玉隊員、波奇隊員，我給妳們前去街上幫助有困難之人的任務。」

「系系系～」

「好的喲！波奇是幫助人的專家喲！」

兩人擺出敬禮姿勢衝出房間。

「子爵大人。」

「接下來的三天，莉娜小姐的工作就是留在房間裡休養。」

「可是……」

莉娜小姐遲遲不肯答應休息。

看來有點工作中毒的樣子。

「不可以。」

我開玩笑似的說著，用公主抱的方式抱起莉娜小姐回到她的私人房間。

她有些慌亂，喋喋不休地說著莫名其妙的話，然而我沒有理會。

「之後拜託妳們了。」

我命令莉娜小姐的侍女讓她好好休息。

畢竟再怎麼能幹，我也不能讓一個十幾歲的孩子因為過勞倒下嘛。

「久等了，亞里沙，也給我一些文件吧。」

「已經作好分類了。這邊的文件是要交給太守裁決的。」

來到辦公室之後，亞里沙正一邊指揮文官們，一邊處理著文件。

蜜雅看起來有點膩了，但是處理完畢的文章數量足以讓正職文官都自愧不如。

「有空的桌子嗎？」

「太守大人，這邊請。」

由於辦公桌似乎都被占滿了，我被帶到茶几前的沙發上。

以前這種環境可能會讓我腰痛，現在則在各方面都變得結實了，應該沒問題吧。

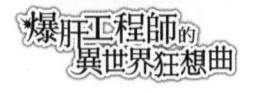

「我看看——」

文件大致上可以分為關水利權、治安、材料短缺和陳情等四個方面。

像是「井水不夠用」、「河川上下游爭奪水權」、「盜賊出沒」、「路上和村裡出現了魔物」、「月夜出現了不明的野獸肆虐」、「石材不足」、「鐵不夠用」、「木材不夠」、「希望能有特產」、「需要人手」，以及「落雷燒掉了糧食倉庫」等。

我從優先度高的項目開始一一分配人手和預算。

「太守大人，這是代理太守說要優先處理的——」

「沒關係，請別在意並繼續工作。」

文官對被延後的案子提出意見，但是我強行讓他們依照我的指示去做。

我明白莉娜小姐想先處理的理由，因此預計由我和夥伴們個別處理。我打算今晚悄悄處理掉真正緊急的案子，其他就算等到明天之後也沒問題。

「主人，這邊都處理完了，那邊需要我幫忙嗎？」

「不，我這裡沒問題，妳去幫助其他文官吧。」

「OK～！」

亞里沙以動作慢的新人為中心逐一搶走工作，然後以怒濤般的氣勢處理起來。

「那就是執政官說過的帳簿鬼亞里沙……」

「『要是有亞里沙在，工作效率能提高一倍』，也難怪執政官會這麼說了。」

「真是驚人的速度。」

文官們停下手邊工作，紛紛就像在稱讚作弊主角的路人一般說著，於是我提醒他們回到工作崗位。

只要依照這個速度做到半夜，感覺就能將所有堆積的文件處理掉，不過我依然要求文官們準時下班。

「可是還有工作——」

縱使文官們不情願，我還是強硬地讓他們回家了。

儘管不到莉娜小姐的程度，感覺每個文官都累積了疲勞，以至於工作效率降低了嘛。

◆

「不好意思，休息了那麼久。」

「結果還是兩天後就回來上班了呢。」

莉娜小姐比預期得更快回到工作崗位。

不過她的臉色已經恢復，ＡＲ顯示的狀態也回到了正常，應該沒問題吧。年輕真好。

「託您的福，我已經恢復精神了——咦？真奇怪，應該在這附近啊……」

坐在自己辦公桌前的莉娜小姐正慌張地確認文件。

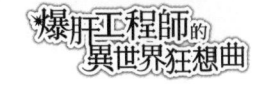

「有什麼東西不見了嗎？」

畢竟昨天之前都是亞里沙在用，是放文件或備品的地方改變了嗎？

「不是，是我留下來的文件全都不見了。」

「那些已經全部處理好了。」

「咦──？真的嗎？明明鐵在穆諾市也不夠用，您是怎麼辦到的？」

「那方面我已經跟波爾艾哈特的市長多利亞爾先生談妥，請他幫忙了。」

我變裝成亞金多，用佐藤的名義直接和多利亞爾先生交涉。

為了讓擁有最終決定權的杜哈爾老先生留下好印象，我將用佐藤身分鍛造的最高傑作祕銀劍和在穆諾領採到的整箱祕銀礦石交給了他。前者是我不停鑽研鍛造的證明，後者是送給杜哈爾老先生的禮物。

由於運輸要花不少時間，我從儲倉裡大量保存的資材中拿出急需的必要部分。當然，我是透過「魔法背包」來進行。

短缺的木材也向庫哈諾伯爵領下了訂單，立刻要用到的部分則透過在半夜砍伐木材，再用蜜雅的魔法乾燥準備好了。石材也已經向廢坑都市下訂，應該最近就會送到。

「咦？可是居然能在這種不能送信的時間完成？」

「是用了只有妖精族才能使用的祕密方法喔。」

雖然這次沒有用到，只要委託樹精就能往來。

「盜賊和魔物也都消滅了？明明連調查隊都沒派出去耶？」

「這方面我請莉薩她們去處理了。」

「小玉是調查的專家喲！」

應該在隔壁房間等待的波奇不知何時來到了我的腳邊。

我透過地圖搜索找出盜賊的藏身處和魔物行動的區域，再利用遠話引導小玉趕往現場。

「難道連一直難以處理的增設水井也處理掉了嗎？」

「不，那件事還沒完成。」

「說得也是呢。」

我對一臉驚訝說著的莉娜小姐這麼回答，她便露出有些失望但能接受的表情。

「我打算接下來跟蜜雅一起去解決那件事。」

「跟蜜薩娜莉雅大人一起？」

「是的，畢竟蜜雅是精靈使。」

要藉由溫蒂妮來尋找水脈。

「子爵大人，關於取水的爭議似乎還有幾件還沒處理——」

「那些地方我也會增設水井。從陳情書來看，只要有其他飲用水，河川的水源應該就不成問題。」

「啊，的確是這樣沒錯呢。」

莉娜小姐確認完陳情書後，露出接受的表情。

接著我回答了幾個問題，將剩餘的支援工作交給亞里沙，離開了辦公室。

「太守大人，請帶上護衛。」

我本來打算透過蜜雅的精靈飛過去，可是考慮到抵達後還要解釋自己是太守很麻煩，便只帶了騎馬的士兵前往各個村莊。

因為開拓村已經設置了足夠的水井，這次全都是前往既有的村莊。

「蜜雅，召喚溫蒂妮吧。」

「嗯。■■■……」

我們抵達第一個村莊，我趁著村民去叫村長的期間請蜜雅完成詠唱。

「隊長大人，今天您有何貴幹？」

「我今天是擔任太守大人的護衛。」

「您說太守大人嗎？」

「沒錯。這位是布萊頓市的太守，潘德拉剛子爵大人。」

護衛隊長這麼說著，向村長介紹我。

因為沒有招待附近有影響力的人舉辦太守就職的慶祝典禮，才要像這樣進行介紹。或許不該嫌麻煩，開個就任宴會來認識一下比較好也說不定。

在我思考這些事的時候，村長和村民們跪在地上向我打招呼。

「能夠見到太守大人，我感到非常幸榮**的說**。」

或許是不擅長使用敬語，村長的用詞微妙地有些奇怪。

聽完村長的自我介紹，我讓他們所有人起身。

「……■　水精靈創造。」

持續進行詠唱的蜜雅召喚了水的擬似精靈溫蒂妮。

見到由透明的水構成的美女出現，村長和村民們紛紛發出驚訝的聲音往後退，其中甚至有人腿軟倒在地上。仔細一看，連護衛的士兵們也都嚇到坐倒在地。

「這是蜜雅召喚的精靈，不會傷害大家。」

我對嚇到的人這麼說，接著轉頭看向蜜雅。

「蜜雅，讓水精靈尋找水脈吧。」

「嗯，溫蒂妮。」

接到蜜雅的指示，溫蒂妮緩緩地環顧四周，手指從山的方向往森林的方向移動。看來這條線上似乎存在水脈。

「如果是村子的結界柱範圍內，大概是那附近吧？」

「沒錯。」

蜜雅點了點頭。

我們姑且移動到那個位置，並且請溫蒂妮確認後便將她送了回去。

「看來這下面似乎有水脈。」

「非常感激涕零。那麼，我們會讓村民來這裡挖。」

看來村長們似乎半信半疑。

我用地圖確認後，發現水脈的位置頗深。

「蜜雅，可以召喚格諾莫絲嗎？」

「嗯。■■■……■　地精靈創造。」

我朝正在和村民討論水井事宜的村長們瞥了一眼，這次請蜜雅召喚身為大地精靈的格諾莫絲。

「蜜雅，讓她在這裡挖個通往水脈的深洞吧。」

「格諾莫絲，上吧。」

在蜜雅的命令下，格諾莫絲挖了一個約一·五公尺寬的洞。

雖然用我的土魔法「陷阱」來挖比較快，我不想在眾目睽睽之下使用這麼顯眼的魔法，才拜託蜜雅的格諾莫絲。

「太、太守大人，這是？」

「雖然不能幫忙到完工，姑且做好了挖到水脈的工程。」

因為已經加固了四周的牆壁，之後只要用石材來補強牆壁和底部就行了。

「非常感謝感激您。這位小姐真是個厲害的魔法使呢。」

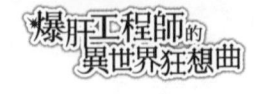

被村長稱讚的蜜雅得意揚揚地挺起單薄的胸部。

我拒絕了村長想招待我的要求，前往各個村莊做了同樣的作業。途中發生了受到村子的老人家說著「感激不盡、感激不盡」的膜拜，以及被強塞村裡的作物當作謝禮的事。

而在其中一座村子裡——

「這是夕顏的果實嗎？」

我記得好像是在原本的怨靈堡壘也種植過，用來加工成類似瓠瓜乾的冬季乾糧。

「是的，這附近的森林能採到很多。」

聽村民這麼說確認了一下，發現這附近的村落在冬天前也會用類似瓠瓜乾的方式加工夕顏果實。

在陳情書上提到的特產品，有包含這個瓠瓜乾嗎？

就我個人而言，如果能輕易買到用瓠瓜乾製成的壽司捲，我會很高興。畢竟自己做的話很費工夫嘛。

儘管海苔必須從歐尤果克公爵領進口，其他材料應該能在領內找到。

穆諾市附近的河川水量充足，我想應該能建造水田。

移動中我先跟露露用遠話商量了這件事，接著在回到太守館之後嘗試向莉娜小姐提出了這個想法。

「咦——？已經挖好那麼多水井了？」

她因為正題以外的事情嚇了一跳。

我出發時應該已經說過要去各個村落挖水井了啊？

「畢竟蜜雅很優秀。」

聽到我這麼說，蜜雅便對莉娜小姐比出勝利手勢。

我摸了摸蜜雅的頭，再次說出正題。

「——也就是說，那個叫做瓠瓜的乾燥蔬菜會變成特產？」

「是的，畢竟我沒在穆諾領之外的地方看過這種蔬菜。」

機會難得，我決定讓莉娜小姐試吃看看。

我把露露找來，委託她製作用瓠瓜做的壽司捲和紅燒瓠瓜。

「這就是瓠瓜？」

見到未經烹調的樣本，莉娜小姐露出懷疑的目光。

唉，我能理解她的想法。

「讓您久等了。」

「謝謝妳，露露。」

在我大致上報告結束時，露露端來了使用瓠瓜的料理。

從上面有很花時間的菜色來看，應該是我在移動中跟露露商量時，她立刻就著手開始準備了吧。

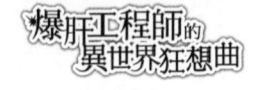

「真好吃。瓠瓜裡充滿了湯汁的味道，而且口感也很獨特，真是有趣。」

得到了相當高的評價。

「太守大人，請讓我也嘗一嘗。」

「我也希望品嘗一下。」

「請務必讓我也試試。」

辦公室裡的其他文官們也很有興趣，我便讓大家都品嘗看看。

「真好吃！這絕對能當成特產！」

「會這麼好吃不是因為露露大人的手藝好嗎？」

「就算扣掉這點，我也認為這會暢銷。」

「同感。乾燥的瓠瓜很輕，輸送起來肯定不礙事。」

「是啊，商人們肯定也很高興有這種方便的商品。」

看來評價不錯，後續的事情就交給文官們吧。

「子爵大人果然很厲害。就像您救了我家一樣，布萊頓市的所有問題也都被子爵大人一行人解決了。像我這種人還差得遠呢……」

莉娜小姐用有些陰沉的表情自嘲。

唉呀，多管閒事過頭了。得好好替她打氣，避免她失去自信才行。

「莉娜小姐，這麼說可不對喔。」

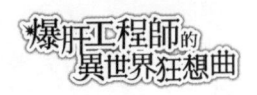

「……不對？」

「是的，沒錯。正因為莉娜小姐作為代理太守將組織管理得井井有條，我才能夠做好『代替莉娜小姐』的事。」

「可是，那只是理所當然的事——」

「這種理所當然的事才是最困難的喔。儘管很不起眼，能夠做到這一點的人並不多，小莉娜應該對自己感到自豪。」

莉娜小姐眼眶泛淚地朝我看了過來。

「沒錯，正如亞里沙所說，妳是最棒的代理太守。」

不如說，我想直接把太守的位置交給她。

「非常感謝您，子爵大人。」

莉娜小姐的淚腺潰堤，眼淚滂沱流出。

我用手帕擦拭她的眼睛，溫柔地抱著她的肩膀，輕拍著她的背。

雖然腦中一度浮現了「性騷擾」的念頭，她畢竟是小孩子，感覺也不怎麼討厭，應該沒問題吧。而且亞里沙也沒有判定有罪。

我環顧四週，發現輔佐官們也受到感染，互相擁抱哭了起來。

當場面恢復平靜時，娜娜她們回來了。

「主人，我們回來了，我這麼告知道。」

「歡迎回來，娜娜、莉薩。街道的巡邏怎麼樣？」

「是的，主人。盜賊最後的根據地也處理掉了，我這麼報告道。」

娜娜提出報告，莉薩將報告書交給了負責的文官。

「辛苦了，沒有受傷吧？」

「沒有，主人。不過莉薩受傷了，我這麼報告道。」

「——莉薩嗎？」

「只是輕微的擦傷，已經用魔法藥治好了。」

即使如此，莉薩會被區區盜賊打傷還真令人意外。

是有哪裡不舒服嗎？

儘管AR顯示的狀態上沒有異狀，我還是有點擔心。

「「「主人！」」」

門「砰」的一聲打開，跟娜娜擁有相同長相的少女們衝了進來。

進入房間的是本來應該在王都的娜娜姊妹們。

「妳們幾個！我不是說過開門前要先敲門嗎！」

「「「是的，愛汀。正在反省，我這麼告知道。」」」

娜娜姊妹們挨了長女愛汀的罵。

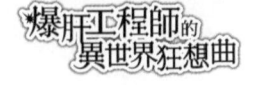

「好了、好了，愛汀，罵到這裡就行了。哈囉～一郎——佐藤。」

接著最後進入房間的，是來自平行世界的青梅竹馬小光。她也是數百年前建立希嘉王國的王祖大和本人。

「好久不見。是妳帶姊妹們過來的嗎？」

「嗯，畢竟我也有事要辦。來，這個給你。」

小光遞給我一疊厚厚的文件。

「——這個是？」

是我有印象的筆跡。

「是約翰給的。說是智慧型手機的回禮。」

約翰——約翰史密斯被認為是受到盧莫克王國召喚的日本人，也是小光和娜娜姊妹們的熟人。

「那支智慧型手機果然是他的嗎？」

「嗯，他一下子就解鎖了。之後看著智慧型手機的情報，把技術寫在了紙上。」

我翻了翻文件，發現上面詳細地寫著地球的技術——像是哈伯．博施法或是內燃機關的原理等。

「對了，他說自己有好好注意『禁忌』相關的內容，所以放心吧。」

看來約翰史密斯已經仔細看過我留下關於禁忌的注意事項了。

「這樣啊，那就可以放心了呢——哦，也有鋼琴的設計圖呢。」

「真的嗎？」

蜜雅以驚人的速度靠了過來。

我跟她約好會優先製作並請她放開我，接著開始一一確認其他頁面。

其中不僅包含了許多我在地下拍賣會買到的半本筆記上記載的技術，也有不少我不知道的情報。之後找個時間仔細閱讀吧。

「啊——我還在公都遇到賽——」

「那、那個，子爵大人！」

正當小光準備說些什麼的時候，紅著眼眶的莉娜小姐從背後向我搭話。

看起來有點緊張。

「這位女性是子爵大人的熟人嗎？」

「抱歉，我還沒自我介紹呢。我是小光，在王都擔任宿舍的房東。」

「宿舍的房東？您跟子爵大人是什麼關係呢？」

「我是佐藤的——」

在小光說出多餘的話之前，我搶先說出「她是光圀女公爵大人」，向莉娜小姐說明她的身分。

「我的夥伴正受到她的照顧。」

我這麼說著，看向娜娜的姊妹們。

「主人，是維兔在照顧小光，我這麼告知道。」

「特麗雅也是！特麗雅也這麼想！」

「那並不正確。」

聽見小妹維兔和三妹特麗雅的發言，次女伊絲納妮簡短地批評。

「說得也是呢。畢竟我們雖然幫助了小光小姐，也受到了修行和住宿方面的照顧。」

長女愛汀這麼說完，其他姊妹們也點了點頭。

「嗯，大概就是這種關係。」

「是這、樣嗎？」

由於隨便作出結論，莉娜小姐一副不太了解的樣子。

「代理太守，公爵大人還站著呢。」

「說得也是！真抱歉，公爵大人！我立刻準備會客室！」

在輔佐官的提醒下，莉娜小姐慌張地跳了起來，立刻開始下達指示。

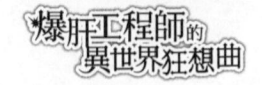

「其實不用那麼緊張啦。」

「那樣可不行。」

會客室的準備立刻就完成了，我和小光她們一起前往那裡交談。

莉娜小姐本來也想跟著，然而要是妨礙到她的工作就不好了，便決定只由我和夥伴們來接待。

「那麼，妳應該不是只來替約翰史密斯送禮的吧？剛剛好像還有話要說？」

「嗯？那個沒關係。我忘記她叫我不要說的事了。」

「是這樣嗎？」

「嗯，那是女孩子的祕密。」

畢竟提到了公都，我想大概跟賽拉有關，可是從她的語氣來看，應該不是非得追問不可的事情。

「那麼，那件事就算了。」

「是嗎？呃，我說到哪裡了——對了。」

小光思索了一會兒，接著回到正題。

「會來這裡除了是維兔她們也想過來之外，賽提也拜託我直接跟一郎哥問個清楚。」

「是關於討伐優沃克王國魔王的事情嗎？」

聽到我這麼問，小光點了點頭。

順帶一提，賽提是希嘉王國國王的暱稱。

雖然我已經透過穆諾伯爵遞交報告書了，既然會特地派遣小光過來，應該是想直接從我口中了解詳情吧。

我向小光說明討伐魔王的整個過程。

「繆黛是『幻桃園』的人？那些傢伙無論在哪個時代都不做正經事耶。」

小光忿忿不平地說。

這麼說來，她好像說過在擔任勇者的時代，「幻桃園」也給她添了不少麻煩。

「不過『人造魔王』啊……幻桃園已經找到方法了嗎？」

「我想應該沒有。」

當時我仔細搜查了幻桃園的根據地，可是沒有發現有類似感覺的資料。

「這次與其說是人造魔王，更像是變成偽王的基基拉和繆黛兩個當地人，跟一名類似日本人的男性擁有相同獨特技能的關係。」

「咦？我想以前應該沒有這種紀錄喔。之前我因為某個機會，跟沙珈王國勇者神殿的某個活字典般的人請教，他否定了這個說法。」

小光這麼說完，露出了像是察覺到什麼的表情。

「等一下，之後那三個人合體，變成了真正的魔王對吧？」

「嗯，妳說得沒錯。」

「既然如此，會不會是透過某種方法將原本是一個的獨特技能拆成三份，分別寄宿在剛剛提到的三個人身上呢？」

小光似乎也跟我想到一樣的事。

「問題在於是誰做了這件事吧。」

「嗯，畢竟魔族很有可能這麼做，而且或許存在擁有類似靜香那種獨特技能的轉生者也說不定。」

「儘管不能否定，至少優沃克王國不存在那種人。」

不過，感覺還是記住有可能性比較好。

「剛剛那件事——」

「嗯，我會告訴賽提，請他也跟沙珈帝國共享情報喔。」

「拜託妳了。」

小光心領神會地察覺到我的要求。

「那麼，是一郎哥打倒了那個合體人造魔王嗎？」

「將人造魔王逼到極限的是沙珈帝國的兩位新勇者。不過，在解決牠之前發生了預料外的事情。」

我將「抗拒之物」流出的事情告訴小光。

「又出現了？真虧你沒有神的幫助還能搞定呢。」

「有殺手鐧真是太好了。」

既然已經遇到兩次「抗拒之物」，或許還會遇到第三次。既然如此，或許應該尋找神劍之外的應對方式比較好。還是快點研究之前在碧領異界發現的那個類似對神魔法的東西吧。

「對了！我帶了一封穆諾伯爵的信過來喔！」

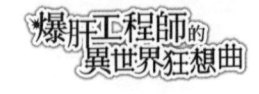

小光帶來的信上寫著，從歐尤果克公爵領和東方小國群來了許多想得到官職和工作的人，他準備將其中沒問題的人送一半過來。

「謝謝妳，小光。這下布萊頓市人手不足的情況也能得到緩解了。」

「哈哈哈，我只是帶信過來而已。」

我叫來在門外待命的貼身女僕，請她把這封信交給代理太守莉娜小姐。

「妳能暫時放鬆一下嗎？」

「兩三天應該沒問題。」

好像是必須把過來這裡時代步的王家小型飛空艇還回去的關係。

「要我再送幾臺給王國嗎？」

「哈哈哈，不用、不用。這次好像只是預約剛好滿了而已。」

包含大怪魚的部分在內，我的儲倉裡堆放了許多能用在空力機關上的怪魚鰭。

「而且要是我離開宿舍太久，孩子們會寂寞嘛。」

這麼說來，她的確在王都擔任房東呢。

「主人——！我從娜娜那裡聽到了有趣的事件，我這麼報告道！」

衝進來房間的既不是好奇心旺盛的小妹維兔，也不是自我主張強烈的三女特麗雅，而是頭髮兩邊綁著包包頭的六女西絲。

「事件？」

「是月夜裡會出現不明野獸大鬧的事件，我這麼報告道！」

「哦～聽起來很有趣呢。」

「這麼說來我在各國旅行時，遇到過月夜晚上有人變身成狼男大鬧的類似事件呢。」

小光說出在建國時期發生的事。

「狼男跟狼人不一樣嗎？」

「嗯，人類罹患了一種人狼的疾病或詛咒，才會變成狼男。」

「小光，不行在事件推理之前就先洩漏答案，我這麼批評道。」

面無表情的西絲散發不高興的氛圍，向小光提出抗議。

「抱歉、抱歉。不過，這次事件的原因未必就是那個吧？」

「那就先從詢問事件的目擊者開始吧？」

「是的，主人！請交給西絲警官吧，我這麼主張道！」

「知道了，這個事件就交給西絲警官處理。」

由於她非常有動力，我決定迎合她的幹勁。

如果野獸的真實身分是因為得了人狼的病，那就必須治病或解除詛咒。總之用萬能藥應該就行了吧。接著我吩咐西絲，如果這樣也行不通就回來報告。

「對了，西絲，妳可以把其他姊妹們當成助手，讓她們一起去吧。」

「好的——」

「「「好的，主人！」」」

正當西絲準備同意的時候，躲在門後面偷看的其他姊妹們異口同聲地蓋過了她聲音。

「偷聽不好，我這麼告知道。」

「不，西絲，特麗雅覺得偷跑更不好，我這麼認為道！」

雖然西絲提出抗議，仍舊敗給了特麗雅提出的合理主張，最後任命她們擔任助手，一起前往事件現場進行調查。

結果正如小光所料，然而西絲她們的冒險是一段既是懸疑也是喜劇的插曲，無論是經歷冒險的西絲等人，還是聆聽故事的我們都非常滿足。

另外，那個名為人狼、將男人變成狼男的咒病類似狂犬病，由詛咒和疾病混合而成，不過我交給西絲的萬能藥能夠治好這個病狀的樣子。

咒病的原因似乎不是魔族或詭異咒術師搞的鬼，而是來自被男人殘忍殺害的寵物等小動物怨靈們的復仇。不用說，我已經請布萊頓市的祭司們進行弔祭動物們的靈魂了。

雖然是理所當然的，聽說男人因為引起社會騷動、傷害和毀損財物的罪名被關進了牢裡，再加上昂貴的萬能藥費用和高額的罰款，導致他無力償還而淪為奴隸。

這件事解決之後，隔天小光便乘坐王家專用的飛空艇返回王都了。

◆

「主人，隸屬布萊頓市的村子提出想請你巡視的請求，怎麼辦？」

當我跟波奇和小玉在會客大廳聊天時，亞里沙前來這麼對我說著。

「巡視～？」

「巡視是什麼喲？」

「就是大人物去各個地方參觀，這樣形容沒錯吧？」

簡單來說就是視察。

「沒錯。雖然依照這次的情況，所謂的大人物就是主人。」

我確認了一下亞里沙遞過來的信件。大多數都是以感謝對村子的支援當開頭，在冗長的內文之後，寫上希望太守巡視的請求。

這或許只是常見的內容，比起想要陳情而希望有人去了解現狀，更有種「我們的村子已經變得這麼棒了，請您務必參觀」的感覺。

「亞里沙，莉娜小姐有可能去巡視嗎？」

「嗯，畢竟緊急工作都搞定了，我想應該沒問題。」

「那麼大家就一起去，順便野餐吧。」

「哇～！」

「太好了喲！」

小玉和波奇高興地蹦蹦跳跳。

畢竟最近都在忙著處理文件，沒什麼時間陪她們嘛。

決定巡視之後，一切進展得很快。

莉娜小姐一直在權衡文件工作和巡視，不過在輔佐官的勸說下答應同行，隔天馬上就準備好馬車和護衛，連巡視路線都確定好了。文官們的工作效率真好。

「歡迎各位大駕光臨！」

我們首先造訪的是最近的既有村子。

村長和村民們一起出來迎接我們。雖然還有很多人十分消瘦，已經沒有之前那種差點餓死的人了。孩子們也臉色紅潤地跑來跑去。

「太守大人跟精靈大人！託兩位的福，水井的建設非常順利。」

在前往用蜜雅的精靈魔法幫忙挖水井的村子時，見到我和蜜雅的村長興高采烈地向我們報告狀況。

而來到不需要挖水井，初次造訪的村莊時——

「因為伯爵大人派遣的魔法使大人幫我們擴大了田地，今後我們可以繳納比之前更多的糧食了。」

他們就像這樣跪拜在地上向穆諾伯爵表示感謝。

為了避免跟開拓村產生差距，我也用庫羅的身分擴大了既有村落的耕地面積。

還順便用「製作住宅」魔法建造了公共倉庫和村子集會所等公共設施。由於有許多簡直能稱為破屋的老舊房子，我本來打算協助重建，然而要是做到這種程度，這下恐怕會引起都市居民的不滿，於是我忍了下來。

儘管被亞里沙指責做過頭不太好，我依然蓋了幾間長屋以避免有人無法順利過冬，將後續的安排交給村長。

「有什麼困難或是缺少的東西嗎？」

「沒有、沒有，您客氣了！魔法使大人不僅幫我們增加了農地面積，連附水車的水路都替我們修好了。請看，甚至還配置了保護村子的魔巨人。要是這樣還有怨言會遭天譴。」

過去這個村子磨粉都是憑靠人力。

聽說很久以前有水車，可是由於位置在村外，再加上老化與魔物襲擊的雙重打擊，導致無法使用了。

「說得沒錯！多虧伯爵分發的特殊肥料，今年的作物將會是前所未有的豐收喔！」

這種肥料是我透過在西方諸國，都市國家卡利索克的「睿智之塔」得到的理論做出來的。由於要配合魔法藥使用，我一併將配方告訴了穆諾伯爵。

「喂！你怎麼能這樣跟貴族大人說話！」

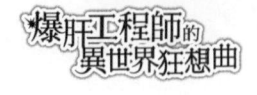

「抱歉，貴族大人，我不太懂得怎麼說敬語。即使如此，我無論如何都還是想親口表達我的感謝……」

高大的村民挨了村長的罵，垂頭喪氣地縮起身子。

「不，我的確聽見了您感謝的話語。我一定會轉告穆諾伯爵。」

我輕拍他的肩膀，看著他的眼睛這麼承諾。

「感激不盡，感激不盡。」

男人一副要跪倒在地的樣子不斷道謝，其他村民也跟著低下頭。

我打算派遣指導員讓他們自己製作明年之後的肥料。當然，搭配的魔法藥還是會由穆諾伯爵賞賜給各個村莊就是了。

接著我們也去了位於內地的開拓村進行視察。

「太守大人！歡迎您的到來！」

當初在移民的飛空艇和穆諾城見到時，許多人都露出就像要前往戰場般充滿覺悟的表情，不過前來迎接我的人們都露出開朗的笑容，語氣也充滿活力。

「習慣這裡的生活了嗎？」

「還不習慣！」

答案出乎了我的意料。

「這個笨蛋！這麼說怎麼可能懂啊！」

「可是啊～這裡不僅有柔軟肥沃的土地可以耕種，還有優秀的水井和水路！而且還能住在像是貴族大人居住的房子裡耶？這麼奢侈的環境怎麼可能那麼快習慣啊！」

「說得對！多虧守護魔巨人大人，我們才能夠不必畏懼魔物和野狼過生活，這在村子裡生活時根本想都不敢想。」

「連農具和家具都一應俱全，實在是幫了大忙。」

「倉庫裡甚至裝滿了足夠撐到收穫時的糧食！如果這樣還抱怨會遭天譴啊！」

開拓民們熱情地向我闡述開拓村的美好。

「話說回來，你們好像提到糧食倉庫被落雷燒掉了吧？」

「就說那不是落雷，是魔物啦！是雷電魔物燒燬了糧食倉庫！」

「你還在說那種話啊？那是落雷啦。除了你以外，不是沒有人看到什麼雷電魔物嗎！」

村長斷然否定了目擊者的說法。

「請等一下，你說的『雷電魔物』是什麼呢？」

依照目擊者的說法，聽起來跟庫哈諾伯爵領聽到的「雷獸」傳聞十分相似。

從時間上來看也比在邊境堡壘和庫哈諾伯爵領的目擊時間更早，因此時間軸並不矛盾。

遺憾的是因為距離太遠，目擊者看不太清楚雷獸的模樣。

「那麼，我果然沒有看錯嘍？」

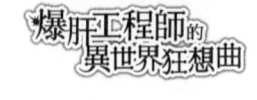

「是的，其他領地也有目擊情報。」

我向眼睛發亮的目擊者和尷尬的村長提出請求，請他們如果再次見到請通知布萊頓市。

「一旦蔬菜成熟了，我們會立刻送過去！」

「對了！豆子已經可以收成了，請帶回去吧！我希望太守大人也能品嘗我們首次收成的作物！」

「對啊！真是好主意！塔格薩！」

「喔！我馬上去摘過來！走吧，戈費！」

兩名男性朝農田的方向跑了過去。

「不好意思，那些傢伙就是急躁。」

「沒關係，我非常感謝他們的心意。」

在村長的帶領下，我和莉娜小姐一起視察開拓村的各個地方。

大人們努力耕作，孩子們活潑地東奔西跑。

「要抓河魚的話，這種陷阱很不錯喔。」

繞村子一圈回來之後，發現亞里沙正在教孩子們製作捕捉河魚的陷阱和草工藝。

她還是老樣子很受小孩子們歡迎，一旁的娜娜和姊妹們看起來有點羨慕。

「主人，周圍的調查結束了。」

「沒有異狀～？」

「連一隻魔物都沒有喲！」

因為前去巡邏的獸娘們回來了，我們結束這個村子的視察，前往下一座村莊。

當我們就這樣完成視察回到布萊頓市時，有訪客在等著我們。

◆

訪客是廢坑都市的狗頭人族長——狗頭人兄長。

「我等承認身為穆諾家臣的『斬斷果實』大人和穆諾的女兒——卡麗娜大人的武勇，前來正式宣言降伏在穆諾門下。」

狗頭人兄長似乎想拜託我介紹這件事。

我派人先一步通知穆諾伯爵，隨後帶著狗頭人們前往穆諾市。

夥伴們當然不必說，娜娜的姊妹們也一起同行。畢竟我也想把娜娜的姊妹們介紹給索露娜小姐她們認識。

「——不覺得人口比之前更多了嗎？」

正如亞里沙所說，抵達之後發現穆諾市比之前更有活力。

到處都在蓋房子，主要幹道有許多馬車和貨車在行駛。

理由在於——

「絡繹不絕地有歐尤果克公爵領和波爾艾哈特自治領的商人和工人來到這裡喔。」

妮娜回答了亞里沙的疑問。

「哦～也就是所謂的喜憂參半吧。」

「是啊。拜此所賜，用來蓋住處和店鋪的材料不夠用，籌備得可辛苦了。」

穆諾市似乎也發生了和布萊頓市同樣的問題。

不過，妮娜小姐似乎已經安排好這方面的問題了，真不愧是能幹的執政官。

「各位，穆諾伯爵大人馬上就要到了。」

聽見先一步到來的侍從報告，狗頭人們從椅子上起身跪在地上。

穆諾伯爵見到狗頭人的態度嚇了一跳，慌慌張張地想開口說話，不過妮娜小姐默默制止了他，指示伯爵直接到位置上就座。

伯爵進入會客室之後，以將接任穆諾伯爵的嫡出長子俄里翁為首，伯爵的親屬們也跟在後面走了進來。

「是卡麗娜喲！」

「哈囉哈囉～？」

波奇和小玉朝許久未見面的卡麗娜小姐揮手。

「安靜點。」

「系。」

「好的喲。」

挨了莉薩的罵之後，兩人立刻做出將嘴巴拉上拉鍊的動作。

接著兩人讓出沙發中間的位置並拍了拍座位。卡麗娜小姐立刻走到那裡就座，和兩人聊了起來。

「妳們兩個過得好嗎？」

「很好喲！波奇一直都很有精神喲！」

「小玉也一直精神飽滿～？」

聽卡麗娜小姐這麼問，波奇和小玉反射性地作出回答，隨即被莉薩一聲不發地擺出嘴巴上拉鍊的手勢斥責。

在兩人用乖寶寶坐姿試圖蒙混過去的期間，穆諾伯爵坐到狗頭人們的對面。

「請抬起——把頭抬起來。」

穆諾伯爵原本想用一貫的溫和口吻說話，不過說到一半時察覺到妮娜小姐使了個眼色，便換成對部下的語氣重新說。

「波爾艾弗羅斯氏族族長凱吉，前來晉見穆諾伯爵。」

狗頭人兄長用武者般的用詞和語氣自我介紹。

「感謝你細心的問候，凱吉殿下。各位隨從，請坐在沙發上吧。」

受到狗頭人兄長影響，穆諾伯爵的用詞變得有些奇怪，可是由於符合狀況，妮娜小姐沒

有插嘴，只是靜靜地觀望。

「我等為了宣言正式降伏在穆諾名下，因而前來拜訪。」

「說說您的條件吧——」

正當妮娜小姐在確認條件時，一名跟著狗頭人兄長同行、看似很精明的狗頭人文官出示文件。

「……原來如此。希望得到在領內建立新城鎮的權利，作為放棄廢坑都市的條件是什麼意思？」

「我們需要特殊的礦石來維持生活，而我們已經發現能夠採到的礦山，想以那座礦山為中心打造一座新的城市。」

「狗頭人需要的礦石——是藍晶嗎？那麼那裡應該也能採掘到祕銀才對，沒錯吧？」

雖然狗頭人兄長說得不清不楚，妮娜小姐乾脆地講了出來。

「不、不愧是執政官大人，您相當了解呢。」

「我們不會干涉藍晶的事，作為交換，祕銀和其他礦石會依照王國法徵稅喔？因為想出口祕銀礦石給矮人們——也就是波爾艾哈特自治領，希望你們能將除了自己需要以外的部分讓給我們。當然，會依照市場價格支付相應的金額。」

「既然如此——」

「請等一下，除了這個條件，也希望你們能援助我們建立新的城鎮。」

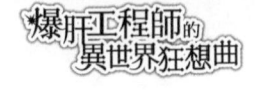

狗頭人文官制止了打算立刻回答的狗頭人兄長。

「哦？來這招嗎——」

「妮娜，具體細節之後再說吧。」

穆諾伯爵制止了愉悅地舔著嘴脣的妮娜小姐，繼續進行話題。

狗頭人文官和妮娜小姐談妥條件後，預定讓穆諾伯爵前往廢坑都市接管都市核，並當場為狗頭人兄長授爵，任命他擔任暫時的代理太守。

而我們則會以穆諾伯爵護衛的身分，一同前往廢坑都市。

如果只是這樣倒還好——

「提親？」

「嗯，我想請穆諾伯爵迎娶我的妹妹。」

狗頭人兄長提出了將狗頭人公主嫁給穆諾伯爵的提議。

「縱然血緣外交是和睦的基礎，狗頭人和人族無法生小孩吧？」

「我知道。然而，當歸降其他氏族時，族長們根據傳統會迎娶彼此的血親。」

「我不行。我深愛著愛夏，也就是我的妻子。」

深愛妻子的穆諾伯爵搖搖頭。

「如果穆諾伯爵不行，由繼承人迎娶也行。」

「——我？」

見話題轉到自己身上，俄里翁發出困惑的聲音。

「沒錯，請你迎娶我妹妹吧。」

「就算你要我娶，我怎麼可能娶一個連長相都沒見過的人。」

「我等只會讓家族見到長相……」

「兄長，如果是繼承人殿下，我不介意露臉。」

狗頭人公主這麼說著，用只讓俄里翁看見的方式拉起狗頭套露出臉龐。

或許這對狗頭人來說是非常害羞的行為，從後面可以看到她的耳朵紅通通的。

「主人，男性應該別開視線。」

被亞里沙提醒後，我效仿穆諾伯爵和狗頭人文官轉過頭去。

「這樣就行了嗎？」

「是、是啊。我知道了。」

俄里翁少爺露出陶醉的表情，繆絲小姐說著「俄里翁大人，請您振作點」，小聲地提醒了他。

「這下你願意娶她了吧？」

「啊——不，慢著。」

俄里翁少爺原本打算答應，但是在注意到身邊的繆絲小姐的模樣之後立刻喊停。

繆絲小姐看起來很不安地抓著俄里翁的袖子。

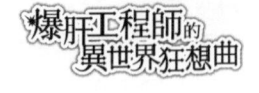

「我才剛跟繆絲結婚，要是立刻迎娶他人，未免太不誠實了。」

這句話應該在看到長相之前說出來。

「那麼，還有一種方法是我娶穆諾的女兒。雖然一般由較強的一方來迎娶，如果較弱的一方沒有適齡的女性，也能採取這個方法。」

「我已經和哈特訂婚了——」

「我才不要！」

卡麗娜小姐打斷索露娜小姐準備開口拒絕的話，起身大聲說。

接著就像在求救似的拚命盯著我看。

「想要遵守傳統，沒有除了族長家族通婚之外的方法了嗎？」

「有。」

面對我的問題，狗頭人兄長乾脆地回答：

「還有讓第一戰士來娶這個方法。」

聽狗頭人兄長這麼說，所有人的視線都集中在我身上。

「倘若是『斬斷果實』大人，我跟妹妹都沒有異議。」

「第一戰士不是我喔。」

畢竟我是文官嘛。

「還有其他人嗎？」

「那就是首席武官佐圖爾卿。」

我這樣回答後，穆諾一家都露出接受的表情。

佐圖爾卿不僅沒有老婆，應該也沒有跟任何人談戀愛才對。

「我想確認那個叫佐圖爾的男人的實力。」

「咱也想確認一下。」

由於狗頭人兄妹這麼說，我們便前往佐圖爾卿所在的領軍駐紮地。

「那個男人就是佐圖爾吧。」

狗頭人兄長看著正在和白虎騎士交戰的佐圖爾卿，大步走了過去。

「決鬥吧。跟我交手，第一戰士。」

「第一戰士？」

面對狗頭人兄長的發言，佐圖爾卿露出一副欲言又止的模樣。

由於沒人跟他解釋，我便跟佐圖爾卿說明事情的來龍去脈。

「迎娶狗頭人公主？我——本人可是剛成為貴族的士爵喔？」

「佐圖爾已經心有所屬了嗎？」

「不，雖然還沒有……」

佐圖爾卿感覺不怎麼有興趣。

這個時候，在訓練所交戰的士兵們武器斷裂，朝狗頭人公主的方向飛了過去。

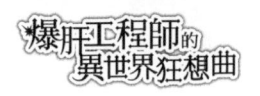

「危險！」

佐圖爾卿衝上前彈開飛來的武器，並挺身保護狗頭人公主不受碎片傷害。

「——啊。」

「不要緊——咦？」

因為動作過猛，狗頭人公主的頭套滑落，使得佐圖爾卿看見了她的臉。

「啊哇哇——我、我沒事。」

狗頭人公主連忙遮住眼睛地戴起頭套。

佐圖爾卿彷彿失了魂一般，表情恍惚地低頭看著狗頭人公主。

「……好、好可愛。」

佐圖爾卿喃喃自語似的小聲說。

看來狗頭人公主正好符合他的喜好。

「你好像保護了我的妹妹，不過我可不會手下留情喔。」

「不需要手下留情。就請你賜教了，大哥。」

——佐圖爾卿真是心急。

「你說大哥？你以為自己已經贏了嗎！」

暴躁的狗頭人兄長不等宣布開始就衝了上去。

雖然戰鬥中等級較高的狗頭人兄長始終占據著優勢，由於劍術是佐圖爾卿占上風，勉強打得不分軒輊。

「能跟兄長匹敵的戰士——」

狗頭人公主目不轉睛地注視戰鬥。

這場一進一退，讓人捏把冷汗的戰鬥似乎也接近了尾聲。

雙方都非常疲憊。

「呼、呼，下一招就決勝負。」

決定最後一搏的狗頭人兄長發起猛攻。

他連續出招使得佐圖爾卿大大地失去平衡。

「——靈峰青鋼斬！」

狗頭人兄長沒有放過這個破綻，從上方使出必殺技。

「刃捲裂陣！」

佐圖爾卿用反擊系的必殺技迎戰。

他一邊承受著狗頭人兄長的必殺技，一邊嘗試捲入並折斷青鋼劍。

接著「鏗」的斷裂聲響起，鋼片四處飛散。

「勝負已分！勝利者是凱吉殿下！」

在裁判宣布的同時，佐圖爾露出絕望的表情跪了下來。

雖然佐圖爾卿的反擊時機抓得恰到好處，卻因為手上武器的堅固差距而落敗的樣子。

畢竟他直到剛剛為止都在訓練，使用的劍是未開封的量產品。

「站起來，第一戰士。」

狗頭人兄長來到佐圖爾卿身邊朝他伸出手。

「雖然切磋的勝利者是我，勝負是你贏了。」

「——凱吉殿下？」

「靠佩劍的差距撿到勝利，乃是狗頭人戰士的恥辱——夏露莎兒。」

他將妹妹叫到起身的佐圖爾卿身邊。

「是的，兄長。」

「妳就嫁給第一戰士佐圖爾吧。」

「明白了。咱會嫁給第一戰士佐圖爾。」

被狗頭人兄長命令的狗頭人公主立刻就答應了。她的尾巴正看似很開心地搖晃著。

看來經過剛剛的切磋，狗頭人公主似乎也對佐圖爾卿產生了好感。

「戰士佐圖爾，雖然我是個不懂禮數的粗人，還是請你多多指教。」

「喔、喔。」

聽狗頭人公主這麼說，佐圖爾卿用有些高亢的語氣回應。

「就不能講點更好聽的話嗎？」

「別說這種話啦，這不是很有佐圖爾卿的風格嗎？」

妮娜小姐和穆諾伯爵這麼交談。

在有點遠的地方，俄里翁正有些羨慕地看著佐圖爾卿，被新婚妻子繆絲小姐捏了一把。

「那麼，既然結婚問題也搞定了，就來談談正式條件吧。」

妮娜小姐這麼說著，帶著狗頭人文官離開了。

之後，我們擔任穆諾伯爵的護衛前往廢坑都市，作為證人在都市核之室守望轉讓權利的狀況。

至此廢坑都市也正式納入穆諾伯爵的支配，他也因此具備了正式成為侯爵的最低條件。

接著幾天後。

布萊頓市的政務幾乎處理完畢，到了之後即使交給莉娜小姐也沒問題的狀況。

做到這個程度，莉娜小姐和工作人員應該不會再累到出現黑眼圈，變成殭屍狀態了吧。

當我準備卸下重擔，準備回到研究和製作物品的日子時，波奇和小玉衝了過來。

「主人～」

「主人，請幫幫我們喲！」

莉薩的煩惱

「我是佐藤。即使是在小團體或家庭中，要改變組織的習慣或常識都需要大量的努力。如果是大型組織或是社會本身，要花費的勞力肯定難以想像。」

「本大爺是尤魯斯卡最強的魔獵人！跟這些雜碎可不一樣！」

莉薩所在的駐紮地方向傳來了怒罵聲。

「少囉嗦！別命令本大爺！」

我用地圖確認莉薩的標誌位置，並且趕了過去。

——無精打采？

「有點無精打采～？」

「奇怪？怎麼樣的奇怪法？」

「莉薩變得很奇怪喲！」

我對向我求救的小玉和波奇提出疑問。

「怎麼了，妳們兩個？」

我推開人群，便發現一名高大的人族男性正瞪著莉薩。男人的腳下躺著許多被打得遍體鱗傷的獸人。

「區區亞人，只不過是人和動物的失敗品！」

男人一邊說著充滿歧視的發言，一邊踩住倒在地上的獸人的頭。

「把那隻腳給我移開。」

莉薩用壓抑著怒氣的聲音命令男人。

「踩了又怎麼樣？像這種半吊子，連當肉盾都不——」

說著諷刺話語的男人身影突然原地消失。

下個瞬間，附近建築物的牆壁伴隨著巨大的轟鳴聲崩塌。

莉薩揪著男人的衣領，眼神充滿憤怒地俯瞰著他。

「到此為止了。」

我抓住莉薩準備毆打男人的手。

她隨即反射性地用帶有殺意的眼神看了過來，在發現是我之後，那股殺意隨之消散。

「要是繼續下去，妳可能會殺了他。」

我一根一根慢慢解開莉薩抓著男人衣領的手指。

平時冷靜沉著的莉薩居然會憤怒到如此失控，還真是罕見。

「實在非常抱歉，主人。」

「不必道歉。妳以前就認識他了嗎？」

「不，我們才剛見過面。」

原以為對方曾跟她有過節，然而並非如此。

總之，我指示附近的士兵將男人送往醫務室。

「好了、好了，要繼續測試了！想當官的人排好隊！」

女性士兵拍拍手，俐落地吸引了圍觀的士兵和候補官員的注意。

「莉薩～」

「波奇我們也在一起喲！」

小玉和波奇淚眼汪汪地抱住莉薩的腳。

「對不起，讓妳們擔心了。」

莉薩溫柔地摸著兩人的頭。

儘管感覺還有些無精打采，似乎比剛剛平靜不少。

「去借旁邊的房間吧。」

我催促莉薩，決定在駐紮地借一間會議室來了解情況。

◆

「發生什麼事了？」

「沒什麼大不了的。」

莉薩在會議室就座，喝了一口茶之後說。

「真的嗎？」

「只是稍微起了爭執。」

雖然中途才開始聽，我不認為區區的吵架會讓莉薩忘我到對實力不及自己的對象那麼地生氣。

看來莉薩似乎不想說，但是我認為這件事不該就此帶過。

畢竟她之前也在對付盜賊時受了傷嘛。

「如果無論如何都不想說，我不會強迫妳，可是若不是這樣的話，可以說給我聽嗎？」

我用盡可能溫柔的語氣說，以免聽起來像是命令。

「莉薩～」

「應該說出來喲！」

小玉和波奇緊緊抱著莉薩。

莉薩猶豫一會兒之後，同意只對我一個人說。

「理由的確是因為吵架。」

只剩下我們兩人之後，莉薩就像在猶豫該怎麼說，接著用沉重的語氣開口說：

「那個男人不僅說被他用腳踢的獸人不算人，還大放厥詞地說他們連當肉盾都不夠格，這點讓我無法原諒。」

嗯，那個男人的確說了那樣的話。

「真是過分的歧視呢。我也鄙視那個男人的想法，可是這應該不是唯一的理由吧？」

聽我這麼問，莉薩露出了驚訝的表情。

「真是什麼都瞞不過主人呢。」

莉薩露出有些看開的表情說出理由。

事情要追溯到我們之前還待在聖留市的時候。

◇◇◆◇◆◆

那一天，莉薩為了跟擔任奴隸的老朋友們敘舊，前往了他們的主人尤娜婆婆家。

「沒有半個人在呢……」

大家曾經一起整修過的尤娜婆婆家，就像很久沒有住人似的破敗不堪，沒有半點人影。

此時一陣細微的聲響傳進正疑惑發生什麼事的莉薩耳中。

「是誰躲在那裡，給我出來！」

面對莉薩充滿魄力的聲音，躲在暗處的某人散發出縮起身子的氣息。

「我保證不會傷害你，出來吧。」

莉薩簡單地深呼吸平復心情，然後用溫柔的聲音如此說。

「似真、的嗎？」

從暗處走出來的，是犬人奴隸和貓人奴隸的孩子們。

「你們是被尤娜大人收留的孩子們吧？」

「妳認似、主人、嗎？」

當她說自己是尤娜婆婆的熟人之後，孩子們就像放下心似的湊了過來。

「發生什麼事了嗎？」

「主人、已經、去似了。」

依照孩子們的說法，尤娜婆婆得了流行病變得很虛弱，即使奴隸們奮不顧身地照顧，最終還是沒能恢復健康失去了性命。

被託付後事的姪子在尤娜婆婆過世後一反之前的態度，開始嚴苛地對待奴隸。

最後似乎因為這樣比較好賺，便把成年的奴隸賣給了領地的軍隊。

「賣給了……領隊的軍隊嗎？」

如果莉薩記得沒錯，領軍中應該沒有獸人奴隸的部隊。

「我在城裡和駐紮地沒有見過他們呢……」

「大家都去迷宮惹。」

「——迷宮？」

莉薩將打算跟來的孩子們留在廢棄屋裡，獨自前往了迷宮前的領軍駐紮地。

然而那裡設置了高聳的牆壁跟緊閉的沉重大門，還有重武裝的士兵們在看守，無法窺探裡面的情況。

「什麼人！」

「尾巴？妳這傢伙是亞人種嗎？奴隸來這裡做什麼！」

擔任守衛的士兵高高在上地質問。

「我不是奴隸。」

這個場面本來應該說出「我是貴族」，然而對於不習慣主張身分的莉薩來說，這麼說就已經竭盡全力了。

「不是奴隸的亞人？」

「可疑的傢伙！是其他國家的間諜嗎？還是盜賊的同夥？」

「我不是可疑人士。」

莉薩這麼說著，拿出身分證。

「亞人有貴族證？」

「是哪個國家的？」

守衛們沒有接過身分證，語氣更加激動。

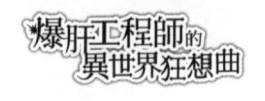

本來想證明身分，卻只是讓守衛們進一步加深了懷疑的目光。

「希嘉王國。」

「露出馬腳了吧！希嘉王國不存在亞人貴族！」

正如守衛所說，直到去年莉薩她們被授爵之前，希嘉王國沒有人族以外的貴族。

「竟敢偽造貴族大人的身分證，這可是不可原諒的事情。」

「這不是偽造的。我是莉薩‧基修雷希嘉爾扎名譽女準男爵，是在穆諾伯爵領侍奉潘德拉剛子爵的人。」

面對激動的守衛，莉薩正式地介紹自己。

「亞人居然作出這麼誇張的自我介紹——」

舉著長槍的其中一名守衛突然不發一語。

「怎麼了？被亞人的虛張聲勢嚇到了嗎？」

「——不是。剛剛城裡應該來了個叫潘什麼的，有著『弒魔王者』這種看似謊話稱號的貴族。」

「感覺好像曾經聽說過。」

守衛們臉上浮現一副「慘了」的焦急神情。

此時側門打開，一名穿著華麗軍裝的中年軍官從兩人身後走了出來。

「面對一個手無寸鐵的女人在吵什麼？」

中年軍官斥責守衛們。

「副官大人！什麼事都沒有！」

「那個亞人是誰？」

「她自稱是其他領地的貴族。」

「其他領地的貴族？」

中年軍官注視著莉薩。

「是潘德拉剛卿的家臣嗎？」

「是的，我的名字叫做莉薩。」

「有何貴幹？」

「聽說我的熟人在這裡工作，我是來見她們的。」

「熟人？」

中年軍官皺起眉頭，露出疑惑的表情。

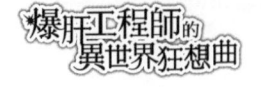

「是人族嗎？」

「不，是獸人奴隸。」

「很遺憾，門的另一邊除了相關人員之外禁止進入，我不能放妳過去。」

「那麼，能請您把她們叫來這裡嗎？」

「我不能給妳這種方便。這裡是我等領地的重要設施，一旦在裡面工作的人洩漏機密情報，事情會很嚴重，所以請您離開。」

「只見個面就行了。如果這樣還是不行，可以請你幫忙傳話嗎？」

「不行！畢竟不知道你們之間有沒有決定暗號！」

雖然莉薩不肯死心，中年軍官依然冷淡地拒絕了她。

而莉薩雖然被趕走了，依然沿著圍繞迷宮門的城牆行走，試圖尋找能夠窺探裡面情況的地方。

然後——

「喂，那邊的女人。」

陰影處有個人叫住了莉薩。

她朝著招手的方向走去，在那裡見到了一個失去雙腳、頭上披著破布的男人。

「裡面的獸人有妳的熟人嗎？」

「是的，沒錯。」

「我也是。」

男人用缺了手指的手掀起破布，露出老鼠般的面孔。

雖然因為說話很流暢以至於沒發現，男人似乎不是人族，而是鼠人。

「原來您是鼠人。」

「嗯，要不是我的腳是這副模樣，肯定也會跟在裡面的那些傢伙一樣，被領軍強制徵招

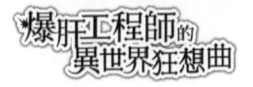

帶走吧。」

依照鼠人的說法，自從發現迷宮之後不久，聖留伯爵擔心去迷宮執行任務的領軍士兵損耗會太過嚴重，便盯上獸人們強健的身體，產生了把他們當作肉盾的想法。

「一開始只有高大的男性獸人奴隸被帶走，接著是其他男性獸人奴隸和高大的女性獸人奴隸，最後只要能夠走路，就算是小孩和女性獸人奴隸也會毫不留情地被帶走集合起來。」

「為什麼要做這種事……」

「妳問為什麼，因為缺人啊。」

鼠人語氣隨便地說。

「妳應該很清楚吧？無論再怎麼結實，如果不穿像樣的鎧甲去面對魔物，究竟會發生什麼事。」

聽見鼠人說的話，莉薩露出微妙的表情點點頭。

被集合起來的獸人奴隸將會作為肉盾，在迷宮裡被消耗殆盡。

「真的沒辦法救出他們嗎？」

「別想了、別想了。既然妳說自己是其他領地的貴族，那就更不該這麼做。」

「這是為什麼呢？」

「這裡就像是聖留伯爵的金礦山，假如妳要他們把知道內情的奴隸交出來，那些人頂多只會在裡面被弄死而已。」

「可是！」

「妳繼續咬著不放試試？最後見到的只會是熟人的屍體。」

為了防止情報洩漏，他們會假裝是迷宮調查發生意外，把妳的熟人殺掉——鼠人說。

「就算去向妳的主人或是其他大人物求助，結果也一樣喔？如果真的重視在迷宮裡的同伴，什麼都不做祈禱他們平安就是最大的幫助。」

「怎麼會……」

莉薩煩惱到最後，考慮到會給獸人奴隸們添麻煩，於是決定放棄。

之後她想著至少要收留犬人和貓人的孩子們而前往尤娜婆婆家，不過抵達時孩子們已經不知去向。

◆◆◇◆◇◇

「……原來是這樣啊。」

一想到莉薩究竟有多麼煩惱，我就對自己的遲鈍感到懊悔。

「謝謝妳願意告訴我。」

「抱歉說了無趣的話。畢竟奴隸同伴在下次見面之前已經死掉，是很常見的事……」

莉薩露出看開的表情說著悲傷的話。

「他們未必已經死掉了。」

我走到莉薩面前握住她的手，低頭窺探她的表情。

「——主人？」

「走吧，莉薩。」

我拉住莉薩的手，讓她站起來。

「去哪裡？」

「那還用說？」

我對困惑的莉薩露出鼓勵的笑容。

「去聖留市。」

為了幫助她的老朋友。

◆

「首先要開作戰會議喲！」

亞里沙站在石鳥居上宣言。

這裡是聖留市附近，倒著三座石鳥居的山丘。

之前造訪這裡時，我夢到了小時候，不過這次似乎沒有發生那種不可思議的事情。

「主人，應該設定最優先目標，我這麼匯報道。」

「是的，娜娜。特麗雅也是！特麗雅也覺得這樣比較好！」

現場除了以往的成員之外，還加上了娜娜的姊妹們，合計十五人。

雖然我們把不在布萊頓市的卡麗娜小姐留在穆諾市了，此行再次前往聖留市是為了救出與她無關的人，所以應該沒有問題。

「最優先目的設定成救出莉薩的朋友就行了吧？」

「嗯，重要。」

露露向莉薩確認，蜜雅則嚴肅地點了點頭。

「波奇會咻啪啪地把熊姊姊們救出來喲！」

「小玉會用影子入侵～？」

「等一下，妳們兩個。要是使用這種手段，會傷害到主人的名聲。」

莉薩責備主張使用強硬手段的兩人。

「主人，我們不救其他的獸人奴隸們嗎？」

亞里沙滿懷期待地看著我。

雖然聽見這句話的獸娘們沒有開口，卻都是一副希望我去救他們的表情。

「佐藤。」

蜜雅呼喚我的名字，催促我作出決定。

救出幾名獸人奴隸和將奴隸全部救出，難度完全不同。

儘管如此——

「說得也是，來思考能夠救出所有被當成棄子的人的方法吧。」

如果背叛孩子們的期待，那就沒資格稱為監護人了。

而且姑且不論剛遇到莉薩她們的時候，現在的我有能力接納所有救出的奴隸。畢竟穆諾伯爵領人手不足，工作要多少有多少。

「主人，已經確認好第二目標的設定。需要討論具體該用什麼方法比較有效，我這麼匯報道。」

娜娜姊妹中的長女愛汀催促我們討論。

「動之以情怎麼樣，我這麼詢問道。」

娜娜姊妹中的六女西絲提議。

「不行吧？雖然我不太了解聖留伯爵的為人，硬要說的話，他更像是會注重理性行事的人吧？」

亞里沙看了我一眼徵求認可，因此我點了點頭。

「主人，聽娜娜說聖留伯爵曾用婚姻外交來逼迫主人，我這麼告知道。」

娜娜姊妹的四女菲兒在微妙的時機點指謫出被我拋諸腦後的事件。

「那個不行。」

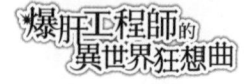

「是的，絕對不行。」

「嗯，同意。」

亞里沙立刻僵硬地回答，露露和蜜雅也跟著附和。

「還有其他適合當作代價的東西嗎，我這麼詢問道。」

「錢。」

蜜雅回答娜娜姊妹五女風芙的問題。

「是的，蜜雅。用金錢來商談很有效，我這麼稱讚道。」

「可是，聖留市讓獸人做的是只有他們才能做的工作對吧？伯爵大人真的會因為金錢放棄他們嗎？」

娜娜對蜜雅的提議表示贊同，同時露露提出了疑問。

「維兔認為買賣只要價格合理就能買到，我這麼主張道。」

「哈哈哈，那麼假設維兔處於肚子很餓，下次不知道什麼時候才能拿到糧食的狀態，有人出市價的三倍價格要妳把手上的糧食賣給他，妳會賣嗎？」

「……不會賣，我這麼推測道。」

聽見亞里沙淺顯易懂的比喻，姊妹們的小妹維兔懊悔地表示肯定。

「這種時候就該站在對方的立場上來思考——對吧，主人？」

「是啊。聖留伯爵真正需要的是損耗率低的坦克吧。」

亞里沙笨拙地眨眼將話題轉了過來，於是我說出自己的看法。

「損耗率低……嗎？但是，聽說獸人奴隸們都被當成拋棄式的肉盾……」

「嗯，所以我們討論的不是現狀，而是『聖留伯爵真正追求的東西』喔。」

我對因為和現狀有所差異而提出疑問的莉薩回答。

「肉盾一開始由領軍士兵負責，可是由於損耗率過高令人困擾，因此為了降低最前線士兵的損耗率，伯爵才選擇讓獸人奴隸們首當其衝吧。」

雖然沒在大家面前說出口，我認為對聖留伯爵而言，獸人奴隸們就是性價比高到即使當作拋棄式也不覺得可惜的存在。

「那麼，我們把領軍士兵訓練成優秀的盾兵就行了嗎？」

「嗯，我會拿這個當代價跟聖留伯爵交涉看看。」

「主人，首先可以請您詢問是否能用金錢買下莉薩的熟人嗎？」

大致決定好作戰之後，娜娜姊妹的長女愛汀提議。

「確保第一目標是最優先的。」

娜娜姊妹的次女伊絲納妮簡潔地補充愛汀的意圖。

「說得也是呢。我會從那方面開始進行交涉，然後嘗試用妥協的形式提出培育士兵們的提議。」

我這麼說，接著開始制定作戰內容的細項。

「這樣就準備萬全了吧？」

「嗯，很完美！」

我們確認作戰內容，彼此點了點頭。

「那麼，就出發去聖留市吧。」

「到那裡之後，就立刻去跟聖留伯爵直接談判吧！」

坐上馬車的亞里沙興奮地顫抖。

對了——

我轉頭看向莉薩。

「莉薩，妳小時候是不是曾經被貴族子弟纏上，然後被一對女孩和男孩子救過？」

「……是的，的確發生過這種事。主人為什麼知道這件事呢？」

莉薩困惑地點了點頭。

看來世界比我想得還要小。

「其實啊——」

我將從尤凱爾那裡聽說，他和巫女歐奈相遇的事情告訴莉薩。

「是這樣啊……不僅是潔娜大人，我還被潔娜大人的弟弟和巫女大人拯救了呢。」

莉薩感慨萬千地低聲說。

看來報恩的機會很快就要來臨了。

「——你想買下獸人奴隸？」

抵達聖留市後，我們立刻要求與聖留伯爵會面，帶著亞里沙與莉薩兩人前去直接和伯爵交涉。

其他成員則去保護躲在尤娜婆婆家的犬人和貓人孩子們。

「是的。我的家臣基修雷希嘉爾扎女準男爵的熟人似乎在迷宮裡工作，所以才前來請求聖留伯爵大發慈悲。」

「哦？慈悲是指？」

伯爵刻意含糊其詞地促使我提出具體的說法。

「聽說她的熟人以獸人奴隸的身分，在閣下的迷宮裡陷入岌岌可危的處境，因此我希望能夠買下他們。」

「沒想到會從前陣子乾脆地拒絕我『請求』的潘德拉剛卿嘴裡聽到這種話。」

伯爵先發制人地說。

不過，畢竟我拒絕了和伯爵千金巫女歐奈的婚事，因此早就料到他會針對這點來發難。

「前陣子真是失禮了。那麼可以請您把他們讓給我嗎？無論開價多少都行，不知您意下

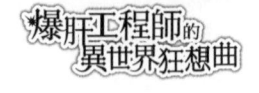

如何？」

「唔嗯，潘德拉剛卿真是急躁呢。」

伯爵緩慢地端起茶杯湊到嘴邊。

我的確有點太急躁了也說不定。

「很抱歉，但是我不能賣給你。他們在迷宮裡扮演了重要的角色。」

這個發展也在我的預料之內。

「您說的『重要角色』，是指在迷宮裡擔任魔物的肉盾嗎？」

我直截了當地提出疑問。

對此伯爵很感興趣地挑起一邊的眉頭。

「沒錯。宅心仁厚的潘德拉剛卿說不定覺得這樣很過分，不過跟細心培育出來的士兵遭受損失相比，這些不過算是瑣事。」

站在我身邊的莉薩微微地散發出殺氣。

以奇果利卿為首，作為伯爵護衛同席的騎士們作出反應，將手搭在了劍柄上。

伯爵輕輕舉起手制止他們。

「你不這麼認為嗎？」

伯爵露出像是在挑釁我的表情。

看來他似乎打算引誘我發火，好讓我無法冷靜地作出判斷。

見到發展完全在意料之中，亞里沙低下頭去拚命地忍耐笑意。

拜託妳別突然笑出來喔。

「要我老實說的話——」

我說到這裡頓了頓，注視著伯爵的眼睛。

接下來才是勝負關鍵。

「——實在太浪費了。」

「你要我重視獸人的性命嗎？」

伯爵臉上浮現失望的神色。

「不是，我的意思是您正在浪費經驗值資源。」

「——經驗值資源？」

伯爵對出乎意料的說法表現出興趣。

我忍住不禁想要大叫「上鉤了！」的心情，帶著向客戶演示的心情開始說明：

「我想閣下也很清楚，只要打倒魔物、累積經驗，就能提升等級。」

而明顯被當作肉盾的奴隸們也得到了那些貴重的經驗值，因此我主張將他們當成消耗品犧牲，將會白白浪費貴重的經驗值。

「那就類似必要經費，就像在訓練弓箭時會消耗箭矢一樣。」

儘管嘴上那麼說，伯爵大概想透過反駁我，好讓我透漏進一步的內容吧。

這樣正合我意，因此我繼續說了下去。

「是這樣嗎？要是即使不用肉盾，也能讓領軍士兵沒有損耗地在最前線跟魔物戰鬥，那麼又如何呢？」

「假如可以當然最好，然而這樣並不現實。」

伯爵擺出彷彿很失望的表情，試探我的真意。

要是太吊胃口讓他不高興就本末倒置了，於是我頓了一下之後繼續開口：

「不，那是有可能的。只要給與良好到過頭的裝備，安排高等級的護衛避免萬一，準備豐富的魔法藥和回復人員讓他們連續作戰——」

這是我在賽利維拉迷宮鍛鍊夥伴們時用的方法。

可是，光憑這點不夠有說服力。

畢竟伯爵沒有近距離感受到夥伴們的實力。

因此我借用小光的名聲和詐術技能進一步補充：

「這是光囡女公爵大人指導我的方法。」

我說到這裡停了下來，等待伯爵消化這些內容。

最後，他想到了一個人。

「——潔娜嗎？」

「是的，正如您所料。馬利安泰魯小姐正是用光囡女公爵大人的訓練方法鍛鍊。」

我暗示潔娜小姐能在這麼短的時間內等級變得那麼高的祕密。

「您沒聽馬利安泰魯小姐說過嗎？」

因為小光應該沒有制止，我想身為認真軍人的潔娜小姐應該已經向伯爵報告了才對。

「我聽說過潔娜是用什麼方式戰鬥。」

「那麼事情就簡單了。我向光囹女公爵大人請教了那套訓練方法。」

「跟**那位**光囹女公爵嗎？潘德拉剛卿跟**那位大人**是什麼關係？」

她就像來自平行世界的青梅竹馬。

當然，我不可能老實地這麼說。

「我的家臣們在某座遺跡和女公爵大人有點緣分。」

我利用了娜娜姊妹們和約翰史密斯一起在夢晶靈廟喚醒沉睡中的小光的小插曲。

「某座遺跡……原來如此，是在王——**那位大人**清醒時在場的人吧。」

伯爵在差點說出「王祖」時改了口。

看來他似乎也知道小光的真實身分是「王祖大和」。

「那麼，閣下打算為了拯救**區區**獸人奴隸，把跟那位大人學到的訓練方法交出來嗎？」

會刻意強調「區區」的部分，是為了挑釁我吧？

「很遺憾，我不打算交出那個訓練方法。」

「——你說什麼？」

伯爵露出疑惑的表情瞪著我。

「光囡女公爵大人並未准許我那麼做。雖然她允許我用那個訓練方式鍛鍊他人，卻禁止我將訓練方式本身說出去。」

「這樣啊……」

伯爵的手摸著下頜陷入沉思。

「……那就不能勉強了呢。」

或許是小光的名聲太大，我光是虛張聲勢地說她禁止這件事，伯爵就沒有追問下去，接受了這個說法。

「能訓練幾個人？」

伯爵繼續進行話題。

「取決於您轉讓給我們的獸人奴隸數量。」

「看來不只一個人呢。」

「是的。我不會為了一個獸人奴隸拿出這種程度的底牌。」

我借助詐術技能誇張地說，伯爵隨即接受地點了點頭。

「我不喜歡拐彎抹腳，說出閣下希望的條件吧。」

「在那之前，訓練方式一共有兩種。一種是我的夥伴們和馬利安泰魯小姐進行的特別訓練；另一種是能夠同時訓練許多人，較低程度的訓練。」

我打算用前者來訓練有望成為領導者的年輕騎士，後者則訓練代替獸人奴隸在最前線戰鬥的盾兵或重裝步兵。

「每訓練一人，前者希望能以獸人奴隸一百人，後者以十名獸人奴隸作為交換代價。」

「還真是獅子大開口呢。」

伯爵露出猙獰的笑容。

或許是因為這個緣故，他那稍微露出的牙齒看起來就像猛獸的獠牙。

「是這樣嗎？要是能得到像馬利安泰魯小姐那種程度的成長，您不覺得一百名獸人奴隸很划算嗎？」

聽我這麼說完，伯爵陷入沉默。

大概是覺得很合理吧。

「好——慢著。」

伯爵剛準備同意，途中就像察覺到什麼似的停了下來。

「基修雷希嘉爾扎名譽女準男爵的熟人有那麼多嗎？」

被發現了。

本來想趁這個機會偷偷救出領內的獸人奴隸，看來似乎沒那麼容易。

「不，一共是三個成年人和七個小孩。」

這裡還是說實話吧。

這個人數包含了躲在尤娜婆婆家的孩子們。

「只有十個人嗎……光是這樣的話，剛剛談的事情就只是在畫大餅了。」

伯爵很不滿似的這麼說。

就算將普通士兵鍛鍊成有用的盾兵，只有一個人也幾乎沒有意義。

「當然，這十個人以外的獸人奴隸我也會用同樣的價格接收。請伯爵大人說出您希望的訓練人數。」

「上限是多少？」

「只要是能交換領內獸人奴隸的人數，無論多少都可以。」

雖然領內礦山都市的獸人奴隸人數比聖留市還多，合計才三千多人。即使全部都用一般方式訓練，也不過才三百多人。只要分成五六次，應該就能訓練完。

「你要那麼多獸人奴隸做什麼？」

「用來開發穆諾領。因為魔族的陰謀，領內人才流失，極度地缺乏人手。」

「原來如此，這樣獸人奴隸的確很有價值。」

儘管伯爵露出接受的表情，我並不打算嚴酷地對待他們，而是會給予和人族勞工同等的待遇。

在我內心想著這種事情時，話題依然繼續著。

由於伯爵說出「讓我思考一下具體人數和分配方式」，我提出先讓莉薩的熟人離開最前線，在安全的地方養生的條件。

「好吧，之後把獸人奴隸的名字告訴現場人員就好。」

我們大致達成了共識，接下來就是我和亞里沙一起跟現場的工作人員交涉了。

「話說回來，如果只是想幫助那個女孩的熟人，我還能理解，但是潘德拉剛卿為何會為了保護獸人如此奔波呢？」

伯爵用純粹感興趣的語氣詢問。

「因為我不能坐視獸人們遭受不公平的歧視。」

「不公平嗎……你不認為民眾和家臣們可能有不同的想法嗎？」

「我曾經聽說直到上一代，人們都會和獸人們發生衝突。」

「即使如此，你還要說不公平嗎？看來潘德拉剛卿不了解所謂的戰爭呢。」

我只知道新聞、歷史書籍和虛構作品裡的戰爭。

「您要說這只是漂亮話嗎？」

「要是講得直接一點的話。」

「我並不這麼認為。」

「很抱歉，我不打算討論這件事，去跟那些博愛主義者說吧。」

伯爵乾脆地打斷了討論。

「我並不是基於『情』才說這種話。」

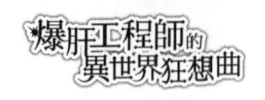

「你要說是基於『理』嗎？」

「不，是基於『利』。」

聽我斬釘截鐵地這麼說，伯爵陷入沉默。

看來他似乎有點興趣，就一口氣說下去吧。

「執政者不理會受歧視階層，是因為能夠在一定程度上轉移民眾對執政者或特權階級的不滿。」

伯爵用下頷示意我繼續說下去。

「這對於現在的聖留伯爵領不是必要的。這是因為迷宮活化了經濟，好景氣即將到來的緣故。」

雖然這個說法未必是真的，還是在伯爵發現前繼續說下去吧。

「然而，至今聖留市的一般市民依然習慣性地歧視獸人們，這樣百害而無一利，無疑是浪費了名為獸人的人力資源。」

「人力資源這個說法還真是誇張呢。雖然獸人的身體能力比人族更為優秀，也只有這種程度。假如單純當作勞動力，就算被歧視也無所謂。」

伯爵提出恰到好處的說法。

「這樣就是浪費。」

我乾脆地這麼說，伯爵露出笑容。

他裝作受到挑釁，咄咄逼人地說著「你在愚弄我嗎？」。因為沒有帶著殺氣，肯定是為了讓話題順暢的表演。

「我的家臣基修雷希嘉爾扎三姊妹就是很好的例子。」

「三姊妹？我的確有所耳聞長姊莉薩……大人的武勇，但是那只是她個人的資質和努力的結果吧？」

伯爵大概想直接稱呼莉薩，導致慢了一點才加上「大人」。

假如直接稱呼其他領地貴族，同時是名譽女準男爵的莉薩名字，傳出去肯定不太好吧。

「或許是這樣也說不定。不過，要是運氣不好，遭遇迷宮事件的她肯定早已毫無意義地失去性命了吧。」

我身邊的莉薩不停地點著頭。

「你說連希嘉八劍首席祖雷堡大人都另眼相看的莉薩大人嗎？」

「是的。如果沒有得到馬利安泰魯大人的幫助，無論是我還是妹妹，毫無疑問都已經被魔族煽動的人們用石頭擊中，無意義地死去了。」

伯爵將目光轉向莉薩，因此我讓她自己回答。

「就算莉薩具備百裡挑一的才能，要是沒有被發掘出來，她也會走上跟其他獸人奴隸同樣被用完後拋棄的道路吧。」

自由的精神和教育很重要——我向伯爵這麼表示。

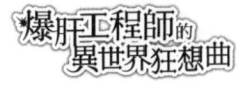

「如果您能承諾改善領內獸人的待遇，那麼作為交換，我願意提供最多三名人員進行特別訓練。」

我知道這次交易不可能讓伯爵釋放所有包辦底層工作的獸人奴隸，因此試著提議改善留在聖留伯爵領的獸人待遇。

這是相當於獸人奴隸三百人程度的優惠。

「好吧。改善待遇的事等確認人數再告訴我。只要你不提出解放奴隸，讓他們得到跟人族同樣待遇這種夢想家似的要求，我會考慮看看。」

伯爵主張了自己不能退讓的底線。

再怎麼說我也不打算一開始就深入到那種程度。

我將亞里沙她們事先商量好的待遇改善方案交給伯爵。

「請看這份文件。」

「哼，意思是一切都在你的掌握中嗎？」

伯爵一副很無趣的表情，我則用日本人典型的曖昧笑容帶過。

關於待遇改善方案的內容——

第一，不能對亞人隨便使用暴力。

第二，不能公開說出歧視亞人的發言。

第三，將亞人奴隸和人族奴隸平等對待。

第四，在法庭上，亞人和人族一視同仁。

只有這四點。

「第四點不行。而其他部分就算我強制執行，也未必保證貴族和平民會遵守喔？」

「我很清楚。只要伯爵大人和維護治安的人們能夠遵守，處罰公然違反的人就夠了。」

「處罰不會太嚴格喔？」

我沒有期待到那種程度。

「只要依照罪行處罰就夠了。」

透過這麼做讓大家了解「歧視是錯誤的」，並期待時間推移，我想歧視會逐漸改善。

「好吧，我就依照你的計畫，把這點也加進契約裡。」

伯爵用居高臨下的語氣說。

這大概是在對我施加回應期待的壓力吧。

在亞里沙受過妮娜小姐指導的精湛談判技巧下，最終決定轉讓一千兩百名獸人奴隸。

只不過附上了第一批特殊訓練三人，一般訓練三十人的成果必須超出預期的條件。

因為機會正好，我推薦了尤凱爾參加特別訓練，然而只得到了聖留伯爵「我會考慮」的回答。不過即使沒被選中，我也打算在名額外對他進行訓練。

「不要緊吧？」

「沒事的，莉薩小姐。就算沒能拿出成果，我也談好了以測試為代價釋放莉薩小姐熟人

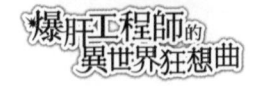

的條件。」

真不愧是亞里沙。即使展開了激烈的攻防，依然沒有忘記死守首要條件。

「而且啊——」

亞里沙看著我。

儘管已經確認好聖留伯爵的要求，只要將迷宮都市探索者學校的教育課程挪用過來就足以達成。

「我們完全沒問題喲。不如說要超出對方的預期，讓他們想要增加參加訓練人數。」

我看著莉薩露出微笑。

「……是的，主人。」

莉薩的眼角流出一滴眼淚。

不過她並不是因為傷心，而是相信獸人們未來，流下歡喜的淚水。

訓練

「我是佐藤。身為一名男性活在世上，我經常對性別平等的概念沒什麼感覺，不過每當看到以前充滿男尊女卑色彩時代的故事，就能感覺到那究竟有多麼珍貴。」

「這實在是沒想到……」

跟聖留伯爵的契約成立後，我立刻請他停止在迷宮裡使用獸人奴隸當作肉盾，騎士和士兵們的力量式升級卻遇到了困難。

聖留伯爵挑選的騎士們都是些年紀二十歲後半到三十歲前半的人——

「我不打算接受女人和小孩的指導，更別說是亞人了。」

——就像這樣，他們完全拒絕接受我以外的人指導。

明明之前應該看過莉薩和奇果利卿的切磋練習，或許就是因為看過而導致人族的自尊心作祟，使得他們堅持拒絕接受指導。

士兵則是從十幾歲到四十歲的人都有，範圍很廣。不過資深的成員也跟騎士們說了同樣的話，拒絕接受我們的指導。

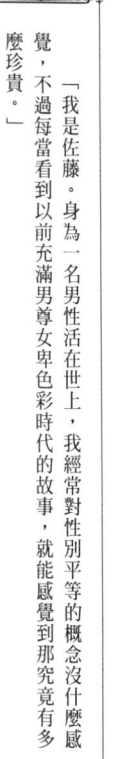

而且很遺憾，我推薦的尤凱爾似乎沒被選中。

「聖留伯爵沒有命令你們接受訓練嗎？」

「就是接到命令才會在這裡。正因為如此，才會準備接受年輕的閣下指導。」

雖然試圖搬出伯爵的名字施加壓力，姑且不論我的直接指導，他們堅決不接受女性或年少組成員的教導。

「縱然不想欠人情——」

感覺這樣下去只是浪費時間。

想到這裡，我為了請伯爵命令他們接受莉薩等人的指導而前往城裡，然而很不巧的是，伯爵搭乘小型飛行艇前往隔壁的卡格斯伯爵領了。

「——公主大人的跟班今天也忙著拍馬屁嗎？」

作罷回去的路上，我的順風耳技能在兵舍附近捕捉到了刺耳的聲音。

「喂喂喂，繼承士爵位置之後，就無視我們了嗎～？」

「有什麼事嗎？」

我因為聽見熟悉的聲音而環顧四周，發現有一群態度惡劣的隨從纏上尤凱爾。

「喲，騎士大人，聽說公主大人好像要嫁到其他領地去了耶。」

「我沒聽說那種事。如果你們要用這種毫無根據的謠言來侮辱歐奈大人——」

尤凱爾握住腰間的劍。

「哦～好可怕、好可怕，我好像快要尿褲子了。」

「別說謊啦，騎士大人。我是從擔任基曼男爵大人隨侍的叔父那裡聽說的，據說她跟『被詛咒的領地』的貴族相親了吧？」

「這……」

尤凱爾臉上滿是苦澀地緊咬著嘴唇。

「那不就是已經定下來了嗎？」

「才沒那回事！」

聽見隨從壞心眼的話，尤凱爾激動地作出反應。

「就說有啦，貴族的相親不就是那麼回事嗎？」

「怎麼，已經被甩了啊？」

「真遺憾，你也要從跟班畢業了嗎？」

面對隨從們接二連三的話語，無法回嘴的尤凱爾只能緊咬嘴唇。

「別哭啦，不是都說初戀不會實現嗎？」

「說得沒錯，畢竟一開始身分就差太多了。」

「一開始就只是玩玩的吧？」

見到尤凱爾一言不發，隨從們乘勝追擊諷刺地說。

因為這樣實在很可憐，還是去幫個忙吧。

儘管我這麼想，在我出手之前——

「到此為止吧。」

「「「——奇果利大人！」」」

插嘴的人是聖留伯爵領最強的騎士奇果利卿。

「雖然我從途中才開始聽，你們在說小姐相親的事嗎？是的話，那件事已經泡湯了，伯爵大人是這麼說的。」

奇果利卿威嚇似的環顧四周，隨從們便紛紛說「我們想起自己還有事要辦」，連滾帶爬地逃走了。

「……我很清楚身分不一樣。」

「這樣啊——嗯，放棄是很明智的選擇。」

尤凱爾喃喃自語地低聲說，奇果利卿鼓勵似的拍了拍他的肩膀。

總覺得自己很像在偷窺，因此我決定不再旁觀，離開現場。

回到訓練場之後，只剩下幾名預計參加一般訓練的青年士兵，其他人都不見蹤影。

「咦？受訓生呢？」

「儘管嘗試阻止他們了，那些人說著『看來今天沒有訓練』，就離開了。」

原來如此，他們趁我離開的時候進行了抵制嗎？

「明天我們會從早上八點開始訓練，請告訴他們在這裡集合。」

我對留下來的士兵這麼說。

在伯爵回來之前，感覺他們會端出各式各樣的理由來罷工，從明天起就暫時讓所有人參加跑步跟一般訓練項目吧。

「我明白了……」

負責傳話的那位看似很認真的青年士兵有點猶豫地看著我。

「有什麼話想說的話，我會聽喔？」

「是的！不好意思，請問今天不進行訓練嗎？」

哎呀，真是意外的回答。

「說得也是。依照預定本來打算沿著都市外圍跑個半天，不過就改到明天吧。」

「您說跑步嗎？」

「是啊。畢竟是最適合培養耐久力的方法。」

雖然不能對這位認真的士兵說，逃跑的速度也很重要。

「這就是潘德拉剛大人強悍的祕訣吧！」

「只要我們繼續訓練，就能跟變得跟閣下一樣能夠達成『弒魔王者』——的偉業嗎？」

士兵們眼睛閃閃發光地看著我。

「這些人好像是主人的粉絲喔。」

亞里沙有些得意地說。

「──粉絲？」

「聽說是從旅行商人那裡聽到了傳聞，就變成了你的粉絲。」

「……原來如此。」

我朝士兵們看去。

「很榮幸能夠見到潘德拉剛大人！」

「自、自從聽見吟遊詩人講述潘德拉剛大人的英雄故事，就一直很崇拜您！」

「我也一直以閣下為目標，志願前往迷宮的最前線！」

「這樣啊，謝謝你們。」

我一邊回應感動不已、要求握手的士兵們，一邊切入正題。

「這個訓練是『弒魔王者』的基礎之一，可是只不過是第一步。假如你們想達到那個境界，就必須持續不停地努力鍛鍊。」

再怎麼說也不能隨便給出保證。

要是他們因此衝動地去挑戰等級比自己高的魔物或魔族，失去性命就麻煩了。

見他們如此充滿熱情，我決定轉移話題。

「接下來我們打算去迷宮探勘，有興趣的話要不要一起來？」

而且比起只有我們去，有身為領軍士兵的他們同行會比較方便。

「是，請務必讓我同行。」

青年士兵這麼說完，其他留下的士兵們也異口同聲地表示要參加，於是我們便一同前往迷宮。

我們如我所料地在迷宮前被攔了下來，多虧同行的士兵們替我們說明情況，得以不必經過漫長的盤問就進入迷宮。

◆

「這座地下廣場也有防禦設施呢。」

「之前這裡有魔族的人喲！」

「Yes～變成了寶箱～？」

獸娘們在進入「惡魔迷宮」的第一個廣場上感慨地東張西望。

我一邊假裝觀察四周，一邊用「探索全地圖」魔法更新最新的迷宮情報。

「這裡是迷宮的最終防禦據點。」

跟我們同行的青年士兵向我解釋。

我一邊聆聽他說的話，一邊確認「探索全地圖」的結果。

——這是……

迷宮擴大到了之前的十倍以上。

儘管應該是「迷宮之主」做的好事，我沒料到會擴大成這種程度。

而且地圖上的道路還有某些地方中斷了。恐怕跟賽利維拉的迷宮一樣，被分割成複數地圖了吧。

迷宮事件時見到、擁有「原始的魔物」稱號的魔物數量大幅減少，而擁有該稱號的魔物等級都變高了。或許是像蠱毒一樣透過互相捕食來提升等級了也說不定。

只不過高級魔物的數量很少，感覺不適合一定程度以上的人升級。

「主人，那是什麼？」

露露手指的方向有一個設有柵欄，類似水井的構造物。

「那是升降機。是利用原本就存在的垂直洞穴，能將物資送到前線基地的設施。」

「啊啊，那個就是……」

就是在跟魔族交戰之前，和死獸一起墜落的垂直洞穴。

「聽說那個垂直洞穴偶爾會出現魔物引發戰鬥，不過我還沒有遇到過。」

「聽說之前好幾次有人被來自那個垂直洞穴的魔物襲擊。」

青年士兵身邊的其他士兵們說。

「那還真是危險呢。不考慮埋起來嗎？」

「同意愛汀的意見，有可能會成為都市防衛的弱點。」

娜娜姊妹中的愛汀提出疑問，平時沉默寡言的伊絲納妮明確地指出問題。

「雖然這個問題非常合理，那個洞無法掩埋。」

「唔？」

「即使埋起來，也會在幾天內恢復原狀。」

青年士兵對偏著頭的蜜雅說明理由。

「升降機不會壞掉嗎，我這麼提問道。」

「目前還沒聽說過這方面的事，我想應該沒問題。」

面對娜娜的問題，青年士兵有些沒自信地回答。

也是，畢竟一介士兵不可能什麼都知道吧。

「熊～？」

「啊——！老鼠也在喲！」

見到搭升降機上來的獸人們，小玉和波奇衝了出去。

莉薩也一副很想去的樣子，於是我說出「去吧」給出允許。

「是認識的人嗎？」

「是的，是家臣們的熟人。」

我回答露出困惑表情的青年士兵。

因為只見過一次記不太清楚，不過她們毫無疑問是獸娘們的熟人。

「貓！還有狗！孩優蜥蜴也在！」

對方似乎也注意到小玉和波奇了。

由於她們的發音還是老樣子很難懂，我在腦中進行了修正。

「波奇是波奇喲！」

「小玉是小玉～？」

「的確是呢。我叫亞貝，可別忘了喔？」

「雖然叫我老鼠也行，還是用尤娜婆婆取的凱米來稱呼我吧。」

「系系系～」

「好的喲。我會好好地叫妳們亞貝跟凱米喲！」

先走一步的波奇和小玉開始跟熊人和長毛鼠人敘舊。

「好久不見了，亞貝、凱米。看來妳們沒受什麼大傷呢。」

「蜥蜴——不對，是叫做莉薩嗎？雖然直到前陣子都差點死掉，今天只做了些運送行李之類的輕鬆工作。」

「我也是，突然間就換了工作。奴隸夥伴之間都在討論是不是某種大型作戰的前兆呢，妳知道些什麼嗎？」

莉薩朝我看來。

「這件事有點敏感，所以由我來說吧。」

我這麼說著，站到莉薩她們面前。

「我接收了在尤娜小姐家的奴隸們。」

「接收了我們？真的嗎？——呃，不對，我知道是真的，可是換了工作的人不只我們，連其他人也免去了當肉盾的職責。」

看來聖留伯爵有好好遵守約定的樣子。

「雖然也在談接手其他獸人們的事情，因為這件事還沒確定，請別告訴其他獸人們。」

畢竟讓他們空歡喜一場很抱歉嘛。

「其他奴隸們也會？」

「是哪裡要打仗了嗎？」

「不是喔。這是為了解決領地的人手不足問題。」

亞貝跟凱米似乎誤會了，於是我解開她們的誤解。

「凱米，豹姊姊還好嗎喲？」

「奇塔也在做幫忙煮飯跟搬運的工作喔。」

「小嬰兒也在？」

「是啊，奇塔揹著他呢。喵伊應該也在幫忙奇塔。雖然哈伍哈他們成功逃離了，喵伊因為受傷來不及逃走。」

「莉薩，可以幫忙確認哈伍哈他們是否平安嗎？」

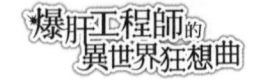

「不必擔心喔～？」

「對喲！昨天跟莉薩一起找到他們了喲！」

「現在借住在熟人家裡。」

藉由地圖搜索很快就找到了，因此我昨天就請獸娘們去保護他們了。

現在我拜託「萬事通屋」的娜迪小姐收留他們，還留下了一半的娜娜姊妹們擔任護衛，無論發生什麼事應該都沒問題。

「喂！那邊的！快點搬！」

擔任工作監督的資深士兵高高在上地大喊。

「喔，抱歉，我得回去工作了。」

「是啊，要是沒晚餐吃可就慘了。莉薩，下次見。」

熊人和長毛鼠人揹著大件的行李回到崗位上。

得快點拿出訓練成果，讓他們重獲自由才行。

◆

在利用升降機參觀前線基地，用「眺望」魔法確認適合力量式升級的地點和魔物分布之後，我們返回地面。

「潘德拉剛卿？」

回到地面之後見到了熟人。

「您好，歐奈大人。抱歉這麼晚才向您問候。」

等在地面的是伯爵千金巫女歐奈、潔娜小姐的弟弟尤凱爾，以及其他陪同的女性神殿騎士和神官。

「看來來自其他領地的客人是潘德拉剛卿呢。」

因為突然來訪，昨天的晚餐並不是宴會。

巫女歐奈似乎在巴里恩神殿生活，就算有宴會也未必會出席。

「難道您是為了跟巫女歐奈大人相親才來的嗎？」

「尤凱爾？」

見到尤凱爾怒氣沖沖地朝我逼近，巫女歐奈不解地呼喚他的名字。

「那件事已經結束了喔。」

我為了解開誤會而陳述事實。

「真的嗎！」

尤凱爾的臉靠得很近。

什麼真的假的，我不是在你面前拒絕了嗎？

是因為剛剛被壞心眼的隨從們纏上，導致開始疑神疑鬼了嗎？

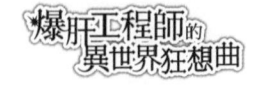

「馬利安泰魯卿，這樣對潘德拉剛大人很失禮喔。」

「說得沒錯，一點都不像平時的馬利安泰魯卿。」

跟我同行的青年士兵們責備尤凱爾。

「克魯多和喬亞？你們為什麼會跟子爵在一起？」

「聽我說！我們接受了潘德拉剛大人的親自教導喔！」

「很厲害吧！是『弑魔王者』大人的直接教導喔！這種機會絕對不會再有了！」

名字類似健康飲料的青年士兵們露出小孩子般的表情向尤凱爾炫耀。

年紀也很相近，看來他們三個似乎認識。

「潘德拉剛卿，這是真的嗎？」

「是的，因為跟伯爵的契約——」

我把自己正在訓練騎士和士兵的工作告訴進行確認的巫女歐奈。

要是被反對的貴族或勢力干擾會很麻煩，我決定不說出理由是為了要解放獸人奴隸們。

「為什麼這種事情會交給身為其他領地貴族的你呢？」

尤凱爾繼續追問。

「因為有點原因。」

「原因是指？」

「尤凱爾，請適可而止。」

巫女歐奈斥責語氣就像在審問的尤凱爾。

「對不起，歐奈大人。」

「你搞錯道歉對象了。」

「——唔，真是對不起。」

受到巫女歐奈責罵的尤凱爾稍微猶豫了一會兒，接著低頭向我道歉。

「潘德拉剛卿，如果方便我想請教一下，您對士兵們進行的訓練是類似培養潔娜時的課程嗎？」

「指導被挑選出來的騎士們，是跟潔娜小姐同樣的訓練內容。指導士兵們時，則是以能夠在迷宮安全活動的盾術為主。」

我回答巫女歐奈的問題。

「跟姊姊一樣的訓練……」

尤凱爾如此喃喃自語，低頭思索起來。

「潘德拉剛卿——」

巫女歐奈代替他向我搭話。

「喂，那邊的士兵！過來一下！」

一名留著凱薩鬍的中年士兵從對面的帳篷出現，態度高高在上地呼喚青年士兵，打斷了巫女歐奈的話。

「歐奈大人，您剛剛想說——」

「——不，在這裡不方便。」

我再次詢問被鬍子士兵打斷的巫女歐奈，不過她在環顧四周之後，將話吞回肚子裡了。

我想大概是跟上次來訪時最後說的那樣，想拜託我也替尤凱爾進行訓練吧。

「那麼，我們稍後再談。」

我小聲地說完，巫女歐奈便輕輕地點了點頭。

鬍子士兵在青年士兵走過去時吩咐了些什麼，接著青年士兵走向附近的帳篷，從裡面帶著數名獸人奴隸走了回來。

「是亞貝、凱米跟豹姊姊喲！」

「小嬰兒也一起～？」

青年士兵帶過來的是莉薩的熟人。

豹頭母子和貓人族的小女孩也在一起。

「他叫我把他們帶過來。」

「莉薩！是妳們做了什麼嗎？」

「不，不是我，而是主人。」

我趁獸娘們跟他們敘舊時，從青年士兵那裡訊問情況。

「這是怎麼回事？」

「長官命令我來確認這些人是不是您在找的獸人奴隸。」

雖然我認為從種族來看應該沒錯，可是慎重起見，還是問一下莉薩吧。

「莉薩，是在這裡的五個人嗎？」

「是的，沒錯。」

確認莉薩點頭之後，我把結果告訴青年士兵。

「我們可以直接把人帶走嗎？」

「不，我被命令確認完畢之後，要帶他們回去。」

真的只是讓他們見個面嗎？

為了以防萬一，還是幫他們加上標誌吧。

「大人，差不多該……」

「知道了──莉薩，該走了。」

我對依依不捨的獸娘們說。

「大人，要我負責帶您過去嗎？」

「可以啊，我也想稍微跟負責人談談。」

對青年士兵這麼說完，我轉頭看向巫女歐奈。

「歐奈大人，我先失禮了。」

「潘德拉剛卿和獸人之間沒有隔閡呢。」

「是的，因為我接受的是這種教育。」

——歧視絕對不好。

而且毛茸茸的很可愛啊。

我向巫女歐奈等人道別，往獸人奴隸出現的帳篷方向走去。

走進帳篷之後，裡面有許多士兵正忙著工作。

我在其中發現了要找的人並向他搭話。

「讓您久等了。」

「會客時間已經結束——您有什麼事嗎？」

鬍子士兵起初很傲慢，在發現對象是貴族便改變了語氣。

「不，因為已經和聖留伯爵談好要接收他們，所以想見一見負責照顧他們的人。請問那個人就是你嗎？」

「沒錯。不過直接負責的是我的部下。」

「雖然只是暫時，他們就拜託你了。」

我一邊刻意用符合貴族風格的傲慢語氣說話，一邊將金幣塞進他手裡。

「……這、這個是！」

「只是一點心意。當然，接收時也會另外給你**正式的**謝禮。」

收到賄賂的鬍子士兵揚起嘴角。

「就請你多費心嘍？」

「好、好的！請交給我吧！」

鬍子士兵俐落地對我敬禮。

這樣在任務完成之前，獸人奴隸們應該不會受到隨便的對待才對。

處理完迷宮的事情後，莉薩去萬事通屋跟獸人奴隸們報告近況，波奇和小玉則去見小悠妮，除了亞里沙以外的其他人也一起同行。

跟大家道別後，我和亞里沙為了跟巫女歐奈見面而前往巴里恩神殿。

「主人，明天開始的訓練計畫得重新制定呢。」

「是啊。得想辦法讓訓練生們接受莉薩她們的指導才行。」

「最壞的情況，讓娜娜她們來指導也行。」

就算是這樣，為了能在短期內拿出成果，還得在迷宮內部準備力量式升級專用的養殖場才行。

◆

「潘德拉剛卿，讓您費心多跑一趟了。」

我們在回迎賓館之前造訪神殿，接著立刻被帶到會客室。巫女歐奈在趕走旁人之後，簡短地打了招呼便直奔主題。

畢竟她在迷宮前好像就有話想私下說。

「要說的果然是——」

「是的，我想請潘德拉剛卿也讓尤凱爾參加您的訓練。」

巫女歐奈點了點頭，說出我預料中的要求。

畢竟我原本就有這個打算，只不過是把訓練地點從迷宮都市賽利維拉改成聖留市而已。

「這點我是無所謂，不過有兩個條件。」

巫女歐奈露出緊張的表情看著我。

畢竟莉薩得到過幫助，我並不排斥幫助她跟尤凱爾，可是就算為了能順利合作，我試著提出一點條件。

「這次的訓練以從聖留伯爵那裡接收獸人奴隸作為代價來進行，因此訓練對象必須得到伯爵的允許。」

「明白了，我一定會拿到允許。」

巫女歐奈表情充滿幹勁地點點頭。

「第二個條件是，請您協助消除對獸人的歧視及提升他們的地位。雖然我已經作為訓練代價向伯爵提出要求，還是希望能夠得到歐奈大人的幫助。」

「父親大人同意了嗎？」

「是的，雖然有條件，還是得到他的同意了。」

「我明白了。我也會說服巴里恩神殿的人，讓他們幫忙這項活動。」

縱然光是有巫女歐奈的支持就夠了，如果能夠實現，信徒們也會對消除獸人歧視與提升地位造成正面影響。

「我要去城裡，必須立刻從父親那裡拿到允許才行。」

哎呀，看來巫女歐奈很心急呢。

我將伯爵前往隔壁領地的事情告訴巫女歐奈，她隨即氣勢洶洶地說要去找身為尤凱爾上司的騎士隊長奇果利卿獲得許可。戀愛中的少女真強呢。

我們跟做著造訪城堡準備的巫女歐奈告別，沿著通往城堡的路走去順便散步。

「咦？那不是潔娜娜嗎？」

潔娜小姐抱著紙袋，從面對城前廣場的魔法店走了出來。

接著一名帥氣的青年跟著走了出來。他應該是潔娜小姐拜師的雷爺孫子吧。

「真是罕見的場景呢～嫉妒了嗎？」

亞里沙用半開玩笑的表情窺探我的臉。

「不會喔？」

雖然有些尷尬就是了。

「——佐藤先生？」

潔娜小姐注意到我們了。

「那個，這個——不是的！」

她先是往身後的雷爺孫子看了一眼，接著露出非常著急的表情拚命解釋。

「沒關係，我明白。」

「你的表情完全不明白！真的只是誤會啦！」

我明明真的了解狀況，潔娜小姐卻不肯相信。

「請冷靜點，您只是出來買修行的必需品對吧？」

「是的，就是那樣！」

我嘗試安撫她，說出我理解狀況的話。

「真的是這樣嗎？」

「——魯道夫大人！」

見雷爺孫子打算插嘴，潔娜小姐提出抗議。

「雖然感覺你很從容——」

「請你住手！」

潔娜小姐制止了試圖找我麻煩的雷爺孫子。

「您回到聖留市了呢。」

「是的，昨天剛到。雖然有寫信給您的老家和領地的軍營——」

「不好意思，我因為修行一直待在師父的塔裡，沒有回去那邊。」

看來似乎是錯過了。

「潔娜大人，既然買不到龍鱗粉，得快點回去跟祖父大人報告才行。」

「——嗯，說得也是。」

遭到雷爺的孫子催促，潔娜小姐露出遺憾的表情。

「嫉妒心重的男人不受歡迎喔。」

「這個小孩是誰？」

聽見亞里沙諷刺的話語，雷爺的孫子用輕蔑的視線看著她。

「魯道夫大人，我的家臣失禮了。」

我為了遮住亞里沙挑釁的視線擋在她面前。

「我接受你的道歉。不過，我們很趕是事實，失禮了。走吧，潔娜大人。」

「咦？那個——」

「——請等一下。」

因為潔娜小姐一副依依不捨的樣子，我叫住兩人。

「什麼事？我們必須去找代替龍鱗粉的東西才行。」

「你們要龍鱗粉來做什麼？」

「強化塔的守護結界。進入領內的份都用在阻止迷宮侵入都市內的結界上，所以才會來這裡找。」

「原來如此。如果是這個用途，即使用下級龍的鱗片也沒關係吧？」

我這麼說著，透過收納背包從儲倉裡拿出下級龍的鱗片。

我從邪龍一家收到的鱗片中，挑了一片手掌大小的鱗片。

「龍的鱗片？這是真的嗎？」

「是的，這是在賽利維拉得到的真品。」

「迷宮都市的話的確不奇怪，畢竟那裡也需要結界。」

雷爺的孫子見到鱗片後相當吃驚，注視著它喃喃自語起來。

「佐藤先生，把這麼貴重的東西給我們真的可以嗎？」

「嗯，沒關係。」

畢竟儲倉裡還有很多。

「如果需要，要多拿幾片嗎？」

「還、還有其他的嗎！」

聽到我要送給他們，雷爺的孫子驚訝得當場愣住。可惜了他帥氣的長相。

「不，這麼大的鱗片應該一片就夠了。」

我將鱗片交給潔娜小姐，收下符合市價的金額。

原本不想收錢，可是她說是雷爺給的，堅持要我收下。

「我暫時會因為工作而留在聖留市，要是有空，請您派人來迎賓館知會一聲。」

「好的！我一定會抽空過去拜訪！」

潔娜小姐露出陽光般燦爛的笑容答應。

嗯，果然這種表情很適合潔娜小姐。

「感謝你，潘德拉剛子爵。不過，潔娜大人的事另當別論。」

「魯道夫大人！您在說什麼啊！」

「不，可是——」

「我沒有那個打算。佐藤先生，請您別誤會了！」

「我可不會放棄喔————！」

「真是的！請你住手啦！」

潔娜小姐拖著莫名變成搞笑角色的雷爺孫子離開現場。

「真是個吵吵鬧鬧的傢伙耶。」

「不過似乎不是壞人呢。」

由於機會難得，我在魔法店購買了龍白石之類的特價商品，並且賣出幾片據說聖留市缺乏的下級龍鱗片。

儘管也能用來跟聖留伯爵交涉的樣子，要是缺乏這些東西，感覺住在迷宮附近的居民會受到影響。

回到迎賓館後，我們重新制定明天以後的訓練計畫，並在空閒時間製作了以堅固的木魔劍為首，能在訓練派上用場的道具。

◆

「大概是這樣吧？」

太陽下山後，我偷偷潛入迷宮裡。

抓了一些繁殖力強的蟲系魔物，將牠們扔進用「陷阱」魔法挖出的深洞裡，用加波瓜和堆放在儲倉裡沒地方用的魔物內臟等東西當作飼料餵食牠們。

因為跟在賽利維拉迷宮做的事情一樣，沒花多少時間就完成了。

「為了慎重起見——」

也確認一下地圖上的空白地帶吧。

幸好，這座「惡魔迷宮」似乎只分成上下兩層。

兩邊各有一個「樓層之主」，上層是等級五十五的骸骨亞龍，下層是等級六十六的王威竈馬。

很遺憾沒有見到「迷宮之主」的身影。因為賽利維拉的迷宮也是這樣，我想大概是在某個特殊的地方吧。

事情做完之後，我用歸還轉移移動到尤娜婆婆家。

從這裡正常地走路返回城裡。

「少爺！好久不見了！」

「真的耶，這不是少爺嗎！讓我們久違地喝一杯吧！」

穿過歡樂街時，我被兩個心情很好的商人纏住。

雖然我記不太清楚他們的外表，我想應該是第一次來聖留市時認識的人。我還記得去買露露的藥時，被他們邀請去歡樂街享受的印象。

「說得也是，今天就讓我請客吧。」

畢竟接下來只剩下睡覺，就稍微玩一下吧。收集情報很重要嘛。

「那麼就去我們常去的店──」

「是『蝴蝶之泉』嗎？你還真喜歡那裡耶。」

「要你管。」

我被感情融洽的商人們邀請前往酒館。

那是一間會有漂亮大姊姊接待的店。

「哇哈哈！把店裡最好的酒拿來！」

一走進店裡，裡面的包廂隨即傳出粗魯的叫喚聲。

「真是個出手大方的客人呢。」

「這麼吵鬧真是抱歉。有城裡的騎士大人造訪本店。」

帶位的姊姊有些不好意思地向我們道歉。

「弒魔王者~?誰會相信那麼明顯的謊話啊!」

「說得沒錯。那種年輕小伙子怎麼可能達成那種壯舉。」

「反正肯定是把勇者大人的功績當成自己的來吹噓吧?」

或許是包廂的門開著,騎士們的大聲討論傳了過來。

「抱歉,我離開一下。」

幫我們帶路的大姊姊走到包廂關上門之後走了回來。

當時我稍微看到了一眼,那個人是其中一位抵制特別訓練的騎士。

「少爺也是來做生意的嗎?」

「不是,只是來拜訪一下熟人。」

「是這樣嗎?如果是商人,可不能忽略商機喔。」

「畢竟現在的聖留市因為迷宮很繁榮嘛!」

這麼說來,當時他們好像說過自己是旅行商人。

我一邊跟商人們聊著聖留市裡的市價狀況,一邊用順風耳技能聆聽包廂的聲音。

「向男爵大人乾杯!」

「向男爵大人的笨蛋兒子乾杯!哇哈哈哈!」

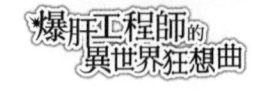

——男爵？

看來話題轉到了無關的方向。

順帶一提，聖留市共有五個男爵家。

「年輕的商人先生也喝一杯吧？」

肢體接觸過於頻繁的大姊姊替我倒了酒。

「好豪氣的喝法，真棒。我也可以喝一杯嗎？」

見到有點口渴的我一口氣喝光杯裡的酒，大姊姊一邊稱讚我一邊巧妙地向我提出要求，於是我心不在焉地回答：「嗯，請便。」

對了——

「我說，妳認識男爵大人的笨蛋兒子嗎？」

「是指札米爾埃大人嗎？」

從她立刻說出名字來看，大概是相當有問題的人物吧。

用地圖搜索之後能發現他正在歡樂街的其他店裡揮霍。根據地圖情報，他是基曼男爵家的嫡出長子——查到這裡我想起來了，我曾經見過這個笨蛋兒子。他就是在上次造訪的晚餐會上對巫女歐奈獻殷勤的微胖青年。

「印象中他是太守大人的兒子吧？是個什麼樣的人呢？」

「是個出手很闊綽的客人喔。偶爾會來店裡包場大肆慶祝。雖然有點色色的就是了。」

隱約能看出他的為人。

「剛才的騎士大人們跟他關係很好嗎？」

「天曉得？要是隨便談論客人的事情會被罵。」

大姊姊一邊用手指劃過我的大腿，一邊仰起頭看著我。

我把手放在她的手上，悄悄塞給她一枚銀幣。

「再來一枚。」

「要是我滿意內容的話。」

我隨意帶過她加碼的要求，催促她繼續說下去。

「說是感情好應該不太對。他們是男爵大人的跟班，感覺就是被隨意使喚的人。」

「騎士們喝酒時一直都那麼大方嗎？」

「怎麼可能～除了跟札米爾埃大人在一起時，他們都是些小氣鬼。酒都只點自己的份，水果跟下酒菜也只點最少的量。」

大姊姊用彷彿能看見生氣特效似的表情抱怨。

換句話說，就是發生了**什麼跟平常不同的事**吧。

「今天他們好像是讓札米爾埃大人買單喔？」

「咦～要是隨便做這種事，那些騎士大人不就慘了嗎？」

拿著新酒瓶過來的其他大姊姊加入了我們的對話。

「他們好像得到了札米爾埃大人的允許。」

「真的嗎～？」

「雖然我不太清楚，據說是某種獎賞。」

「獎賞？那些騎士大人嗎？」

「他們說了一些很奇怪的話喔。像是『只要偷懶就能得到獎賞，真是輕鬆』之類的，簡直莫名其妙。」

——只要偷懶就能得到獎賞？

這句奇怪的話讓我腦中閃過白天抵制的事。

那個笨蛋兒子妨礙我任務的理由是什麼？

「——少爺？」

唉呀，因為想太久，讓商人們擔心了。

「不，沒什麼。」

我露出笑容，拿起下酒菜吃了一口。

這似乎是一種用薄餅抹上羊肝醬製成的的菜餚。雖然有些騷味，混在醬裡的數種香草發揮了作用，味道沒那麼明顯。

跟大姊姊倒的沙珈帝國威士忌很搭。

「少爺，點那麼好的酒真的可以嗎？」

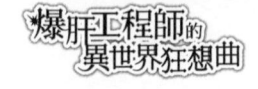

「嗯，這是讓我聽到許多事情的回禮。」

畢竟要是不偶爾揮霍一下，錢只會越來越多嘛。

在不知不覺間，包廂裡開始聊起無關緊要的色情話題，於是我決定一邊跟同行的商人們聊起關於商業的話題，一邊開心地喝酒。

——呼。

因為我聽見了特徵明顯的聲音而四處張望，發現小希爾芙正朝我飛來。

「好可愛～」

「這孩子是誰？是少爺的朋友嗎～？」

大姊姊用喝醉時特有的高亢情緒朝小希爾芙伸出手，但是被她靈活地躲開了。

『找到你了，主人。』

亞里沙的遠話傳了過來。

根據地圖情報，她似乎跟蜜雅和莉薩一起站在歡樂街的入口。

「不好意思，好像有人來接我了。」

「那差不多該走了吧。」

「今天感謝你們分享許多有趣的話題。」

「不不不，我們才該道謝，抱歉讓你請客啦。」

「哪裡、哪裡，我得到了比那更有價值的情報。」

我跟商人們在店前面握手道別，並且在街角去除酒的氣味和香水的味道，順便用快速更衣技能換上別的衣服。由於大姊姊們的肢體接觸很多，衣服上都沾上了她們的化妝品。

做完像是已婚男性不想被發現花心的行為後，我靠著雷達的光點和亞里沙她們會合。

「主人，我來接你了。」

「真是的！還在想你怎麼這麼晚回來，原來是跑到這種地方來了！」

「禁止。」

三位夥伴們分別用不同的表情來迎接我。

「這是誤會，我是去收集情報。」

我將偷懶騎士們的事情說了出來。

因果順序相反的事就保密了。

「哦～也就是那個叫什麼的男爵要他們妨礙訓練嗎？」

亞里沙雙手抱胸陷入沉思。

「理由是什麼呢？」

「再怎麼樣都不可能透漏那麼多吧。」

雖然也試著對在別間店玩樂的男爵兒子用「遠耳」魔法聆聽對話，都是些愚蠢的內容，沒有得到相關情報。

我在深夜營業的攤販買了伴手禮，接著前往收留獸人奴隸孩子們的「萬事通屋」。

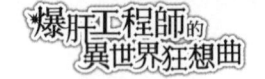

「主人，幼生體的安全由我們來保護，我這麼宣言道。」

「主人，幼生體軟綿綿又毛茸茸的，非常可愛，我這麼告知道。」

娜娜姊妹們興奮地抱著犬人和貓人的孩子們。

儘管臉上沒有表情，氛圍跟動作有那種感覺。

「「「組人！」」」

被娜娜姊妹們抱住的孩子們正不停地掙扎。當我提醒「要是關心過頭，會被討厭喔」之後，娜娜姊妹露出了絕望的表情，因此我補充了一句「要懂得分寸喔」。

孩子們會用類似海獅孩子的方式稱呼我，大概是娜娜姊妹之中的某人教他們的吧。

「店長小姐，娜迪小姐，沒給妳們添麻煩吧？」

「杞憂。」

「是啊，他們還會幫忙，都是些很好的孩子喔。」

店長跟平時一樣簡短地回答，娜迪小姐則像在幫腔似的用開朗的聲音打包票。

「這是伴手禮，請一起享用吧。」

「哎呀，謝謝你。不過今天已經很晚了，明天中午再吃吧。」

娜迪小姐將收到的伴手禮拿到廚房去。

畢竟半夜吃零食對健康不好。

「對了，你們知道喵伊跟奇塔的事了嗎？」

「嗯，聽說了。」

「從莉薩那裡知道的。」

「主人，報告晚了十分抱歉。我在那之後立刻就把事情告訴這些孩子們了。」

「不，謝謝妳，莉薩。幫大忙了。」

看來莉薩已經把之前去迷宮遇到獸人奴隸們的事情告訴他們。

應該要在這裡做的事情已經搞定，我把接下來的事情交給娜迪小姐跟娜娜姊妹們，返回這次也借來用的城堡迎賓館。

◆

「主人，有人在。」

在迎賓館前，莉薩小聲地發出警告。

身穿騎士服的年輕人——尤凱爾從附近的陰影裡走了出來。

「……潘德拉剛子爵大人。」

「這麼晚了，有什麼事嗎？」

「我——」

尤凱爾維持把手放在劍柄上的姿勢，表情十分糾結地朝我走來。

「——不，請讓我也……」

一直不發一語的尤凱爾突然抬起頭來。

「可以也讓我參加您的訓練嗎？」

「參加訓練？」

是從巫女歐奈那裡聽說的嗎？

「是的，請讓我也接受跟姊姊一樣的訓練！」

尤凱爾用非常焦慮的臉向我懇求。

「這倒是無所謂——」

「真的嗎！」

尤凱爾迫不急待地向我投來疑問。

「不過您得到允許了嗎？」

「您說……允許嗎？」

「您沒聽歐奈大人說嗎？」

「沒有——」

看來巫女歐奈還沒把事情告訴尤凱爾的樣子。

她是潔娜小姐的弟弟，也是莉薩的恩人。要在跟伯爵契約之外另外訓練他是無所謂，可是畢竟需要一定的時間，不能隨便讓身為領軍騎士的他參加。

至少要得到上司的允許才行。

「雖然很抱歉——」

「——主人。」

當我打算說出理由時，莉薩打斷了我，有些猶豫地開口說。

「可以請您訓練這位大人嗎？」

「——莉薩？」

莉薩會主動向我提出要求還真罕見。

「這倒是無所謂……」

聽到我這麼說，尤凱爾的臉上浮現期待。

「——主人。」

亞里沙把手搭在我的肩膀上扯了扯。

我傾斜身體聆聽她的說法。

「既然如此，就想辦法一舉兩得吧。我想想——」

我決定試著採用亞里沙在我耳邊說的提議。

亞里沙說完之後，我抬起頭注視尤凱爾的眼睛說：

「我有兩個條件。」

我這麼說完，尤凱爾便露出嚴肅的表情點點頭。

雖然用的是跟巫女歐奈談話時同樣的語氣，內容卻有些不同。

「第一是訓練您的人不是我，而是莉薩她們。」

「由她們來嗎？」

尤凱爾驚訝地叫出聲來。

機會難得，就讓他來負責證明莉薩她們有能力吧。

「是的，在訓練方面，她們比我更擅長。您討厭接受女性和小孩的指導嗎？」

「沒那回事。即使不拿姊姊大人或歐奈大人當例子，我也知道有比男性更加優秀的女性存在。」

太好了，第一關過了。

「第二個條件，是請您去跟聖留伯爵取得參加訓練的許可。」

「從伯爵大人那裡……」

尤凱爾的聲音不安地顫抖著。

原本打算要他從領軍的上司那裡得到允許，結果口誤說成伯爵了。

既然如此，就來詢問尤凱爾的決心吧。

「您沒有自信嗎？」

「沒、沒那回事！就算要去城裡靜坐，我也一定會得到允許。」

尤凱爾握緊拳頭說。

嗯，真不錯呢。巫女歐奈的努力也有價值了。

「那麼加油——」

正當我打算用場面話跟他道別時，腦中突然想到某句話。

——我是從擔任基曼男爵大人隨侍的叔父那裡聽說的。

對了，那些找尤凱爾麻煩的壞心眼隨從們的其中一人的確這麼說過。

——向男爵大人的笨蛋兒子乾杯！

——只要偷懶就能得到獎賞，真是輕鬆。

抵制我訓練的騎士們喝醉的聲音重疊在一起。

對了，還有妨礙任務的事，來確認一下基曼男爵的笨蛋兒子跟尤凱爾有什麼關係吧。

「尤凱爾大人，我有件事想請教您。」

儘管有些猶豫該怎麼開口，我還是決定直接詢問了。

「今天上午，我在城裡看見您被隨從們找麻煩。」

「……讓您看到丟臉的場面了。」

尤凱爾忍著羞恥回答。

「他們是平民對吧？居然敢對身為貴族家當家的您找麻煩，是有什麼很深的過節嗎？」

一般來說，人不會去挑釁身分明顯有差距的對象。

「他們是領內有力貴族的跟班，所以不會害怕我家這種下級貴族吧。」

尤凱爾沒有說出基曼男爵的名字。

「您跟那位有力貴族有恩怨嗎？」

「不是當家本人，而是被長子大人討厭……」

看來基曼男爵的笨蛋兒子不喜歡他。

「像尤凱爾大人這種人居然會惹人討厭嗎？」

我不太了解尤凱爾，可是只要觀察潔娜小姐跟巫女歐奈，就能知道他是個正經的人。

「我跟歐奈大人的乳母是同一人，所以感情很好，這點似乎讓他不太高興。」

「原來如此，札米爾埃大人想當歐奈大人的第三者呢。」

不過他們不是情侶，所以不算第三者嗎？

總而言之，那個笨蛋兒子在晚餐會後的庭園誤會了巫女歐奈說的話，可是那似乎不是因為喝醉，而是一直以來都有的想法。

「您知道是哪位大人嗎……這麼說來，之前那位大人失控的時候，您也在場呢。」

我故意假裝不小心說出笨蛋兒子的姓名來做測試，結果尤凱爾表示肯定，這讓我確定了他的人際關係。

恐怕是那個笨蛋兒子，或是他的父親基曼男爵在知曉我和巫女歐奈相親過之後，指使接受訓練的騎士和隨從進行抵制吧。

「尤凱爾大人，關於剛剛提到的條件——」

既然如此，就以一石三鳥——也就是成就少女的戀愛、達成本來的目的，以及報復礙事者為目標吧。

「我要變更第二個條件。就算沒拿到伯爵的允許，只要能得到直屬上司的許可，我就讓您參加。」

「真的嗎？我一定會拿到小隊長——不對，騎士隊長奇果利大人的允許！」

儘管讓他直接跟伯爵談判，展現男子氣概也不錯，比起這個還是早點讓他參加訓練吧。巫女歐奈應該也已經展開行動了才對；從奇果利卿在晚餐會上的表現來看，他應該會允許。

果不其然，我的預料成真。尤凱爾隔天就成為特別訓練的一員。

◆

「呼……呼……呼……這種訓練有什麼意義啊？」

「這個在迷宮裡是最重要的喔。在迷宮都市賽利維拉，是連未成年的小孩也會做的基本訓練。」

隔天我將訓練尤凱爾的事情交給莉薩等人，將他送進迷宮。我則帶著騎士訓練生和士兵們在都市外圍跑馬拉松。

波奇、小玉和一半的娜娜姊妹跟著我們一起跑，蜜雅和露露兩人則在正門前待命。

莉薩、亞里沙與娜娜三人跟尤凱爾一同前往迷宮，並且派出了幾隻魔巨人擔任亞里沙的護衛。這樣即使人數很少，應該也不會有危險。

順帶一提，另外一半的娜娜姊妹正在「萬事通屋」擔任孩子們的護衛。

「會死會死，要被殺掉了———！」

「好燙好燙好燙！」

其中也有些打算偷懶而故意慢慢跑的人，但是只要脫離隊伍，蜜雅召喚的擬似精靈沙羅曼蛇就會毫不留情地用火焰灼燒，因此每個人都不顧身分拚了命地奔跑。

「說話的話會累垮喲！」

「加油～」

同行的波奇和小玉就像追逐羊隻的牧羊犬般跟訓練生們一起跑著。

或許是被小孩子們一派輕鬆跑步的模樣刺激了自尊心，訓練生們逐漸停止抱怨。

真不愧是被譽為精良強大的聖留市領軍，認真開跑之後就沒有人掉隊了。

「加油！差不多能看見正門嘍！」

由於地形的關係，聖留市外圍一圈大概有九公里左右的距離。

或許是誤以為抵達終點了，訓練生們紛紛露出完成任務的表情。

「沒錯、沒錯，就是這樣。那麼開始第二圈吧！」

面對表情從希望變成絕望的訓練生們，我內心湧現了一點罪惡感，然而今天的目的是鍛鍊他們的耐久力，以及讓他們了解自己的極限，所以我打算讓他們累到快要倒下為止。

「愛汀，幫他們補充水分。」

「是的，主人。」

因為有很多人看起來就快要脫水，我跟姊妹們合作分發水壺。

「是、是要邊跑邊喝嗎？」

「這、這不是水？」

「又鹹又甜真好喝。」

「明明味道很奇怪，為什麼會覺得好喝啊？」

訓練生們即使抱怨，依然喝光運動飲料風格的口服補水液。

「喝完之後，請把水壺扔在地上。」

我對煩惱該如何處理水壺的訓練生們這麼說。

「回收～回收～」

「波奇是收垃圾的專家喲！」

波奇和小玉撿起被扔在地上的水壺送到我這裡。總覺得她們看起來很開心。

其中也有些性格差勁的人刻意將水壺扔到遠處，但小玉和波奇依然很開心地撿了回來。

「找到尼尼基草了～？」

「發現能吃的草了喲！」

見到兩人一邊跑還能從容地採集藥草和食用野草，似乎刺激到訓練生們的男性自尊心。

儘管如此，靠著自尊心跑到第二圈似乎已是極限。當年輕的訓練生倒下後，接二連三地有人朝地面跪了下來，能夠跑完第三圈的人只有兩成。中途倒下的訓練生都被搬上了跟在後面的馬車。

「第一天的馬拉松差不多就到此為止吧。」

我這麼說完，跑完第三圈的訓練生露出安心的表情坐在地上。

「已經結束了～？」

「波奇還沒有跑夠喲！」

小玉和波奇開始原地踏步。

「既然如此，妳們再去跑一圈吧。」

「系系系～」

「好的喲！是加速裝置喲！」

波奇大概被亞里沙灌輸了老動畫的哏，她用臼齒發出「喀嚓」的聲音並加上瞬動，以驚人的速度衝了出去。

「小玉也不會輸～？」

小玉即使用上瞬動也沒能追到波奇，途中開始結合忍術，如同字面意思般像飛的一樣追了過去。

「還真~快耶，喂。」

「她們是馬嗎？腳是用什麼做的啊？」

「騙人的吧？居然能連續使用瞬動嗎？」

「不、不可能……居然能那麼輕易地使用連奇果利卿都只能在緊要關頭使用的祕技。」

跟對速度感到驚訝的士兵們不同，騎士們似乎對瞬動能連續使用感到吃驚。

因為有點擔心小玉跟波奇，我發動「眺望」和「遠耳」魔法守望兩人。

『小玉，用忍術很奸詐喲。』

『沒那回事~忍忍~』

『波奇不會輸喲！波奇還有兩次變身喲！』

『那小玉就剩三次~？』

『抄襲太奸詐了喲！波奇其實還有四次喲！』

『小玉是五次~』

兩人一邊聊天一邊開心地奔跑。

看起來應該沒問題，因此這次我將魔法的目標轉移到迷宮裡的尤凱爾他們身上。

『莉薩小姐，停下來。尤凱爾已經升級了。』

『那麼，剩下的魔物由我來解決。』

在我們跑馬拉松的期間，尤凱爾的等級從十三提升到了十五。

也多了「迴避」和「遁逃」兩項技能。看來事先制定的計畫進行得很順利。

『……好厲害，居然能這麼輕鬆地解決那種數量的魔物。』

『這種程度沒什麼。你也很快就能達到這個程度喔。』

見莉薩不用必殺技就瞬間解決等級十五左右的魔物，尤凱爾非常驚訝。

『真的嗎？』

『嗯，那當然。』

面對半信半疑的尤凱爾，莉薩用力點了點頭。

『比起這個，武器會不會覺得不順手呢？』

『是的，沒問題。這是什麼木頭呢？跟魔物交鋒竟然不會折斷或缺損。』

尤凱爾舉起用世界樹製成的木魔劍詢問。

『我不清楚是什麼材料，主人說過這比鋼鐵還要堅固。』

『差不多休息夠了吧？開始下個階段吧。』

『說得也是。接下來是將魔力注入武器的訓練。藉此學會魔力操作，最終目的是讓你學會魔刃。』

『魔刃？我會變得能夠使用魔刃嗎？』

『這取決於你有多努力。那麼，開始訓練吧。首先從將魔力注入那把木劍，讓它發出紅光開始。』

『是的，莉薩師父！』

尤凱爾語氣充滿幹勁地握住木劍。

對騎士而言，能夠使用魔劍果然是很重要的象徵。

「呼……呼……呼……明天也要繼續這種訓練嗎……」

注意力回到這裡時，我立刻聽見訓練生們的抱怨。

「與其說是明天，下午也要訓練喔？」

「——下午也要？」

那位訓練生浮現出絕望的神情。

哪有這麼誇張……雖然這麼想，周圍的訓練生們也露出同樣的表情。

「好像不太受歡迎呢？只要習慣了，應該就能跑上一整天才對……」

「子爵大人，我們是士兵，不是信差或送貨員。」

老練的士兵開口抱怨，大約一半的訓練生們也跟著附和，發出噓聲。

「各位都誤會了。」

我拍了拍手吸引注意，簡短地說出想表達的事情。

「你說誤會？」

「沒錯。馬拉松鍛鍊的是耐久力，也就是基本的續戰能力。」

老練士兵被我吸引了注意力。

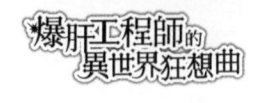

「在迷宮裡，各位有沒有遇過被大量魔物不斷襲擊的情況呢？」

我已經事先知道他們遇過這種事了。

部分訓練生露出了「別讓我想起討厭的事啦」的表情。

「到時候要是『累到沒辦法戰鬥了』，就剩下死路一條了。馬拉松就是為了培養那種時候所必須的耐久力。」

「——是真的！我看到了！」

此時正門方向傳來打斷我演說的叫喊聲。

我往那邊一看，一名揹著大包行李、打扮像搬運工的男人正拚命地向守衛說明些什麼。

「是真的！旁邊飛出閃電，把山裡的小屋轟飛了！」

「轟飛山裡的小屋？你為什麼會去那裡？你應該不是獵人或是木炭工人吧？」

「我、我是去採集山菜跟柴火的。」

「揹著這麼大的行李嗎？讓我看看。」

「住、住手。」

當守衛拉住男人的行李，行李便隨即發出沉重的聲音掉在地上，白色的粉末從裡面撒了出來。

「是走私鹽嗎！」

連忙試圖逃跑的男人被守衛們抓住。

因為有點興趣，我決定走向他們稍微請教一下。

「——鹽是在公爵領買的。」

「不，我不是問這個。您剛剛說『旁邊飛出閃電，把山裡的小屋轟飛了』對吧？可以談談這件事嗎？」

「子爵大人，這種傢伙說的話肯定是胡說八道。大概是老師的魔法飛過去了吧？」

聽見我的問題，年輕的守衛半開玩笑地回答。

「不對！那附近沒有任何魔法使！從側面飛來的閃電擊碎了山裡的小屋後在樹上聚集，之後不知道往哪裡飛走了！」

詳細聽完男人的目擊情報後，看來他見到的是在庫哈諾伯爵領跟穆諾伯爵領也出現過的「雷獸」。

我試著進行地圖搜索，然而沒有找到符合的魔物。

「那道閃電成長什麼模樣呢？」

「是四隻腳的怪物！」

很遺憾，他似乎沒能看清楚雷獸的模樣，只知道是四隻腳的野獸。

我將庫哈諾伯爵領跟穆諾伯爵領的目擊情報告訴守衛，並請他們向上級報告。

目前來看只有落雷程度的損害，可是如果情況繼續下去，或許應該在大規模傷害出現之前準備好對應方案。

「噗咻～」

「抵達了喲！」

小玉和波奇以捲起煙塵的驚人速度衝了回來，兩人幾乎同時到達。

「歡迎回來，妳們兩個。」

我將裝有水的杯子遞給小玉和波奇，並將毛巾掛在兩人的脖子上。

「已經回來了！」

「騙人的吧？未免太快了！」

訓練生們對她們異常的速度感到驚訝。

「喵嘿嘿～」

「這種程度沒什麼大不了的喲！」

小玉和波奇害羞地扭動身體的模樣很可愛。

「這兩個孩子具備能夠持續戰鬥半天的體力。」

「還能更久～？」

「沒錯喲！有休息時間的話，連續三天也輕鬆得很喲！」

跟我在一起時應該沒有安排那麼緊湊的行程，所以大概是夥伴們自己攻略樹海迷宮時發生的事吧。

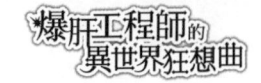

「這種小孩子嗎？」

「可是，她們即使跑了那種距離還是很有活力耶？」

「這麼說來……」

「我們比不上亞人的小鬼嗎？」

想到兩人曾和自己一起跑的訓練生們露出錯愕的表情。

「呼吸差不多調整好了吧？繼續訓練吧。」

原以為他們會開口抱怨，不過訓練生們縱然一副不情願的態度，仍然什麼都沒說就這麼站了起來。

輸給小玉跟波奇的事實似乎刺激到了他們的自尊心。

「那麼，因為距離中午沒剩多少時間，就來做鍛鍊爆發力的訓練吧。」

我這麼說完，指示他們在低頭狀態下，進行百米衝刺的訓練。

「又是跑步嗎……」

「這是在迷宮內部突然遭到襲擊時，能夠迅速拉開跟敵人之間的距離，搶占有利位置的訓練。」

我請老練的士兵負責打信號，親自進行示範。

「這是基本的形式，等到習慣之後——」

接著我叫小玉跟波奇來示範。

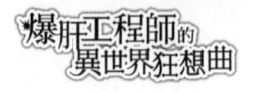

「——會變成這樣。」

「瞬動？可是速度未免太快了吧？」

年長的騎士露出一副無法接受的表情低聲說。

在跑馬拉松時，兩人只簡單地用了瞬動，然而在現在這種短距離下，她們能夠使出全力，所以讓訓練生們產生不對勁感了吧。

「那麼就五人一組訓練。全力跑完之後，請儘快回到這裡。」

我讓他們反覆進行衝刺。

第三趟左右就出現了發牢騷的聲音，第十趟之後便開始有人脫隊，所以儘管比預定來得早，我還是決定結束訓練。

「辛苦了，上午的訓練至此告一段落。」

聽見這個宣言的同時，訓練生們發出歡呼。

「結束了！」

「上午？現在還只是上午嗎？」

「騙人的吧？下午還要繼續那種地獄嗎？」

哪有這麼誇張。

「那麼來吃午餐吧。雖然是些肉、麵包和湯之類的簡單東西，由於準備了很多，請隨便取用。」

我帶著大家往露露準備的帳篷走去。

發送餐點跟準備工作由在城裡工作的女僕跟隨從們幫忙。

「肉～」

「如果是肉，波奇無論多少都吃得下喲！」

小玉和波奇興奮地朝午餐組合中堆積如山的肉伸出手。

「嗚噁，我只喝湯就好了。」

「我也只吃麵包。」

「沒有食慾，我就不必了。」

訓練生們似乎沒有食慾。

「不好好吃飯的話，下午的訓練會撐不住喔。也有準備水果，請至少吃點東西吧。」

「水果？有很多不認識的水果耶……好吃！」

「冰涼又多汁的瓜真不錯呢。」

「雖然皮很厚，還真好吃耶。」

「這個黃色的要先剝皮再吃吧？」

雖然有不知道香蕉直接啃的訓練生在，聰明的人注意到並將正確吃法告訴他們。

「不好意思，我能再來一碗湯嗎？」

「當然，我準備了很多，請多吃點。」

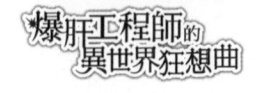

「謝了。」

「真的那麼好吃嗎？」

「嗯，雖然外表看起來是沒什麼特色的蔬菜湯，實際上非常美味。」

「那我也要。」

看見選擇喝湯的訓練生又拿了一碗，其他訓練生也有了動作。

「難不成肉也很好吃？」

「Yes～？」

「非常非常Dillingerous喲！」

「好吃！肉真好吃！多來一點！」

受到小玉跟波奇推薦而吃肉的訓練生吃完一小片肉之後，立刻去夾了一大塊。

接著訓練生們就像飢餓兒童似的圍了上來，漂亮地將麵包、肉片跟湯汁一點都不剩地吃個精光。

因為有些人忘記下午的訓練而吃得太撐，我便稍微延長飯後休息時間，下午以搬運重物訓練以及分成兩組複習盾術為主。

「——真熟練呢。」

「別看我們這樣，平時我們都是穿著重裝備防禦飛龍的攻擊。」

不愧是被選出來的人，基本的盾術都掌握得很好。

不僅所有士兵都擁有普通的「盾」技能，還有部分的人擁有「遁逃」，有些人甚至擁有「石皮」和「鐵壁」之類的防禦強化系技能。

這樣的話，說不定從明天下午開始去迷宮進行實戰，以讓他們得到技能和升級為目標也不錯。

◆

訓練結束後，為了跟訓練生們加深交流，我邀請他們去喝酒。不過不知道是訓練過頭還是被討厭了，所有人都拒絕了我。

算了，等到成果顯現，他們的態度也會有所改變吧。

『主人，你那邊狀況如何？這邊小尤凱爾翻白眼了，所以今天就到此為止。』

『我這邊也結束了。』

因為接到亞里沙的聯絡，我們決定在迷宮前會合。

娜娜姊妹們已經先去萬事通屋了，因此我只帶著剩下的成員過去。

『尤凱爾沒事吧？』

『他因為升級的暈眩加上疲勞昏了過去。現在只是睡著了而已。』

雖說等級很低，要是一天升了四級，會產生升級暈眩也不奇怪。

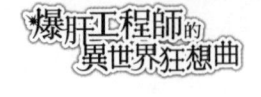

除了上午確認的「迴避」跟「遁逃」技能之外，還依照預定學會了「魔力操作」技能。

從額外得到了「自我回復」技能的情況來看，莉薩她們的訓練似乎相當嚴格。

抵達迷宮前時，亞里沙她們已經離開迷宮，在一座帳篷裡休息。

「主人，辛苦了。」

這樣正好。

就趁尤凱爾昏迷的機會，握住他的手調整他的體內魔力通路吧。

「……真硬呢。」

我嘗試稍微朝尤凱爾的體內注入魔力，遇到的阻力比預料中更大。

看來他至今從來沒有刻意讓魔力流過身體的樣子。身為騎士他應該進行過能得到身體強化系技能的訓練才對，可是或許是因為還年輕，做的訓練是以培養體格為優先也說不定。

「不過，這種程度不會構成問題，就直接開始吧。」

我依照預定開始調整他的體內魔力通路。

從外部注入魔力調整魔力通路的負擔似乎很大，尤凱爾好幾次大聲說著夢話引來其他人，因此我在中途使用了防諜用的魔法「密談空間」。

「差不多就這樣吧？」

他的魔力流動變得很順暢了。

這麼一來，從明天起的學習魔刃訓練應該也會很順利。

「主人，下一個是我，我這麼告知道。」

娜娜張開雙手，就像在說「來吧」似的注視我。

看來見到我替尤凱爾注入魔力，似乎讓她很羨慕。

「主人，不可以嗎，我這麼詢問道。」

「只能一下下喔。」

「是的，主人。」

娜娜豪爽地準備脫掉衣服，蜜雅跟亞里沙制止了她，露露則抱住我的臉阻擋視線。

「——呵呵呵。」

「莉薩笑了～」

「笑了喲！」

見到一直很緊繃的莉薩微笑，小玉和波奇也開心地露出燦爛的笑容。

「很奇怪嗎？」

「沒那回事喲！」

「非常Good～？」

「是的喲！波奇有點擔心喲。」

「這樣啊。可不能讓妳們兩個擔心呢。」

莉薩動作溫柔地撫摸著抱住自己的小玉跟波奇的頭。

「不必擔心，我一定會拯救亞貝他們。」

「是的，主人。」

莉薩這麼說著，就像放心一般低下頭去。

那麼，為了避免在說大話，明天之後的訓練也得加油才行呢。

◆

「早安。」

「「「早安！」」」

隔天早上出現在集合地點的訓練生，只有第一天一起前往迷宮的克魯多訓練生等幾名士兵而已，騎士們跟其他士兵都沒有出現。

今天小玉跟波奇也加入訓練尤凱爾的隊伍，跟我一起來的只有露露、蜜雅，以及一半的娜娜姊妹而已。

「你們有什麼頭緒嗎？」

「……是的。」

我這麼問完，克魯多訓練生一副難以啟齒似的開口說：

「他們說昨天的訓練導致腳受傷了，所以要休息。」

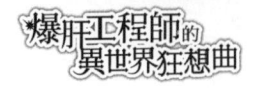

「所有人都是嗎？」

依照地圖搜索來看，訓練生中腳受傷的人只有一個。

「……似乎是老兵巴克塔在進行妨礙。」

「我也被以壓迫的方式建議要善待自己的身體。」

「建議？那是威脅吧！」

雖然沒有直接命令不參加訓練，還是用拐彎抹腳的方式進行了妨礙。

「子爵大人。」

一名大約十二歲的少年士兵跑來向我敬禮。

「騎士皮卡洛要我來傳話，說是『因為膝蓋受傷，今天不參加訓練』。」

「謝謝你的傳話，請替我轉告騎士皮卡洛好好保重。」

「是！」

當少年士兵離開後，看似另外兩名騎士僕從的少年士兵接連來向我報告缺席的事情。

「騎士們也是被巴克塔指使去休息的嗎？」

「不，我想應該不是。」

克魯多訓練生表示，士兵沒有強迫騎士行動的權力。

「如果真有人那麼做，下達命令的人或許是騎士皮卡洛。」

喬亞訓練生猶豫了一會兒之後開口說。

「有根據嗎？」

「雖然不能說是根據，昨天回去的時候，我見到騎士皮卡洛跟老兵巴克塔躲在角落偷偷談論著什麼。」

儘管作為證據稍嫌不足，我在確認地圖之後，發現那兩人正在跟那個笨蛋兒子札米爾埃見面。

「騎士皮卡洛跟巴克塔大人和基曼男爵或札米爾埃大人有交情嗎？」

「老兵巴克塔我不清楚，不過聽說騎士皮卡洛的夫人是基曼男爵的親戚。」

「啊，我曾經見過老兵巴克塔在休假時擔任札米爾埃大人的保鏢喔。」

「這麼說來，隊上好像流傳他在賺零用錢。」

訓練生們回答我的問題。

雖然沒有確切證據，這毫無疑問是札米爾埃的妨礙行動吧。

等聖留伯爵回來之後，感覺就能解決，然而如果放任到那時候，總覺得會被迫讓步合約的條件。

那麼，該怎麼辦呢——

「佐藤。」

蜜雅扯了扯正在思考對策的我的袖子。

「那個。」

蜜雅手指的方向走來了一群士兵。是那些說要休息的訓練生們。

「那些傢伙為什麼會來？」

「是想讓我們也休息嗎？」

克魯多訓練生和喬亞訓練生露出凶狠的表情瞪著遲到的訓練生們。

「子爵大人，抱歉我們遲到了。」

「你們不是要請假嗎？」

克魯多訓練生代替我追問。

「啊——該怎麼說……因為改變主意了。」

「改變主意？是老兵巴克塔拜託你們來妨礙訓練嗎？」

「不，跟巴克塔無關。那個——就是……」

年長的士兵看起來很害羞，講話吞吞吐吐。

「別害羞啦。」

「就是說啊，就老實說自己敗給食慾就好了嘛。」

其他士兵們說出真相。

看來是因為請假就吃不到露露做的午餐了。因為討厭這樣，他們才決定無視老兵巴克塔的要求參加訓練。

「——露露。」

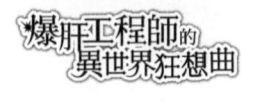

我對露露豎起大拇指表示稱讚。

看來露露的後勤似乎拯救了我的危機。

到頭來，今天請假的只有跟老兵巴克塔關係很好的幾名士兵，以及三名騎士。

「那麼在做準備體操前，請喝點回復藥。」

「現在喝嗎？我們沒有受傷耶？」

「畢竟要是還留有疲勞，可能會受傷嘛。」

在疲勞狀態下也能行動的訓練，我打算晚點再進行。

「假如可以，真希望昨天就喝……」

「哈哈哈，那樣的話，好不容易得到的訓練成果會消失喔。」

那樣一來基於肌肉疲勞導致的超回復就會失效。

我一邊解釋這件事，一邊讓他們喝下回復藥，然後依照準備體操、馬拉松的順序逐一進行今天的訓練。

或許因為是第二天，即使跑了同樣的距離，他們也不像昨天那樣氣喘吁吁。

接著進行夾雜著短暫休息的衝刺訓練，最後用揹著重物衝刺的訓練當作收尾。

「感覺腳變輕了。」

說這種話的士兵中，有一個人得到了「疾走」技能。由於技能沒有生效，肯定是剛學會的吧。

老實說，我更希望他們得到「持久」或「穿越惡路」之類的技能，因此算是有點偏離預期。這就是無法隨意分配技能點數的本地人的困難之處吧。

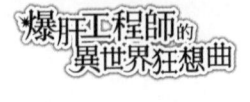

吃午餐時，我用「眺望」和「遠耳」魔法觀察前往迷宮的莉薩她們的情況。

『莉薩師父！剛剛斬擊的觸感產生變化了！』

『或許是形成魔刃的初步跡象也說不定呢。』

『是真的嗎！』

『從現在開始也要抱著將魔力注入到劍尖的想法，每次揮劍都要全神貫注。』

『是的，師父！』

尤凱爾的修行可說是非常順利。

再怎麼說都不可能兩天就學會魔刃，可是只要照這個情況繼續修行，感覺在我們訓練結束之前，他就能學會。

『波奇也想被叫做師父喲。』

『小玉也想當師父~？』

『哈哈哈，下次要不要嘗試收個徒弟？』

亞里沙對露出羨慕表情看著莉薩的波奇和小玉說出了多餘的話。

『Good idea~？』

『這是個非常非常好的主意喲！』

『咦？真的嗎？』

『亞里沙責任重大，我這麼告知道。』

小玉和波奇的眼睛閃閃發光，跑到亞里沙面前詢問要收徒弟該怎麼做。

算了，要是事情往奇怪的地方失控，再去阻止就好了吧。

「主人，飯後休息差不多快結束了，我這麼報告道。」

娜娜姊妹這麼提醒我，因此我停止觀察莉薩等人的情況，帶著訓練生們前往迷宮。

◆

「主人，我已經將萬事通屋的常駐人員更換為伊斯納妮跟西絲，剩下的所有人都召集過來了。」

聽完在迷宮前再次會合的娜娜姊妹中的長女愛汀的報告後，我帶著二十六名訓練生進入迷宮。

「特麗雅！特麗雅想知道在哪裡訓練，我這麼詢問道！」

「預計在升降機第二停靠站的附近訓練喔。」

我回答娜娜姊妹的三女特麗雅。

因為養殖的魔物數量還不夠多，我打算在最後一天之前都腳踏實地地進行訓練。

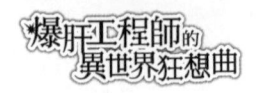

用一般方式走過去的話會花太多時間，因此我們將使用升降機抄近路。

「子爵大人，升降機同時只能搭載六人。」

「那麼就分批搭乘吧。第一批是我跟愛汀姊妹們。接著請訓練生們分批搭乘，露露和蜜雅則是最後。」

見到首批抵達的我們，第二停靠站的前線基地留守士兵們掀起一陣騷動。

隊長級的人似乎已經事先收到知會，在我報上名字之後便沒有繼續追問。

「主人，好無聊，我這麼告知道。」

由於人數很多，即使用升降機也得花不少時間，第一批搭乘的娜娜姊妹們顯得很無聊。

「要去偵查嗎，我這麼詢問道。」

「還不用去偵查，先檢查一下裝備吧。」

「是的，主人。」

儘管這麼回答的特麗雅等人面無表情，感覺有些失望。

即使她們的外表成熟，內心還很稚嫩，大概不擅長乖乖等待吧。

「抵達。」

「主人，久等了。」

跟最後一組訓練生一起搭升降梯的蜜雅和露露終於到了。

「請所有人確認裝備。」

我立刻就收到了裝備檢查完畢的報告。

「愛汀，把姊妹們分成兩人在隊伍前方，三人在隊伍最後。」

「是的，主人。特麗雅跟菲兒去前面，其他人跟我一起去隊伍後方。」

「「「是的，愛汀。」」」

「蜜雅召喚小希爾芙。」

「嗯。」

蜜雅在我面前張開雙手。

應該是要我在詠唱期間抱著她吧。

「好好好，公主殿下。」

「汝辛苦了。」

蜜雅模仿時代劇公主的語氣，被我橫向抱了起來。

「主人，我要去前後哪一邊呢？」

「露露跟我待在一起。要是有弱小的魔物出現，就跟特麗雅和菲兒分頭殲滅牠們。」

根據地圖情報，這裡大多都是等級個位數的蟲類魔物，另外就是大鼠和蝙蝠之類的常見魔物。

跟我和獸娘們一起逃出去時相比，「惡魔迷宮」增加了許多弱小的魔物。

雖說訓練生的等級在七到十二之間不等，還是希望用來訓練的魔物等級至少是二位數。

「我明白了。」

遇到的魔物在接近之前就被三人——或者說露露的火杖槍快速射擊給解決了。

「主人，特麗雅覺得露露的快速射擊很卑鄙。」

「贊成特麗雅，也請讓我們有表現的機會。」

姊妹的三女特麗雅開口抱怨，四女菲兒則主張出手機會要公平。

「知道了、知道了。露露，請妳放過兩人能夠出手的敵人。」

「是的，主人。對不起喔，小菲兒跟小特麗雅。」

露露因為自己太過賣力而羞紅了臉。

「……■　風精靈創造。」

此時蜜雅的詠唱終於結束，希爾芙隨著掀起的風暴出現。

「分散。」

——呼。

希爾芙分裂成手掌大小的小希爾芙。

「索敵？」

「嗯，拜託了。」

「希爾芙，去吧。」

——呼。

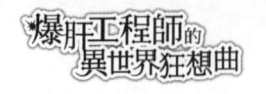

小希爾芙就像在競速似的分散到迷宮各處。

蜜雅好像不想被放下來，因此我決定讓她再撒嬌一下。

「走吧。」

我們沿著類似洞窟的崎嶇道路前進。

弱小的魔物被娜娜姊妹們爭先恐後地殲滅。

「真厲害，她們輕輕鬆鬆就解決掉魔物了。」

「那個魔物很弱嗎？」

「怎麼可能。別說是一對一了，那可是不讓兩三個人同時應付的話，就會被打成重傷的敵人喔。」

訓練生們驚訝地看著特麗雅和菲兒大顯身手。

而露露則是因為殲滅魔物的速度快到訓練生們來不及反應，導致他們沒能意識到露露有多厲害。

「子爵大人，來到這麼深入的地方沒問題嗎？」

喬亞訓練生一臉不安地詢問。

「這附近應該只有奇果利卿和先行偵查隊來過而已。」

最年長的訓練生嚴肅的臉也浮現出不安。

「別擔心。」

當我這麼說著時，附近剛好出現了適合的魔物。

那是一隻等級十五，類似天牛的魔物。雖然是比訓練生還要強大的敵人，畢竟沒有毒，等到有危險再介入就行了。

「正好出現了適合的魔物呢。」

我邊用雷達確認邊調整移動速度，因此遭遇魔物時，是在能夠進行團體戰的廣場上。

「請做好戰鬥準備。」

我叫特麗雅跟菲兒不要出手，命令訓練生們組成戰鬥隊伍。

「意思是要我們跟牠打嗎？」

「跟那麼大隻的魔物？」

「牠比飛龍還要弱，不要緊喔。」

我鼓勵著感到畏懼的訓練生。

這隻魔物遠比他們在遠征時打倒的飛龍要弱得多。

「比較的對象錯了吧！」

「這裡可是沒有騎士大人跟魔法師喔？」

「完蛋了，我死定了。」

「請保持冷靜。」

訓練生們幾乎要陷入恐慌。

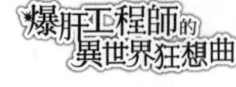

再這樣下去有可能會發生事故，一開始還是稍微削弱牠吧。

「主人，要殲滅牠嗎？」

「不，我來調整一下。」

畢竟娜娜姊妹感覺會乾脆地把牠給解決掉。

我拔出妖精劍砍斷魔物的牙跟爪子，並且切斷牠如同鞭子般揮過來的兩根如同觸手的多關節觸角。

最後再砍斷其中一隻後腳減半牠的衝刺力。

「首先就這樣試試看吧。」

我從戰鬥力被大幅削弱的魔物面前退開，轉頭看向訓練生們。

他們不知為何都露出驚訝的表情愣住了。

「嗯？」

蜜雅對訓練生們的反應顯得很困惑。

「……這就是『弒魔王者』。」

「就連奇果利大人也沒那麼厲害吧？」

這沒什麼好驚訝的。

不僅娜娜姊妹們辦得到，奇果利卿也能輕鬆達成吧。

「各位，現在是戰鬥中喔。」

我拍了拍手吸引注意，如此催促他們變更成戰鬥隊形。

「聽從各組組長的指示！最前面是我們這一組！」

最年長的訓練生大喊，其他班長也對自己的組員下達指示。

盾牌組分成三列，每列七個人。採用的是最前列崩陣時由第二列補上，第二列被擊潰由第三列接替，不斷更新前排的輪替方式。

攻擊組的五個人則會趁坦克擋下魔物的空檔，從安全的位置攻擊弱點。

「——啊。」

最前排承受魔物突擊的五人就像保齡球的球瓶一樣被撞飛了。

「承受衝擊時，請記得要讓魔力在身體跟腳上流動。」

雖然我這麼建議，第二列之後的人也因為害怕而接連遭到蹂躪，陷入了潰敗前的混亂狀態，因此我迅速解決魔物重整態勢。

「子爵大人，跟那種怪物交手，有幾條命都不夠用啊！」

最年長的訓練生向我抗議。

「不必擔心，我不會讓你們跟會出人命的敵人作戰。」

「不，就說會死啦！剛剛你也看見了吧？面對那麼巨大的對手，就連使用盾牌擋住都辦不到！」

「沒問題啦，只要做到我在戰鬥中給的建議就做得到。」

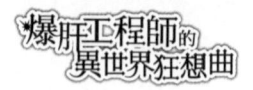

「您是指讓魔力在身體跟腳上流動嗎？如果能在戰鬥中做到那麼靈巧的事，我們早就被推薦成為騎士了。」

這件事有這麼特殊嗎？

我知道將魔力注入武器之類的物品中很困難，可是任何人應該都能將魔力注入自己的身體才對。

「那麼也必須進行那方面的訓練才行了呢。」

「我認為那不是一朝一夕就能辦到的事……」

「只是需要習慣而已。要是習慣讓魔力在體內流動，你們也能做到這種事喔。」

我這麼說著，用跟士兵借來的鐵劍放出魔刃。

「是魔刃！」

「不是聽說鐵劍不能使出魔刃嗎？」

「好厲害，就像是出現在初代勇者故事裡的『最強凡人』歐迪一樣！」

看來即使是一般士兵，也對魔刃非常憧憬。

我有點在意那個叫做歐迪的故事，等跟他們一起去喝酒的時候再請教一下吧。

或許是近在眼前的目標產生了效果，跟第二隻魔物戰鬥時情況好轉了許多。

「打起精神來！」

「「「是！」」」

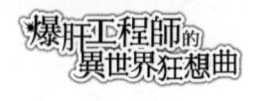

士氣也很高亢，就算面對跟剛剛一樣的魔物，也幾乎沒有人退縮。

話雖如此，也不可能突然就能與之抗衡——

「要是前面的組別被打垮，就立刻進行支援！」

「「「是！」」」

盾牌組的士兵們即使不斷被打飛，依然憑藉堅定的鬥志跟蜜雅的回復魔法回歸戰線。

魔物在戰鬥中曾數次想要逃走，卻都被我的「理力之手」、特麗雅設置的陷阱，以及露露的牽制射擊給阻止了。

另外，被戰鬥聲吸引過來的魔物都被夥伴們迅速解決了。

「確認討伐完成，訓練生報告損失。」

「……成功了。」

「還活著……我活下來了！」

菲兒作出指示，然而訓練生們正在品味活著的事實，似乎沒聽到她說的話。

其中甚至有人因為太過安心而坐在地上。

「主人。」

面無表情的菲兒散發困惑的氛圍朝我看了過來。

「不必擔心，他們很快就會習慣。」

蜜雅在戰鬥結束時使用了中級回復魔法，所以應該不要緊。根據AR顯示，他們的體力計量表不是全滿就是略有減少而已。

「佐藤。」

蜜雅呼喚我。

——呼。

小希爾芙似乎引來下一隻魔物了。

「第二棒好像出現了呢。」

露露顯現出困擾的表情說。

「騙人的吧？」

「就說不行了。」

「我們才剛打完一隻耶？」

「死定了，這次我一定會沒命啦————！」

訓練生們顯得十分慌張。

要是這樣直接開始戰鬥，感覺有人會受重傷。

「真沒辦法——露露。」

「是。」

露露換成金雷狐槍，迅速打倒魔物。

「一擊就解決了喔。」

「沒想到小露露居然那麼強……」

訓練生們發出驚訝的聲音。

現在還有人坐在地上，讓我有點無法接受。

我拍了拍手吸引他們的注意。

「請站起來。」

我對坐在地上的那些人說：

「請假設在迷宮裡隨時都會被魔物襲擊。」

我一邊說著不符合我風格的訓話，一邊來回看著訓練生們。

「在沒有接到休息的指示前，請一直維持戰鬥狀態——否則會死喔？」

說到最後一句話，我帶著殺氣。

要是不趁現在讓訓練生重新繃緊神經，或許會因為小事故出現傷亡。

確認到訓練生們的表情變嚴肅後，訓練再次展開。

「蜜雅，一開始帶魔物來的步調慢一點。」

「嗯，交給我。」

蜜雅依照要求，以能夠輕鬆應付的間隔讓希爾芙吸引魔物。

即使如此訓練生依然累得上氣不接下氣，不過總算在沒多少人受重傷的情況下結束第一天的訓練。

不過，雖說是重傷，卻也是能用中級魔法藥恢復的程度。

多人訓練時怕的是陣型崩潰，跟少數精銳的訓練相比有著不同的困難之處。

就算是這樣，訓練依然順利地進行下去。第五天時每個人至少都升了七級，最低等級來到了十五。不僅盾技能獲得提升，學會最適合坦克的「不動身」和「鐵壁」等輔助技能的人也增加了。

起初認為辦不到、讓魔力在體內流動的技巧也已經習慣，養殖場的魔物數量也增加了許多，差不多該逐步進行收尾了。

一般訓練生的目標是二十級，可以的話我希望能升到二十五級。

只要有那種程度，就不會再產生將獸人奴隸當成坦克那種醜陋的想法了吧。

◆

「辛苦了。雖然接下來三天就要收尾了，今天請忘了訓練，好好享受吧。」

我們離開迷宮，前往領軍士兵常去的西街露天攤販街開酒會。

明天開始等著他們的將是真正的地獄，所以我想稍微讓他們放鬆一下。

「子爵大人，連我都一起招待真的可以嗎？」

「嗯，當然可以。」

今天尤凱爾也跟我們在一起。

我在迷宮出口遇到，便將他帶了過來。

「馬利安泰魯卿，你的衣服跟裝備都破破爛爛的，今天的訓練很辛苦嗎？」

「不，今天還算好了。只有一次沒能及時處理掉魔物，結果被圍攻了。」

「被圍攻？」

「是啊。因為來不及解決小玉大人引過來的魔物。」

「真虧你能活下來呢。」

「畢竟一旦被圍住，莉薩師父她們就會出手幫忙，還會立刻讓我喝魔法藥。雖然一開始鎧甲跟衣服總是會變得破爛不堪，現在已經不會那樣了。」

聽見是尤凱爾艱苦的訓練，克魯多練習生和喬亞訓練生都顯得不敢恭維。

就算是我的修補技術也無法修好他那破爛不堪的裝備跟衣服，所以從第二天開始便讓他使用我準備的裝備。劍也從木魔劍換成鑄造魔劍，是注重魔力流動與堅固程度，沒有附加多餘機能的款式。

「這種訓練我可模仿不來。」

「我也不行。」

克魯多訓練生和喬亞訓練生都搖搖頭。

也是，因為一般訓練比起尤凱爾的特別訓練寬鬆很多嘛。

「我是因為有目標才能這麼努力。」

尤凱爾即使身心俱疲還能咬牙完成訓練，應該是基於對巫女歐奈的戀慕之情吧。

「已經占到位置了。」

「那就去買料理吧。」

訓練生們熟門熟路地行動起來。

「既然都是子爵大人請客，比起老地方，我更想去有漂亮大姊姊的店呢。」

儘管這個提議很誘人，今天夥伴們也在，因此選擇了健全的店家。

這裡似乎是一間只提供酒水的店家，下酒菜跟料理可以去附近的攤販購買帶進來。

夥伴們也效仿他們去附近的攤販購物。

「主人，我們買回來了。」

「燉煮內臟～」

「也買了烤雞肉串先生喲！」

獸娘們買來的，是經歷過迷宮事件跟奴隸商人尼多廉買下亞里沙跟露露後，第一間造訪的店家料理。

「店長跟老闆娘還好嗎？」

「是的，兩人都很健康。」

「幫我們加大了～」

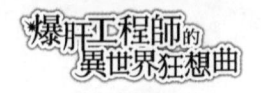

「肉超多的喲！」

莉薩端著的深盤裡盛滿了感覺隨時都會滿溢出來的燉煮內臟。她將內容物盛進小盤子裡遞給我。

我一邊品嘗訓練生們幫忙倒的希嘉酒，一邊享受回憶中的味道。

嗯，這間店的燉煮內臟事前準備還是很仔細，跟希嘉酒非常搭配。

「感覺男爵的跟班們沒來礙事耶。還以為他們一定會來搗亂。」

亞里沙吃著燉煮內臟這麼說。

「這麼說來的確是呢。」

起初我還有所戒備，由於他們沒有任何動作，導致我忘了這件事的存在。

「不，其實他們有來妨礙。」

根據訓練生們的說法，第三天之後老兵巴克塔跟他的同伴似乎仍拐彎抹角地要求他們別去訓練。

「不過沒人理會就是了。」

「在小露露特製的午餐面前，來自大人物的壓力根本不值一提。」

看來露露的料理牢牢地抓住了訓練生們的胃。

「——這是真的嗎，馬利安泰魯卿！」

跟尤凱爾聊著天的克魯多訓練生大聲說並站了起來。或許是太過激動，他的椅子向後滾了出去。

「克魯多，冷靜點。」

「怎麼可能冷靜得下來啊！那可是魔刃耶，魔刃！」

「就是說啊！能使用魔刃不就是領內不到五個人的大師級證明嗎！」

尤凱爾試圖安撫他們，但是喝了酒的克魯多訓練生和喬亞訓練生越講越興奮。

看到這個情況，其他訓練生也說著「魔刃？」、「馬利安泰魯卿嗎？」、「這麼年輕就會了？騙人的吧？」之類的話鼓譟起來。

「馬利安泰魯卿，你真的會用魔刃嗎？」

「嗯，是真的。雖然距離實際運用還差得遠。」

當尤凱爾害羞地回答最年長訓練生的問題後，周圍訓練生的興奮達到了最高峰。

「總覺得就像小學生說自己會後空翻一樣的氣氛高漲呢。」

亞里沙說出很難懂的比喻。

不過，從訓練生圍著尤凱爾吵吵鬧鬧的模樣，會用有精神的小學生來比喻他們也不是沒有道理。

「你已經跟女朋友說了嗎？」

少年士兵興奮地問。

「我沒有跟任何人交往。」

這麼回答的尤凱爾表情有些陰沉。

「是這樣嗎？您之前不是跟一位很漂亮的人在一起嗎？」

「喔——那是歐奈大人吧。她沒有穿著神殿的巫女服嗎？」

或許是察覺到少年士兵說的人是誰，年長的士兵加入對話。

「沒錯！就是那個人！你們明明很登對，卻分手了嗎？」

少年士兵沒有惡意地詢問尤凱爾。

「喂，別這樣。」

「為什麼呢？克魯多先生不好奇嗎？」

克魯多訓練生制止少年士兵。

「……歐奈大人跟我的身分差太多了。」

尤凱爾這麼說著，背影十分落寞。

「身分？」

「歐奈大人是伯爵大人的千金。」

「咦——！那個漂亮的人是伯爵大人的女兒嗎！沒有遺傳到那張嚴肅的臉，還真是太好了呢～」

「笨蛋！太不敬了！」

被年長的士兵敲了腦袋的少年士兵眼角浮現淚光。

「這麼說來，馬利安泰魯卿，你跟之前幫過的牧羊人女孩感覺不是挺不錯的嗎？」

跟尤凱爾感情很好的克魯多訓練生強硬地改變話題。

「牧羊人女孩？啊，是指那孩子嗎？我們之間沒什麼喔。」

「是這樣這樣嗎？她不是常常在巡邏時向你揮手嗎？」

「那大概是在感謝我幫助過她吧。」

「是這樣嗎——？我認為如果只有感謝，是不會臉紅的喔？」

「騎士大人很受歡迎嗎？長得帥的人果然很有人氣呢～」

少年士兵加入了討論。

看來他很喜歡戀愛話題的樣子。

「我沒有特別受歡迎。只是幫忙解決了幾次讓牧羊人們困擾的噴射狼跟草原狼罷了。」

「是啊。馬利安泰魯卿在牧場主人和她夫人之間也大受歡迎呢。」

喬亞訓練生吹捧著謙虛的尤凱爾。

看來他在牧羊人之間很有人氣。

「那麼接下來一定會更受歡迎吧！畢竟可是『魔刃』的使用者嘛！」

「我還差得遠呢。」

尤凱爾隨口應付了纏著他不放的少年士兵。

「而且，即使受歡迎也沒有意義。」

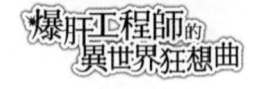

接著自言自語似的說，並一口氣喝光杯子裡的酒。

「咳、咳咳。」

「啊——抱歉，那是我剛剛喝的蒸餾酒。」

「馬利安泰魯卿，這裡有水，請喝點水吧。」

克魯多訓練生將裝有水的杯子遞給因為喝了高濃度酒精而嗆到的尤凱爾。

他似乎不太會喝酒，一口氣喝完蒸餾酒後就昏了過去。

「讓他稍微睡一下吧，我這麼告知道。」

「帶他去那邊睡吧。」

娜娜跟莉薩抱起尤凱爾，讓他在附近的樹下躺了下來。

「讓他多喝點水。身體分解酒精需要水分，要是不多喝點會宿醉喔。」

亞里沙這麼說著，將裝滿水的杯子跟水壺放在尤凱爾身邊。

「子爵大人，我們也會變得能夠使用魔刃嗎？」

讓尤凱爾躺下回到座位後，幾名士兵向我問了同樣的事情。

我認為這對才剛習慣讓魔力在體內流動的訓練生們稍微有些困難。

「假如向莉薩她們請教，或許能夠做到也說不定呢。」

當然，儘管這方面我也能教，進行特別訓練的人是莉薩她們，因此我這麼回答。

「要向獸人請教……」

也有人因此感到煩惱，不過忠於自己欲望的人似乎比較多。

「莉薩大人，也請教我如何使用『魔刃』！」

「「「我也要！」」」

大受歡迎的莉薩露出困擾的表情看著我。

「請大家冷靜點。他們進行的特別訓練和各位所受的一般訓練不同，需要的代價非常大，因此需要伯爵大人的允許。」

「這樣啊，說得也是呢……」

雖然大多數人就此放棄，在克魯多訓練生大喊著「只要直接跟伯爵大人請願就行了吧！」，之後其他人也紛紛說著「對了，去直接請願！」、「我也想使用魔刃！」、「這樣一來就能隨意挑老婆了！」，開始興奮起來。

不過比起抵制訓練的騎士，忠於欲望的他們教起來應該比較輕鬆吧。

「真是的，說什麼直接請願，伯爵大人去隔壁領地出差了……」

最年長的訓練生一邊傻眼地看著年輕人，一邊喝了口啤酒。

「領主大人好像傍晚就回來了喔。」

「是這樣嗎？」

「是的。我們的員工高興地說她看到了領主大人的飛空艇。」

拿新的瓶裝酒過來的店長將這件事告訴了我們。

我用地圖確認了一下，伯爵的確就在城堡裡。

今天已經很晚了，等明天早上再去跟伯爵見面，報告情況吧。

「……歐奈大人。」

此時我的順風耳技能捕捉到尤凱爾的夢話。

「我會加油。會變得跟姊姊一樣強大，永遠陪在您身邊……」

加油，尤凱爾。

討伐雷獸

「我是佐藤。遊戲中有一種將角色的特定屬性點到極限的流派。我還記得在面對速度點到極限的角色時，那種遲遲無法命中必殺攻擊的疲勞感。雖然當時我用範圍攻擊將其擊潰就是了。」

「佐藤先生！」

我聽見開朗的聲音後回頭一看，發現是穿著士官服的潔娜小姐。

射進城堡走廊的陽光，讓潔娜小姐的金黃色頭髮閃耀著光芒。

「早安，潔娜小姐。」

向伯爵提出會面之後，他邀請我共進早餐，因此我一大早就來到城裡，沒想到卻遇到了驚喜。這就是早起的鳥兒有蟲吃吧。

「這麼早就開始工作了嗎？」

「不，我跟師父一起被邀請參加伯爵大人的早餐會。」

那實際上不就等於是在工作嗎？

「我也被邀請參加早餐會，所以我們一起去吧。」

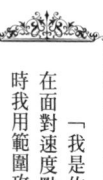

「好的！」

見到她那麼開心，有點不好意思。

帶路的女僕似乎很會看氣氛，默默地往後退一步跟著我們，真是個能幹的人。

「難得在同一座城市裡，卻沒什麼機會見面呢。」

「不好意思，我從早到晚都在修行……」

「沒什麼好道歉的，我也是從早到晚都在跟訓練生們打交道。」

在魔法店前偶然遇見後，我跟潔娜小姐的行程就一直對不上。

「修行還順利嗎？」

「是的！在師父的指導下，我開始會用各式這樣的雷魔法了！」

潔娜小姐的日子似乎過得很充實，她笑容燦爛地回答。

畢竟學會新的事物，並實際感覺自己能夠善加運用的時候，是最快樂的期間嘛。

在聊著這些事情的時候，我們不知不覺抵達目的地。

「潘德拉剛子爵大人與馬利安泰魯魔法兵來了。」

來到餐廳後，一直隱藏存在感的女僕敲了敲門，對房間內這麼說。

伯爵低沉的一聲「進來」從門內傳來。看來伯爵已經就座等候了。

除了伯爵之外，巫女歐奈、暱稱是雷爺的貝克曼男爵和其孫子，以及奇果利卿與尤凱爾也在房間裡。

「——尤凱爾？」

潔娜小姐發出困惑的聲音。

看來她好像不知道尤凱爾也會出席。

「早安，伯爵大人。非常感謝您今天的邀請。」

「來得好，潘德拉剛卿。雖然有很多話想說，我們還是先吃早餐吧。」

我在女僕的帶位下就座，早餐在所有人入席之後送了上來。看來會是一份套餐。

在前菜的沙拉跟湯品之後，主餐好像是類似法式鹹派的東西。

從味道聞起來，推測應該是肉類的鹹派，不過吃一口就知道了。裡面加入了大量的肝醬，與其說是腰子派，倒不如說是腰子鹹派吧。派裡加入了大量風味獨特的香草，不會讓人覺得有腥味，跟一起加進去、類似菠菜的蔬菜非常搭。

儘管我不是那麼喜歡肝醬，或許是廚師的手藝高超，每一口都讓人覺得美味。

這似乎算是一種宴席，潔娜小姐露出非常開心的笑容在享用。

早上的餐點品項似乎不多，主餐過後就端上了切碎的水果撒上甜醬汁的甜點。可能是沒有經過品種改良，水果本身並不怎麼甜，可是撒在上面的醬汁非常甜，所以感覺剛剛好。

「潘德拉剛卿知道雷獸是什麼嗎？」

當飯後的藍紅茶端上桌時，伯爵丟來話題。

「雖然沒有實際看過，在庫哈諾伯爵領和穆諾伯爵領聽過傳聞。」

「只聽過傳聞嗎……」

「除了山裡的小屋之外，還有出現損害嗎？」

「——山裡的小屋？」

看來告訴守衛的雷獸目擊報告還沒有送到伯爵這裡。

「如果只有這種程度就好了。」

根據伯爵的說法，因為雷獸出現在礦山都市的緣故，導致採礦活動受阻。

「既然把我們找過來，是要我跟潔娜去處理嗎？」

「嗯，會讓奇果利跟一隊騎士當你們的護衛。」

伯爵同意了雷爺的確認。

「同屬性的魔法效果很差，這點你應該知道吧？」

「那當然。不過根據遭遇部隊的說法，弓箭、火杖與風魔法都被輕鬆閃過，連擦傷都沒有；仰賴的光魔法也受到奇妙的力量影響偏移。至於土魔法，好像連碰都碰不到。」

光魔法是被磁場改變方向的嗎？

「原來如此，所以才看上速度占優勢的雷魔法嗎……」

「沒錯。即使屬性相同，像雷爺這樣的術者應該有辦法吧？」

伯爵這麼說完，雷爺便表情嚴肅地點了點頭。

「潔娜也沒意見吧？」

「是！我會盡力而為！」

見話題突然轉到自己身上，潔娜小姐露出驚訝的表情，用踢倒椅子的氣勢起身敬禮。

看來潔娜小姐也會參加，因此為了調查雷獸的危險程度，我進行了地圖搜索。

在距離礦山都市約兩座山的位置，有好幾隻被稱作飛雷鹿，等級二十二的魔物。雖然跟雷獸這個名稱相差甚遠，牠似乎能夠飛行並且擁有好幾種雷系技能，因此大概就是傳聞中的「雷獸」吧。

如果是這種程度的魔物，就算只讓潔娜小姐他們去應付，應該也沒問題。

話雖如此——

「我們也來幫忙吧？」

聽我這麼說完，潔娜小姐露出開心的表情看了過來。

「多謝關心。不過從斥候的報告來看，那並不需要勞煩『弒魔王者』大人出手。」

我認為他們可能會在索敵上遭遇困難而打算出手幫忙，卻被伯爵乾脆地拒絕了。

雷爺似乎對這個判斷也沒有異議。潔娜小姐看起來很失望，不過她沒有立場提出抗議，因此沒有開口。

「驅逐部隊的指揮就交給雷爺了。」

伯爵這麼對雷爺說之後，轉頭看向我。

「那麼，潘德拉剛卿，你似乎刻意將我挑選的部分騎士跟士兵從訓練中排除在外，並擅

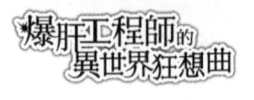

自替沒被選上的人鍛鍊，對此你有什麼解釋嗎？」

大概是基曼男爵或翹掉訓練的騎士對伯爵表達了不滿吧。

在伯爵說到「沒被選上的人」時，尤凱爾跟奇果利卿感覺有些尷尬。

「父親大人，關於馬利安泰魯卿的事——」

「我在跟潘德拉剛卿說話，妳閉嘴。」

巫女歐奈想替我抗議，伯爵卻強硬地打斷了她。

伯爵就像想得到答案似的看著我。

「您說排除嗎？雖然有人主動拒絕訓練，我並沒有刻意排除任何人。」

「你說拒絕訓練？」

「是的。根據士兵們的說法，似乎是受到來自上面的壓力。」

「上面的壓力？是誰？」

我對伯爵的問題搖了搖頭。

不曉得是基曼男爵還是倚仗他權勢的笨蛋兒子搞的鬼，可是我並未特別收集證據。

「沒關係，說吧。」

「我不打算干涉其他領地的事務。」

他直接跟士兵們了解情況不就行了嗎？

「是為了迷宮全力——不，妨礙潘德拉剛卿的意義是——妨礙潘德拉剛卿？做那種事有什麼意義——原來如此。」

伯爵喃喃自語地想了一會兒之後抬起頭來。

「奇果利，之前給歐奈添麻煩的貴族敗家子是誰？」

「是基曼男爵的長子札米爾埃。」

——伯爵真厲害。

只憑那麼一點情報就找出犯人。

「看來似乎有蠢貨給閣下添麻煩了。這次沒受訓的人就當作已經參加了也無妨。那些蠢貨我會親自處理，還請閣下放心。」

「我明白了。」

平時我會說些「請適可而止」之類的好話，可是對於給我們造成多餘麻煩的傢伙就不需要留情了吧。

縱然應該不會判什麼大罪，只要在我們事情處理完之前老實一點就夠了。

「關於沒被選上的人，由於騎士都因為剛才那件事沒有受訓，我邀請了適合展示成果的人才參加訓練。當然，已經得到了他上司的允許，也不打算將他算進訓練人數裡。」

「奇果利，這是真的嗎？」

伯爵向奇果利卿確認。

「是的，我基於自己的判斷推薦了馬利安泰魯卿。」

「那就好，就相信你的判斷吧。」

奇果利卿沒有說出巫女歐奈跟尤凱爾主動找他談判的事，而是表示這是自己的責任。真是個好人。下次送點好喝的酒給他吧。

「那麼，得到成果了嗎？」

「是的！我學會『魔刃』了！」

「——魔刃？真的嗎？」

聽見尤凱爾的報告，伯爵疑惑地問。

在一旁地巫女歐奈眼睛亮了起來。

「是的！」

「既然如此，就讓我看看吧。」

伯爵朝面向餐廳的中庭走去。

尤凱爾跟了過去，我們也緊隨在後。

「——啊。」

意識到自己沒帶劍的尤凱爾顯得很慌張。

「請用這個。」

年老的隨從將裝飾在餐廳的細劍遞給尤凱爾。

那是一把沒有開鋒的儀式劍。

「我要開始了！」

尤凱爾握住細劍注入魔力。

因為不是我製造的鑄造魔劍，尤凱爾陷入了苦戰。魔力在形成魔刃之前似乎就散開了。

「尤凱爾，加油。」

「是的，歐奈大人。」

受到巫女歐奈的鼓勵，尤凱爾更加賣力，然而還是差臨門一腳的樣子。

「……尤凱爾。」

潔娜小姐也握緊拳頭守望著尤凱爾。

「看來好像還只有用慣的劍才能成功。」

奇果利卿將尤凱爾的鑄造魔劍拿了過來。

他似乎察覺到尤凱爾在魔刃上陷入苦戰，將他寄放的武器拿了過來。

「用這個吧。」

「謝謝您，奇果利大人！」

尤凱爾將魔力注入鑄造魔劍。

與剛才不同，魔力的流動十分穩定。

「喝啊啊啊啊啊！」

伴隨著尤凱爾充滿氣勢的叫聲，鑄造魔劍上出現了魔刃。

儘管不穩定，感覺隨時都會消失，那毫無疑問是魔刃。

「尤凱爾！」

巫女歐奈高興地叫了出來。

這麼一看，平時凜然的她也是個與年齡相符的少女呢。

伯爵頗為意外地看了巫女歐奈一眼，之後露出佩服的表情看向尤凱爾。

「這的確是魔刃。居然能在不到一個月的時間內讓新人騎士學會魔刃，該說真不愧是『弒魔王者』嗎……」

伯爵在說到「真不愧是」的時候朝我看了過來。

「大人，訓練尤凱爾並指導魔刃的人並不是我。」

「——什麼？」

我訂正了伯爵的誤會。

「假如不是閣下，那麼是擊敗不倒祖雷堡的女豪傑嗎？」

「是的，是以莉薩為首的夥伴們的功勞。」

「為何不是由閣下來指導？」

「因為她們比我更擅長指導他人。」

我對露出嚴肅表情的伯爵說出理由。

「只要向她們求教，我也能使用『魔刃』嗎？」

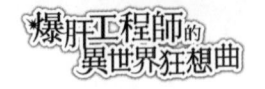

伯爵露出就像在闡述憧憬的少年眼神說。

王都的凱爾登侯爵也是這樣。看來對致力於武道的人來說，「魔刃」似乎很特別。

「是有可能——但是我建議您最好別那麼做。」

「為什麼？」

「因為修行方式非常嚴酷。」

我這麼說著，朝尤凱爾看了過去。

「尤凱爾，你接受了什麼樣的訓練？」

面對伯爵的問題，尤凱爾用敬語說出他之前對訓練生們講述的同樣內容。

「……怎麼會。」

「看來是相當嚴酷的訓練呢……」

「真的假的，也太亂來了吧？」

巫女歐奈露出驚愕的表情用手摀住嘴巴；伯爵和奇果利卿發出傻眼和讚嘆交織的聲音。

只有潔娜小姐小聲地說著「啊——」，同情地看著弟弟。

畢竟她在賽利維拉的迷宮也進行過同樣的修行。

「潘德拉剛卿，你們幾位把尤凱爾的性命當成什麼了！」

巫女歐奈用憤怒的語氣質問我。

起初是她要求讓尤凱爾參加訓練的，然而尤凱爾說的內容似乎讓她十分震驚。

「請等一下，歐奈大人。莉薩她們沒問題。」

「姊姊說得沒錯！每當我快被魔物擊垮時，莉薩師父她們總是會立刻介入解決魔物……雖然我的極限被試探了好幾次就是了。」

潔娜小姐跟尤凱爾擋在我跟巫女歐奈之間。

「潔娜的訓練也跟尤凱爾是一樣的感覺嗎？」

「不，我們的訓練比較溫和一點。」

不過基本一樣。

「原來如此，也難怪光圀女公爵不輕易傳授訓練方式了。」

「嗯，要是隨便模仿這種方法，會死很多人。」

伯爵一副了然於心的樣子，雷爺撫摸白色鬍鬚接著說。

「大人，您不覺得應該要給超越死線的年輕人一些獎勵嗎？」

奇果利卿對伯爵說。

「……獎勵嗎？」

見伯爵開始思考，奇果利卿將視線放在感情融洽站在一起的尤凱爾跟巫女歐奈身上。

「既然學會魔刃，就給他紅劍一級勳章吧。」

伯爵這麼說完，尤凱爾跟巫女歐奈浮現出微妙的喜悅表情。

「不足以允許跟歐奈大人之間的婚事嗎？」

奇果利卿進一步地詢問。

尤凱爾跟巫女歐奈露出期待的表情看著伯爵。

「不可能。」

伯爵立刻回答，尤凱爾跟巫女歐奈的表情暗了下來。

潔娜小姐擔心地看著兩人。

「我會讓她嫁給國內的有力貴族。」

「難道說這次您會造訪卡格斯領——」

「那是另一件事。因為被最有力的人選拒絕，我正在從穆諾伯爵領的嫡出長子，或是在王都有影響力的立頓伯爵家和亞西念侯爵家之間作選擇。」

都是我認識的人。

「雖然也考慮過比斯塔爾公爵家，那個家族的領地因為先前的內亂荒蕪，我不想讓歐奈白白受苦。」

「羅斯瓦德，你不打算讓歐奈大人嫁給領內貴族留在身邊嗎？」

雷爺直接稱呼伯爵的名字詢問。

看來兩人不是單純的主僕關係。

「在迷宮蓋好之前，那確實是最好的選擇，不過現在不同了。我需要能善用迷宮產業的人脈。」

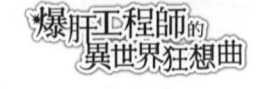

伯爵回答雷爺，同時也說給尤凱爾跟巫女歐奈聽。

「如果是擔任迷宮都市太守的亞西念侯爵還能理解，跟立頓伯爵和穆諾伯爵締結姻親也是這個原因嗎？」

儘管我沒有立場插嘴，還是忍不住詢問了。

「立頓伯爵家是掌控王都社交界的家族，想不被牽著鼻子走的話，就必須要有情報。至於穆諾伯爵家就不必說了吧？是為了跟身為穆諾伯爵直屬臣的閣下攀關係。」

伯爵看著我這麼說。

沒想到我至今仍然成為了兩人愛情的阻礙。

「——馬利安泰魯卿。」

「是！」

被叫到名字的尤凱爾挺直腰桿。

「假如你想取歐奈為妻，我不會說要做到成為『弒魔王者』那種程度，但是至少要累積屠殺威脅領地的中級魔族級怪物，或是足以獲頒退龍者的武勳。要是你能憑藉武勇，在領內貴族間擁有足夠的影響力，我會考慮你們之間的婚事。」

「……中級魔族……退龍者？」

尤凱爾顯得很錯愕。

畢竟就算是騎士，這種要求對一個十五歲的少年也太過分了。

「父親大人！您認為領內有人能辦到這種事嗎！」

見到尤凱爾憔悴的模樣，巫女歐奈拚命地抗議。

「雷爺就辦得到。」

「別開玩笑了。即使是老夫也不可能擊退龍，頂多牽制下級龍就是極限了。」

話題轉到自己身上的雷爺否定了伯爵說的部分內容。

不過以他的等級來看，依照情況或許有辦法應付中級魔族。

姑且不論這個，要讓現在的尤凱爾去對付中級魔族程度的魔物實在過於困難，就算給他聖劍也只會在瞬間被殺掉。總而言之，要是不把目標等級從三十上升到四十左右，連一戰都有困難。

「馬利安泰魯卿，這就是要你顛覆理論。打破常理給我看吧。」

伯爵這麼說著，離開了餐廳。

潔娜小姐擔憂地看著尤凱爾跟巫女歐奈。

「尤凱爾，不要把父親大人的話當真喔？」

「……歐奈大人，不要緊的，我明白。」

「你真的明白嗎？失去性命就什麼都沒有嘍？」

尤凱爾強顏歡笑地看著擔心的巫女歐奈。

嗯，看來他毫無疑問打算亂來的樣子。

必須提醒莉薩她們，注意別讓他操之過急才行呢。

◆

「佐藤先生，我出發了！」

「潔娜小姐，小心點，這是餞別禮。」

我這麼說著，將飯後匆忙做好的避雷針魔法道具交給潔娜小姐。

這是使用暗石的特殊避雷針，能比普通避雷針更廣泛地吸引雷電，並使其失效。製造時，剛學會的「絕緣體」和「去除靜電」派上了用場。

平時都做成網球大小，所以只要放進方便攜帶的專用袋子裡就不會礙事才對。

「謝謝你，佐藤先生。」

潔娜小姐眼睛閃閃發光地看著我。

「我知道妳很依依不捨，差不多該走嘍。」

「抱、抱歉，師父！」

被雷爺捉弄的潔娜小姐紅著臉騎上馬。

看來他們所有人打算騎馬前往礦山都市。

「潔娜小姐，祝您武運昌隆。」

「波奇也祝潔娜舞運昌隆喲！」

「加油～」

獸娘們也跟潔娜小姐道別。

「謝謝妳們。尤凱爾就交給莉薩妳們了。」

「好的，請交給我們吧。」

「會讓他成為出色的劍士～？」

「對喲！我們會讓尤凱爾成為很強很強的劍士喲！」

聽見獸娘們的回答，站在後方的尤凱爾喃喃自語地說著「我不是劍士，而是騎士」，並受到克魯多訓練生等人的安慰。

目送潔娜小姐一行人離開後，我們前往迷宮。

◆

「——這跟你無關！」

來到迷宮前的廣場，立刻就聽見巫女歐奈的聲音。

我沿著聲音方向看去，發現巫女歐奈在帳篷前和一名微胖的貴族青年爭論著，青年的背後還站著幾名騎士跟士兵。

「那不是騎士皮卡洛跟老兵巴克塔嗎？」

「真的耶。跟他們在一起的是笨——札米爾埃大人吧。」

看來基曼男爵的笨蛋兒子和他的跟班們纏住巫女歐奈了。

他好像還不知道伯爵下達的處分。

「歐奈大人！」

尤凱爾衝了過去。

我們也追著他。

「……尤凱爾。」

看見尤凱爾跑近，巫女歐奈的表情變得和緩。

或許是對此覺得不高興，笨蛋兒子的矛頭轉向尤凱爾。

「該死的跟屁蟲，又出現了嗎……」

「札米爾埃大人，我不允許任何人對歐奈大人無禮。」

「我不記得自己允許你這種微不足道的騎士直呼我的名字！你說這樣很無禮？像你這種乳臭未乾的小鬼才該惦惦自己的斤兩吧！」

笨蛋兒子用高亢的聲音責罵尤凱爾。

「喵～」

「好臭的酒味喲。」

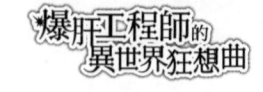

波奇跟小玉捏著鼻子皺起眉頭。

「獸人的小鬼竟敢！喂，巴克塔！」

「管教小鬼就交給我吧！」

接到笨蛋兒子命令的老兵巴克塔拿起附近的棍子朝小玉跟波奇揮了過去。

「滑溜溜～」

「鬼先生，我在這裡喲！」

小玉跟波奇輕輕鬆鬆地閃開。

「可惡，可惡！」

「輕輕鬆鬆～？」

「這樣下去，一百年都打不中喲！」

老兵巴克塔火冒三丈地揮著棒子，卻絲毫沒有能打中小玉跟波奇的跡象。

「你在玩什麼！——皮卡洛！」

「我可不想當小鬼的保母。」

笨蛋兒子對騎士說著，但是他毫不掩飾自己的厭煩拒絕了。

看來他並非澈底淪為笨蛋兒子的手下。

「歐奈大人，這位是？」

因為笨蛋兒子沒有自報家門，我便詢問巫女歐奈。

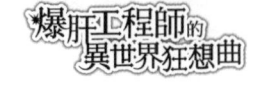

「是基曼男爵的公子。」

「——原來如此。」

巫女歐奈似乎反感到不願意說出他的名字。

「你這傢伙是誰？」

雖然我沒理由被他用「你這傢伙」稱呼，這種人通常不擅長應付權威，所以還是正式自我介紹一下吧。

「我是希嘉王國觀光大臣，穆諾家伯爵的家臣潘德拉剛子爵。」

「哼，是其他領地的貴族子弟啊。」

看來他的耳朵似乎不太好。

「潘德拉剛子爵不是貴族子弟，而是子爵家當家本人。」

尤凱爾替我訂正了他。

「這種小鬼居然？」

「我可以當作這是基曼男爵家對潘德拉剛子爵家的侮辱嗎？」

「區區其他領地的貴族，休想在聖留市擺架子！」

看來他好像不打算罷手。

「對了，我想起來了！你就是那個向歐奈小姐獻殷勤的其他領地貴族吧！」

個性衝動的笨蛋兒子拔出腰上的劍。

劍刃飛濺出火花。

「——是魔劍？」

給這種笨蛋還真是浪費。

「你是認真的嗎！把劍收起來！」

「歐奈小姐，請妳放心。這種下賤的傢伙，就讓我用傳家之寶『吞火鳥』砍了他吧。」

巫女歐奈試圖制止，然而笨蛋兒子或許是因為得到她的關注興奮了起來，舉起魔劍朝我逼近。

此時追著波奇跟小玉的老兵巴克塔正好來到附近，於是我從他手上搶走木棍。

「你拿起武器了吧！這是決鬥！」

他滿是破綻的揮劍，因此我在木棍上瞬間張開魔刃進行迎擊。

隨著「鏗」的金屬碰撞聲，魔劍斷了。

「唉呀？」

我本來只打算彈開，或許是劍身很脆弱，在碰撞的瞬間就折斷了。

「啊啊啊啊，我家的傳家之寶！」

笨蛋兒子跪倒在地，緊抱著劍柄大叫。

「唉呀呀～？」

「不好好把劍擺正是不行的喲！」

遭到波奇批評的笨蛋兒子大喊：「閉嘴，亞人！」

挨罵的小玉跟波奇垂下耳朵躲在我背後，逃離笨蛋兒子的視線。

「你要怎麼負責！」

「沒想到只是跟棒子交鋒就斷了……無論是多好的劍，沒有確實保養也是白搭喔。」

面對追究責任的笨蛋兒子，我擺出一副彷彿能聽見旁白的動作回應。

原以為他會繼續糾纏不休，不過騎士皮卡洛之外的其他騎士對笨蛋兒子說「再這樣只會更丟臉」，制止了他。

「啊啊啊啊，要是被發現會被父親大人罵啊啊啊啊。怎麼辦，巴克塔！」

「不，就算您問我也——」

笨蛋兒子遷怒著老兵巴克塔。

完全就是「我怎麼知道」的情況呢。

「馬利安泰魯卿。」

剛剛的騎士向尤凱爾搭話。

「聽說卿學會魔刃了，這是真的嗎？」

「是的，雖然還不能運用自如就是了。」

「這樣啊——」

那位騎士轉頭朝我看來。

「潘德拉剛子爵，我對前幾天的無禮道歉。我也想接受您的指導，可以請您接受我的請求嗎？」

「喂，吉尼斯，你這傢伙打算背叛嗎！」

「我很遺憾被當作背叛者。雖然是因為欠基曼男爵恩情才幫忙，請讓我到此為止。」

「那麼，我也只幫到這裡吧。」

「諾賽特，你也要背叛嗎！」

被兩名騎士拋棄的笨蛋兒子咆哮著說。

「騎士吉尼斯，我了解你的想法了。」

「可以讓我參加嗎？」

騎士吉尼斯急切地追問。

「當然可以，不過不是現在。」

「這是為什麼？」

騎士諾賽特語氣輕鬆地問。

「因為不能中途參加。等尤凱爾大人的訓練結束後，就會開始下一批訓練生的訓練，如果想參加，請跟聖留伯爵提出申請。因為決定訓練生的人是伯爵。」

「明白了，我會去請求伯爵大人。」

「——啊，請等一下。」

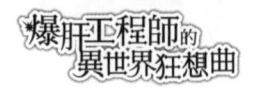

我制止正要轉身離開的騎士們。

「什麼事？」

「指導魔刃的教練並不是我，而是身為『女性』跟『亞人』的她們。即使如此，你們也覺得沒關係嗎？」

「跟學會魔刃相比，那不過是小事——不，在那之前，我要為前陣子的失禮發言向妳們道歉。」

騎士吉尼斯表示沒有問題，途中回想起自己曾經說過「我不打算接受女人和小孩的指導，更別說是亞人了」這種話，便向莉薩她們低頭道歉。

照這個感覺來看，他應該會好好接受莉薩她們的指導吧。

「歐奈大人，今天要淨化結界石碑嗎？」

「不，為了確保你不會亂來，我也會陪同訓練。」

看來巫女歐奈是因為擔心尤凱爾，才會來這裡。

「莉薩師父，可以讓歐奈大人同行嗎？」

「——主人，您覺得怎麼樣？」

尤凱爾向莉薩提問，莉薩大概是無法作出決定，於是詢問我。

「只要不妨礙訓練就沒關係。」

儘管經驗值效率似乎會變差，巫女歐奈感覺絲毫不打算退讓。戀愛中的少女真堅強呢。

「那麼我們走吧。」

我們不理會騎士們離開後仍在大吵大鬧的笨蛋兒子們，為了展開今天的訓練走進迷宮。

◆

「這、這個是！」

「到處都是魔物。」

「我可不知道迷宮居然還有這種地方。」

見到魔物養殖場的訓練生們紛紛發出驚訝的聲音。

可能是職業性質的緣故，他們不像在賽利維拉迷宮見到魔物養殖場的越後屋商會幹部女孩們一樣害怕地發出尖叫。

順帶一提，訓練尤凱爾的成員今天也跟我分頭行動。

「請輪流拿起這個魔法道具。不是要打倒魔物，而是大範圍造成傷害的方式攻擊。在攻擊之前，請務必回想起一直以來的訓練。」

我將殺傷力較低的投射槍交給訓練生們，並且讓他們從能看見養殖場洞穴的地方輪流進行攻擊。

由於沒有足夠數量的投射槍，我們採用輪流制。

「大家都攻擊過了吧？」

「「「是！」」」

如此一來之後只要解決魔物，讓訓練生的經驗值提升就搞定了。

「不過，子爵大人，這樣做有什麼意義……」

「很快就會知道了。」

我拜託蜜雅做最後的收尾。

「蜜雅。」

「嗯，芙拉烏——冰獄園。」

冰的擬似精靈芙拉烏放出的強大精靈魔法瞬間將養殖魔物們凍成冰雕。

有些難纏的魔物即使被冰住也依然活著，不過體力計量表仍然不斷地減少，幾分鐘後就全滅了。

「唔喔！」

「真厲害——！」

「好冷，冷空氣連這裡都感受得到。」

好奇心旺盛的訓練生來到洞口邊緣窺探情況。

「各位，那樣很危險，請往後退。」

「沒問題啦，我又不是小孩子，不會掉下去——」

話語剛落，訓練生就像兩格完結漫畫一樣的時機發生暈眩差點掉下洞穴，因此我迅速抓住他。

「——危險！」

儘管動作有些粗魯，應該比掉進洞裡撞到冰雕受重傷要好得多。

「抱歉，總覺得身體怪怪的。」

「各位，由我們來確保安全，請你們就地坐下吧。」

因為搖搖晃晃的很危險，我請訓練生們在遠離洞口的地方坐下。

「我們這是怎麼了？」

「難不成是魔物的詛咒？」

「畢竟我們殺了很多啊……」

大概是意外地很迷信，訓練生們表情不安地說。

這麼說來，畢竟這個世界有詛咒，因此被擊殺的魔物詛咒也是有可能。

「升級暈眩。」

蜜雅小聲說出他們身體不適的理由。

「——咦？」

「蜜雅大人說得沒錯，各位不舒服的理由就是俗稱升級暈眩的狀態。」

在發現他們無法理解蜜雅的說明後，愛汀代替我進一步作出解釋。

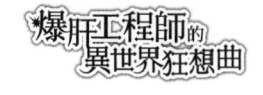

「這就是升級暈眩？」

「原來老兵說的不是虛構故事啊？」

「沒想到我們能親身體驗到寫在英雄故事裡的升級暈眩！」

訓練生們對升級暈眩十分感動。

他們曾經在巡邏任務跟等級三十的飛龍交戰過，所以即使身邊有人體驗過也不奇怪，可是在這裡的成員似乎都沒有這種經驗。

根據ＡＲ顯示，他們的技能欄出現了才剛學會、尚未生效的技能。

大約七成的人都依照預定學會了技能。能用在他們身上的養殖場還有兩個，我打算在休息之後讓還沒學會技能的人用力量式升級的方式再次訓練。

「各位暫時休息一下。等時間到了，我會叫醒你們，請稍微小睡一會兒吧。」

「……您說小睡嗎？」

「沒錯，這樣能更快消除不適感。」

「在這種地方？」

訓練生們不安地看著彼此。

「我們會對周圍保持戒備，請各位放心。」

「「「是的，主人。連一隻老鼠都不會放過，我這麼保證道。」」」

聽我跟姊妹們這麼保證安全後，訓練生們終於閉上眼睛。

看來忍耐升級暈眩保持清醒似乎相當困難，ＡＲ顯示訓練生們一個接著一個地進入了睡眠狀態。

之後等到身體習慣尚未生效的技能，再把他們叫醒就行了。

「愛汀，麻煩妳跟姊妹們警戒四周。」

「「「是的，主人。」」」

姊妹們迅速開始行動。

「我會替蜜雅恢復魔力，請妳召喚希爾芙在姊妹們的外圍尋找敵人。」

「嗯，交給我。」

我用「魔力轉讓」魔法恢復蜜雅的魔力值。

將冰精靈芙拉烏送還之後，蜜雅為了呼喚風精靈希爾芙而開始詠唱。

「那麼，就趁現在——」

我使用魔法「眺望」和「遠耳」，首先確認尤凱爾他們的情況。

『尤凱爾大人，魔刃消失了喔。』

『腳下空出來了～？』

『要是不仔細看，下一次攻擊要來了喲！』

尤凱爾一邊聽著獸娘們的聲援，一邊拚命地跟大型魔物交戰著。

『尤凱爾，我來幫你施加防禦魔法！』

巫女歐奈也拚命地支援著遍體鱗傷的尤凱爾。

『戀愛的力量真棒呢～』

『亞里沙，身體強化差不多要失效了，我這麼警告道。』

『唉呀，對喔！給尤凱爾「燃身增幅」當禮物——』

看來是由娜娜計算時間，讓亞里沙對尤凱爾使用火系的身體強化。儘管平時因為魔力效率很差而沒有使用，進行力量式升級時賦予系的身體強化魔法很方便呢。

尤凱爾這邊看起來沒問題。

潔娜小姐她們最快也要明天之後才會遇到雷獸（暫定），就趁現在增加養殖地點吧。

◆

到了隔天，在透過跟昨天相同的方式讓訓練生們力量式升級，並確認尤凱爾的培育情況後，我決定趁休息時間觀察前往礦山都市的潔娜小姐等人的情況。

「——唉呀。」

空間魔法「眺望」切換的瞬間，雷爺發現了我在觀察的事。

他的感覺似乎十分敏銳。

不，與其說是確定，比較像是察覺到空間魔法切換對象時的魔素波紋跟空間搖晃吧？

畢竟實際上，在我將空間魔法的起點移開之後，他似乎就跟丟了。

這麼遠有點不方便，可是這個距離感覺沒問題，就這樣繼續監視吧。

『找到了！好像就是那個！』

雷爺的孫子魯道夫似乎發現到什麼。

『師父，在那裡！』

『雷電的化身，確實就是雷獸呢。』

雷爺撫摸鬍鬚，抬頭看著潔娜小姐指著的礦山山頂。

我找到的飛雷鹿外表應該跟普通的鹿差不多——哦哦？

當我移動眺望的視角後，捕捉到了他們看見的存在。

「——真的假的。」

那不是飛雷鹿，而是其他魔物。

我內心慌張地打開潔娜他們所在位置的地圖。

找到了。那不是魔物，而是獨角獸或捲角獸之類的幻獸。名字直截了當地叫做「雷獸」，似乎是不具實體、半虛幻的幻獸。體型比傳聞中來得小，而且有三隻。

『雖然接到了神諭，沒什麼不祥的感覺呢。』

『「雷的化身將帶來災難」是嗎？』

雷爺和奇果利卿說著這樣的對話。

看來會派出聖留伯爵領的最強戰力去討伐雷獸，似乎也有神諭的原因在。

不過，那個稍大的個體等級在三十後半，除此之外都只有二十級左右，身為聖留伯爵領最強陣容的潔娜小姐他們應該不會輸才對。

要姑且幫雷獸加上標誌嗎？

『祖父大人，請讓我來打頭陣。』

『請等一下，我沒感覺到牠們有敵意。』

潔娜小姐說出自己的見解，制止手握長杖擺好姿勢的魯道夫。

雷獸仰天長嘯，然而就跟潔娜小姐說的一樣，看起來不像是要進行攻擊。

『即使如此，咱們也不能什麼都不做。』

『畢竟我不認為能透過話語跟魔物溝通。』

奇果利卿跟雷爺對潔娜小姐的方針提出異議。

『身為雷魔法的使用者，確實有想要收服這種如同雷電化身般魔物的欲望，不過即使是老夫，也沒有魔物訓練師的技能。』

雷爺顯得有些遺憾。

『那麼我上了——■……』

魯道夫開始詠唱魔法。

或許是感受到增強的魔力，直到剛剛都對潔娜小姐一行人不感興趣的雷獸們將注意力移到他們身上。

「……■閃電雷擊！」

魯道夫放出發動迅速的雷電魔法。

卻被雷獸們輕鬆地躲開了。

「可惡！不過是隻野獸！　■■……」

攻擊被雷獸輕鬆躲開的魯道夫激動起來，這次開始詠唱中級攻擊魔法。

——RWAAAAAYZI。

隨著雷獸的咆哮，落雷襲擊魯道夫。

「危險！」

奇果利卿拉住魯道夫的手臂，千鈞一髮地閃開了落雷的直擊。

代替魯道夫本人受到攻擊的長杖裂成兩半，猛烈地燃燒著。

「要來了！」

在奇果利卿大喊的同時，雷獸們衝向了潔娜小姐他們。

「護衛騎士保護好魔法使！」

騎士們移動到能保護潔娜小姐他們的位置。

在這個預計要跟閃電——能夠操控電力的對手交戰的狀況下，沒有任何人蠢到穿著金屬鎧甲。

『你們的對手是我！』

奇果利卿將挑釁技能加諸在聲音上，對雷獸們呼喊。

——ＲＷＡＡＡＡＹＺＩ。

雷獸們發出咆哮衝向奇果利卿。

速度快得彷彿用了瞬動般驚人。

『好快——！』

儘管如此，奇果利卿仍然勉擋下了雷獸的攻擊。

對他展開攻擊的雷獸並未就此停下腳步，而是跳向他身後的護衛騎士們。

『……■氣鎚。』

潔娜小姐用風魔法將雷獸吹開。

勉強逃離氣鎚範圍的其中一隻雷獸展開攻擊，一擊就讓其中一名護衛騎士觸電。

——ＲＷＡＡＡＡＹＺＩ。

並趁勢逼近三名魔法使。

『唔哇啊啊啊！』

慌張的魯道夫中斷詠唱發出慘叫。

『不成熟的傢伙——雷掌。』

已經完成詠唱的雷爺使用雷系的攻擊性防禦魔法。

儘管魔法沒有擊中雷獸，採取迴避行動的雷獸就此跟魔法使們拉開了距離。

奇果利卿趁隙趕了過來。

他用魔劍跟魔刃牽制雷獸，可是劍碰不到速度如同瞬間移動般的雷獸。

『……■氣鎚。』

潔娜小姐出其不意地放出風魔法，卻被雷獸輕易地閃避。

『唔嗯，真快呢。如果不是出其不意，光靠單一攻擊型的魔法都會被躲開嗎……』

雷爺撫摸白色鬍鬚思考。

『這次一定——■■……』

魯道夫就像要挽回名譽似的開始詠唱強大的魔法。

他似乎使用備用的短杖來代替被破壞的法杖。

——RWAAAAAYZI。

雷獸似乎能夠掌握魔力的高漲，朝他們施放範圍放電攻擊。

『……■　■■■氣牆。』

『——唔呃。』

雖然大部分的放電攻擊都被潔娜小姐的防禦魔法彈開，還是有部分穿過防禦打飛魯道夫手中的短杖。

『那招放電很麻煩呢。』

『雖然不至於受傷，卻會被吸引注意力。』

雷爺跟奇果利卿專注地盯著雷獸。

雷獸們因為兩次攻擊被擋住，進入了警戒狀態。

『早知道這樣，就該帶土魔法使或水魔法使過來才對。』

如果想要防禦放電，就只能用土壤接地、用水使其散開，或是用暗魔法或影魔法加以吸收電擊。

『老師，有什麼好辦法嗎？』

『老夫想想……』

畢竟用術理魔法「自在盾」之類的盾系魔法會被繞開，而防禦牆類的魔法又會限制己方的攻擊嘛。

『師父，我有個好東西！』

潔娜小姐從行李中拿出避雷針。那是我送行時交給她的東西。

只要將其扔到想設置的地點，避雷針就會自動展開產生效用。

『哦？真是方便的魔法道具呢，是從哪裡得到的？』

『是佐——潘德拉剛子爵大人借給我的。』

『——老師，潔娜，牠們來了！』

奇果利卿向正在輕鬆交談的兩人發出警告。

『潔娜，趁靠近時打散牠們。』

『是！』

雷爺在發出指示的同時開始詠唱。他手上那嵌入了大顆雷晶石，叫做「雷鳴環」的祕寶就像在呼應詠唱似的跳動著。那可能是雷系魔法的增幅器吧。

三隻雷獸拉近距離，一同發出網子般的放電。

『——唔哇！』

魯道夫狼狽地舉起短杖跌坐在地上。

然而雷獸放出的放電全部被避雷針吸收，根本沒有碰到潔娜小姐他們。

察覺到自己的飛行道具全部都被擋下，雷獸們立刻改變方針朝潔娜小姐他們衝了過去。

『要來了！』

『——氣槌！』

潔娜模仿雷爺先前的「雷掌」作出反擊打散雷獸們。

飛上空中的雷獸為了重整態勢拉開了距離。

潔娜小姐也開始詠唱，計算著跟雷爺之間的時機。

雷爺見狀露出滿意的表情。

『……■■■　雷鳴地獄。』

雷爺發動上級雷魔法，在雷獸的上方召喚出厚重的雲層。

雷獸們興致勃勃地仰望著在雲層間舞動的龍形閃電。

『……■　真空天柱。』

潔娜小姐發動了未知的風魔法，用真空的柱子將雷雲跟雷獸之間連結起來。

與此同時，甚至會讓耳朵感到疼痛的大量轟雷朝雷獸落了下來。這招的猛烈程度堪比之前在跟魔王「沙塵王」交戰時，見到勇者隨從「魔女」梅莉艾絲特使用的「雷迅滅葬」。

儘管落雷如此激烈，卻依然沒有超出真空柱的範圍。

看來潔娜小姐的風魔法似乎創造了雷的通道。

『……真厲害，不愧是老師。』

『這不是老夫一人的力量，而是有傳家之寶雷鳴環的增幅，更重要的是得到了優秀弟子的配合。』

受到雷爺稱讚的潔娜小姐害羞起來。

『牠們看起來是類似雷系精靈的生物，或許可以將牠們削弱之後，嘗試用雷鳴環捕捉也說不定。』

『這種事做得到嗎？』

『嗯，據說初代大人曾用雷鳴環捕捉到精靈召喚的雷精靈並加以使役。』

『真是優秀的魔法道具呢。』

『嗯，能夠被雷鳴環認可並成為主人的人很少。潔娜，妳是少數的合格人選之一，可以引以為傲。』

『怎、怎麼敢當，我還差得遠呢。』

潔娜小姐因為被稱讚過頭，不知所措起來。

『相比之下，你這個師兄是什麼德行？再這樣下去，無論經過多久都無法得到雷鳴環的認可。回去之後訓練量要加倍，明白了吧！』

雷爺斥責自己的孫子。

一直沒有出色表現的魯道夫只能低頭回答一句：「是。」

雖然潔娜小姐試圖安慰魯道夫，或許是對方精神上沒有餘裕，而被冷落了。

『……師父。』

此時潔娜似乎注意到了什麼。

『怎麼——吃了那招居然還活著嗎？』

沒錯，雷獸並沒有死。

而是像空中有踏板一樣飄浮在半空中。

根據地圖情報，牠們似乎受到了瀕死程度的傷害，可是三隻都勉強倖存了下來。

『看來同屬性的攻擊效果不佳。』

『早知道或許該拜託潘德拉剛子爵那邊的小姐們幫忙呢。』

奇果利卿在露出苦澀表情的雷爺身邊粗魯地搔搔頭。

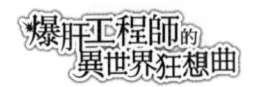

潔娜小姐為了準備再戰喝下魔力回復藥，神官們也連忙重新開始詠唱支援魔法。

『——唔嗯。』

雷爺抬頭看著天空，雷獸們轉過頭，朝著中央小國群的方向飛去。

看來牠們的飛行速度也很快，轉眼間就消失在天空的另一端。

『看來似乎是趕走了。』

『希望牠們別再回來聖留伯爵領了。』

雷爺鬆了口氣似的說著，奇果利卿則說出自己的希望。

我想牠們應該沒聽到奇果利的話，可是到了當天傍晚，雷獸的標誌已經越過中央小國群消失在沙珈帝國南部。

這些幻獸的行動範圍還真廣。

◆

「你為什麼會在這裡？」

「是祖父大人硬是拜託聖留伯爵的。抱歉要受你們照顧了。」

兩天之後，也就是尤凱爾訓練的最後一天，雷爺的孫子魯道夫來到這裡。

我看了看他遞過來的伯爵信。

信中說他跟尤凱爾的等級相差無幾，所以希望能讓他一起參加訓練。伯爵表示魯道夫只會嘗試性地參加一天，以及雖然時間很短，因為算是強行參加，算半個特別訓練名額。

「真是符合聖留伯爵的強硬作風呢。」

「嗯，急性子。」

在一旁看信的亞里沙跟蜜雅發出傻眼的聲音。

「我的等級比尤凱爾大人高，不會礙事啦。」

「是嗎？你大概二十五級吧？現在的小尤凱爾應該比較高吧？」

「不可能吧？依照奇果利卿的說法，尤凱爾大人在訓練前大概只有十三級左右喔？」

聽見亞里沙的說法，魯道夫表情嚴肅地說。

「現在呢？」

「我的等級是二十五，昨晚我拜託騎士索恩用大和石確認過了。」

尤凱爾自豪地說。

因為本人保密，我才一直沒問，不過他似乎每天晚上訓練結束之後都會用大和石確認等級。娜娜姊妹們經常見到他興高采烈地離開守衛崗哨的模樣。

「怎麼可能，這麼短的時間內，等級不可能提升那麼多。」

「不，尤凱爾說的是事實，我來作證吧。」

見到尤凱爾遭到質疑，巫女歐奈顯得很生氣。

「還是說我不夠格當證人呢？」

「不、不會，我怎麼可能懷疑伯爵大人的千金——」

面對氣勢洶洶的巫女歐奈，魯道夫也招架不住。

「主人，該怎麼辦呢？」

莉薩在我耳邊說。

今天是最後一天，我原本預計讓尤凱爾利用養殖場增加的魔物，透過力量式升級一口氣將等級提升到三十級左右，可是我不想讓正規成員以外的人看到。畢竟可能會出現想隨便進行模仿，不考慮實際操練來提升等級的人。

不過，讓巫女歐奈看到也有些不妥，還是等今晚深夜再邀請尤凱爾一個人去吧。

「變更計畫，就用跟昨天一樣的訓練方式吧。」

「明白了。」

「ＯＫ～雖然會浪費經驗值，也沒辦法了。」

當我提出方針後，莉薩跟亞里沙便很爽快地同意了。

隨後我告訴魯道夫可以參加，便一起朝升降機的方向移動。

「你好像是首席魔法使的孫子吧？會哪些屬性魔法？」

「我擅長雷魔法，也會一點術理魔法。」

魯道夫回答亞里沙的提問。

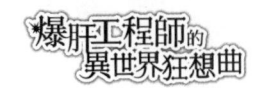

「令祖父被譽為國家最優秀的雷魔法使，所以就像菁英魔法使的家族血統的感覺嗎？」

「優秀的只有祖父大人跟已故的父親大人而已，我沒有他們那樣的才能。」

魯道夫對亞里沙隨口說出的話十分激動。

看來他對自己的血統跟才能抱持著自卑感的樣子。

「最近連有才能的表兄弟都說我該把當家的位置讓給他。」

魯道夫說出自嘲的話。

「與他人比較並沒有意義，我這麼告知道。」

「沒錯、沒錯，不是總說人的敵人是自己嗎？」

「嗯，端看努力。」

「那是有才能的人才能說的話。」

面對娜娜、亞里沙與蜜雅說的話，魯道夫有些鬧彆扭地回嘴。

「在等級制的世界裡說什麼才能實在笑死人了。要說自己沒有才能，先把等級練到上限之後再說。」

「『上限』？」

魯道夫一副聽不懂的樣子偏過頭。

「意思是等級十的天才也敵不過等級三十的凡人啦。」

「的確是這樣沒錯……」

「還有『提升等級用物理方式去打』這種說法對吧？」

亞里沙說出好像在哪裡聽過的遊戲格言。

意思有些微妙地不同，而且魔法使說這句話不太對吧？

「既然擅長雷魔法，那就持續努力專注在那方面就行了。就算是普通的小火焰彈——」

亞里沙迅速開始詠唱，朝有段距離的牆壁射出小火焰彈。

速度快到我來不及制止。

「——等級提升也會有這種威力喔！」

得意揚揚的亞里沙看著背後炸出火焰。

熱風吹拂著亞里沙的頭髮，威力大到讓人擔心她的金色假髮會不會被吹掉。

「喂——！在前線基地使用攻擊魔法的蠢貨是誰！」

士兵們聚集的地方傳來怒吼聲。

「對不起——！」

我和拚命道歉的亞里沙一起向現場的負責人低頭致歉。

唉，在這種戒備魔物靠近的地方隨便使用攻擊魔法，當然會挨罵了。

◆

『喂，你們一直都這麼亂來嗎！』

『今天還算比較好的呢。』

我趁訓練生們進行力量式升級的休息時間確認尤凱爾他們的情況，結果發現魯道夫很快就開始抱怨了。

尤凱爾因為已經習慣，看起來很從容。

『感到驕傲吧，這就是尤凱爾不斷努力的證據。』

『是的，歐奈大人。』

巫女歐奈跟尤凱爾注視著彼此。

『我說～開球儀式只在踢足球時進行好不好？』

亞里沙說出莫名其妙的抱怨。

儘管聽不懂，一定是以前有名漫畫的橋段。

『可以帶下一隻過來了嗎～？』

小玉一邊閃避魔物的攻擊，一邊詢問莉薩。

『不必客氣。』

『系系系～』

莉薩允許後，小玉便將魔物帶往尤凱爾的方向。

即使如此，她還是刻意蛇行，替尤凱爾爭取時間做準備。

『——尤凱爾，集中精神。』

『是，莉薩師父！』

小玉在尤凱爾做好準備的時候潛入影子裡，跟丟對象的魔物將目標換成眼前的尤凱爾。

『等等，太快了！我的魔力還沒恢復啊。』

『有空抱怨的話，不如冥想增加魔力恢復量。』

巫女歐奈斥責魯道夫。

『魔刃也變穩定了～？』

『是喲！尤凱爾很努力喲！』

『是啊。接下來只要能改掉會莫名創出大型魔刃的習慣就無可挑剔了。』

獸娘們就像看著自己孩子的母親一樣守望著他。

『沒機會出場很無聊，我這麼告知道。』

『哈哈哈，畢竟今天有新成員不能亂來，安全第一嘛。』

『這樣算是安全第一！只會讓人覺得穆諾領都是些脫離常軌的傢伙耶？』

『魯道夫，請繼續冥想。正因為會被多餘的事影響專注，才會是個半吊子。』

魯道夫因為對娜娜跟亞里沙說的話作出反應，挨了巫女歐奈的罵。她似乎是個容易開口吐槽的人。

姑且不論這個，今天由於魯道夫在，她們將節奏保持在安全的範圍內，所以感覺不必太擔心。

我將意識轉回自己的視野。

當我完成這天的力量式升級，等待訓練生們從升級暈眩之中清醒過來時，莉薩她們來到了這裡。

「怎麼了？」

我想應該不會有問題才對。

「今天的訓練差不多結束了，最後——」

「請讓我見識潘德拉剛子爵的招式。」

尤凱爾不等莉薩說完就接著說了下去，然後用幾乎要撞到地面的氣勢低下頭。

「你說招式嗎？」

「是的！請讓我見識『櫻花一閃』。」

「奇果利卿他們不是也會用嗎？」

畢竟這是希嘉王國制式劍術的必殺技，就算不特別拜託我，領軍的騎士裡應該也有人會使用吧？

「不，我想看的是潘德拉剛子爵那據說能擊中魔王的技巧！」

尤凱爾露出彷彿能看見火焰在燃燒的熾熱眼神說。

「潘德拉剛子爵，我也拜託您。」

「主人，可以請您展示一下嗎？」

巫女歐奈跟莉薩也向我提出請求。

「我明白了，就來展示一下吧。」

反正也不會少塊肉。

「小玉去抓獵物～？」

小玉說著「忍忍」，朝廣場外跑去。

「帶回來了～」

不到一分鐘，她就帶著等級二十的敵人回到這裡。

是一隻體型跟廂型車差不多，捲甲蟲般的魔物。

「呃，這傢伙不行，那可是劍無法奏效的魔物耶。■■■……」

「不必使用魔法。」

我制止魯道夫的魔法詠唱。

「請仔細看清楚了。」

我在妖精劍上張開魔刃，動作緩慢地發動必殺技。

「——櫻花一閃。」

將魔物其中一邊的腳全部砍了下來。

因為是突進系的必殺技，招式結束時我衝到了魔物的另一側。

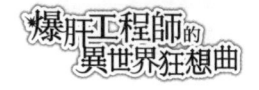

「看清楚了嗎？我要再來一次嘍。」

這麼宣言後，我再次發動櫻花一閃，砍下魔物另一側剩下一半的腳。

失去所有腳的魔物在地上翻滾扭動著。

「那麼來實踐看看吧。你應該會用瞬動吧？」

「是的，雖然才剛學會，我會用。」

畢竟取得這項必殺技的其中一個條件就是要學會瞬動嘛。

尤凱爾在魔劍上張開魔刃，依樣畫葫蘆地使用瞬動模仿我的技巧。

「動作太分散了。請將瞬動跟揮劍融合成一個動作。」

「是，師父！」

尤凱爾反覆不斷地嘗試。

我不記得自己成為了他的師父，既然傳授了必殺技，那麼被稱作師父或許未必有錯。

「請注意將瞬動的力量化為揮劍時的力量。」

「是，師父！」

他老實地努力，試圖完成我的指示。

「尤凱爾，加油～」

「就差一點了喲！」

小玉跟波奇緊握著雙手聲援。

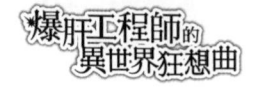

「用力有點過猛了，自然一點！」

「魔刃在中途消失了，注意力被招式牽著鼻子走了喔。」

亞里沙跟莉薩也開口建議。

因為尤凱爾既率直又積極，讓人忍不住想幫助他嘛。

「——櫻花一閃！」

「好，今天到此為止。」

「我還能繼續。」

「再練下去身體會受傷。如果不遵守我說的話，我就不教了喔？」

「……是，師父。」

尤凱爾的魔力近乎枯竭，因此我強行制止了他。

儘管本人或許沒意識到，他的關節和肌肉纖維也幾乎到了極限，明天肯定會肌肉痠痛。

「尤凱爾大人，你沒事吧？」

「是的，我不能因為這種程度就停下腳步。」

我將肩膀借給尤凱爾，一起返回地面上。

「雖然今天特別訓練就結束了，不能在沒有我們不在的地方進行同樣的修行喔。」

正確來說，我打算趁今晚利用養殖場讓他進行最後的力量式升級，可是我感覺到他散發出不會因此滿足而做出魯莽行為的氛圍，所以事先叮嚀了一番。

「但是……」

「不行。如果你無論如何都想做，就請參加第二期的訓練吧。」

尤凱爾驚訝地看著我。

「跟夥伴們一起狩獵魔物也能算是修行吧？」

「……是。好的，師父！」

「真是太好了呢，尤凱爾。」

尤凱爾高興地用手抹著眼淚，巫女歐奈向他遞出手帕。

「潘德拉剛卿是怎麼成為子爵的呢？」

或許是在等升降機的時候冷靜下來了，尤凱爾向我詢問這件事。

他應該已經知道了武勳相關的事蹟，所以我講述了其他的部分。當然，是在說了也沒問題的範圍內就是了。

「……好厲害，我完全模仿不來。」

尤凱爾顯得很沮喪。

「你不需要模仿我。」

「說得沒錯。我跟你不都只是剛踏入中階程度而已嗎？讓我們一起努力升級吧。」

不知為何魯道夫也一起開口幫腔。

「……魯道夫大人？」

「我領悟到了——提升等級才是最短的途徑。」

魯道夫眺望空中發表演說。

「哦？」

「是心境發生變化了嗎？」

「正是如此！我已經覺醒了。」

蜜雅跟亞里沙說著悄悄話時，魯道夫開口插嘴。

總覺得他說出像是陰謀論信徒會說的話，沒問題嗎？

「就連那麼小的孩子，實力都遠在我之上。當然，她們肯定經歷了艱辛的訓練吧。然而，那種強大的根基是等級，遠高於我們的等級支撐著她們的強大。」

魯道夫激動地說。

「嗯，是這樣說沒錯啦。」

「等級啊……」

聽到亞里沙表示同意，尤凱爾沉思起來。

「尤凱爾大人，在提升等級之前，要是不累積必要的修練，將會因為得不到技能而很辛苦喔。」

「……是，莉薩師父。」

儘管回答了莉薩的建議，尤凱爾依然對升級非常感興趣。

「可是我……」

順風耳技能捕捉到了尤凱爾的自言自語。

他想變得更強一定是為了要成為配得上巫女歐奈的人吧。

要是能讓尤凱爾立下某種大功勞，好讓兩人能在一起就好了。

◆

「各位的訓練到今天就結束了。多虧你們撐到今天，接下來將頒發結訓的證明。」

回到地上之後，我們讓訓練生們排好隊，頒發畢業證書。

因為只有證書很單調，我附上了親手製作的短劍當紀念品。雖然使用了普通的鋼鐵，卻都經過了精心的鍛造。

當我一一呼喚每個人的名字遞出證書時，不曉得是太過感動，還是回想起嚴酷的訓練，有幾個人甚至落下男兒淚。

「聖留伯爵要我轉告各位，『從明天起給予三天假期』。希望大家暫時好好休養消除訓練的疲勞，並在原部隊中充分發揮訓練成果。」

我這麼說完，訓練生們便立正向我行禮。

「今天就此解散，不過明天傍晚將舉行畢業紀念慶功宴，請各位在老地點集合。」

我半開玩笑地說完，克魯多訓練生便立刻說「會場就交給我來訂吧！」，其他人也紛紛輕鬆地說著「我明天從早上就不吃東西了」、「不叫點漂亮大姊姊來嗎？」這一類的話。

「那麼就此解散。」

我這麼宣言、走下講臺之後，訓練生們圍住了我。

「夥計們！把教官拋起來！」

「「「是！」」」

在最年長訓練生的號令下，其他訓練生們面帶笑容地將我拋起來。

儘管在虛構故事裡很常見，我還是第一次實際被人拋起來。

在被充滿男人味的呼喚聲搖晃的同時，我受到周圍笑容的影響，也跟著笑了出來。

偶爾有像這樣的驚喜也挺不錯呢。

功績

「我是佐藤。遊戲中有時候會遇到絕對無法戰勝一般的強敵。雖然也有臭名昭彰的『強制戰敗事件』，其中還有一些能透過戰鬥外的交涉方式來解決的情況。」

「哎呀？主人也要來這裡嗎？」

「我把上面的訓練生交給蜜雅她們了。」

當我來到特別訓練生的訓練地點時，亞里沙揮著手歡迎我。

在第一期訓練生畢業後，多虧他們和尤凱爾在領軍的演習場展現了實力，第二期之後的訓練生對接受我以外的「女人和小孩」指導已經不再有所抗拒，因此我讓蜜雅和擔任護衛的露露，以及超過半數的娜娜姊妹們來指導訓練。

「沒問題嗎？」

亞里沙對不太會說話的蜜雅及過於客氣的露露表示擔憂。

「下達指示的是愛汀，應該沒問題吧。」

「哦哦，如果是那孩子，感覺應該沒問題。」

畢竟身為娜娜姊妹長女的愛汀很習慣對妹妹們下達指示嘛。

「呀呼～」

「鏘鏘鏘的喲！」

我接住從天花板跳下的小玉和波奇。

「Nice catch～」

「波奇被抓到了喲！」

她們似乎為了嚇我一跳，用小玉的影魔法移動到了天花板上。

「壞孩子就該這樣！」

被嚇到而當場愣住的亞里沙對被我抱住的小玉和波奇搔起癢來。

「喵哈哈哈哈～」

「搔、搔癢是犯規的喲！波奇是被搔癢的專——哈哈哈哈哈哈哈哈！」

小玉高興地發出笑聲。沒能講出自己是專家的波奇也一樣。

「主人，現在還在訓練，我這麼告知道。」

當我也跟著笑的時候，挨了娜娜的罵。

我們在不知不覺間吸引了訓練生們的注意，莉薩也露出困擾的表情看了過來。

「抱歉、抱歉。」

「訓練結束後也請對我搔癢，我這麼請求道。」

娜娜張開雙手，以像是在說「來吧」的表情看著我。

「等結束之後吧。」

「是的，主人。」

面無表情的娜娜一臉滿意地點了點頭。

「對娜娜小姐搔癢？」

「好色，那樣太色情了。」

「可惡，骯髒的貴族，太令人羨慕了——」

訓練生們露出流著血淚般的表情看了過來。

雖然他們悄悄地用不會被人聽見的音量說，仍然被我的順風耳技能聽得一清二楚。

「這邊進展順利嗎？」

「嗯，雖然人數增加導致分配節奏很麻煩，小玉仍控制得很好。」

我向亞里沙詢問狀況。

或許是從尤凱爾的成果嘗到了甜頭，伯爵大幅增加了特別訓練生的人數。

多虧如此，原本解放獸人奴隸們的目的似乎能比預定快上許多。

「等接下來第三期的訓練結束，就要把獸人們帶去穆諾伯爵領吧？人數那麼多，需要不少護衛吧？」

「這件事沒問題。我已經拜託妮娜小姐，請她事先商量能用北迴的大型飛空艇進行運送了，所以第三期訓練結束後過幾天就能進行移民。」

穆諾伯爵領的妮娜・羅特爾執政官很能幹，因此能提前派遣飛空艇過來。

「那邊的！我不是說過在遇敵時要用魔法削弱對方前應該先通知前衛，要他們發動挑釁技能嗎！」

亞里沙斥責魔法使訓練生。

「抱歉，主人。我去指導一下。」

亞里沙這麼說著，朝後衛訓練生們的方向跑了過去。

這次的訓練生共有六位前衛和四位後衛。前衛所有人都是騎士——當然，偷懶騎士皮卡洛並不在其中。而後衛有三名魔法使，剩下的一個是從軍神官。

人數增加使得各方面都變得很麻煩，可是要做的事情基本不變。

尤凱爾和巫女歐奈作為觀察員參加，協助訓練生們和我們溝通。

訓練期間遇到了好幾次危險的場面，不過夥伴們在我出手之前就解決問題了。

說起需要擔心的事情，只有一件——

「您說漆黑的威脅嗎？」

「是的。在今早的祈禱中，我接到了來自巴里恩神的啟示。」

巫女歐奈似乎收到了不祥的神諭。

「是指在迷宮出現過的漆黑上級魔族嗎？」

「內容沒有那麼詳細。我收到的只有漆黑的某種存在跟破壞的形象而已。」

考慮到可能是我曾在這個迷宮打倒的「漆黑上級魔族」復活，或是同種魔族出現的可能性，還是定期進行地圖搜索保持警戒吧。

◆

然後，到了第二期的最後一天——

「有種討厭的感覺～？」

在利用養殖場的力量式升級結束後的休息中，小玉腳踢地板說。

「……主人。」

「嗯……」

我跟夥伴們互相點頭。

這種時候小玉的直覺總是很準。

果不其然，在進行地圖搜索後發現最下層出現了下級魔族，很可能跟巫女歐奈神諭中提過的「漆黑的威脅」有關。

話說回來，明明訓練前搜索時還不存在，究竟是從哪裡混進來的啊？

「是魔族。」

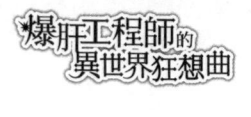

「真的假的？」

我用訓練生們聽不見的音量跟夥伴們共享情報。

我將魔族加上標誌，用空間魔法「眺望」跟「遠耳」進行確認。為了防備魔族的反偵察，我保持一定的距離。

「——呃。」

透過眺望看見的魔族有著巨大的眼珠，而且手臂上長著翅膀。

跟創造出這座迷宮的吾輩君魔族一模一樣。

「怎麼了？」

「是之前見過的魔族。」

我這麼回答亞里沙的問題，並朝想到什麼的莉薩點了點頭。

這樣莉薩應該也知道了。我結束說明，開始聆聽魔族的對話。

『**吾輩俺**，命令報告。』

——有點不一樣？

吾輩俺魔族大喊完，地面頓時冒出長著翅膀的眼珠型小惡魔。

『報告？』『順利。』『純情。』『愛情。』『愛恨。』『憎恨。』『陰謀。』

小惡魔們在吾輩俺魔族身邊瘋狂地跳著舞，重疊說著宛如聯想遊戲般意義不明的詞彙。

『吾輩俺，憤怒。』

吾輩俺魔族朝其中一隻小惡魔揮出拳頭，使牠飛向地面被砸個粉碎。

小惡魔們連忙停下舞步，在吾輩俺魔族面前排好隊。

『吾輩俺，訓示。身為迷宮種，別忘了，吾輩俺創造迷宮的，理由。』

吾輩俺魔族雙手抱胸豎起手指，高高在上地說。

搞不好牠會像故事中的反派一樣，就這樣滔滔不絕地把壞事的內容說出來也說不定。

『吾輩俺，確認。復述命令。』

『魔王？』『魔王～』『戰爭。』『把龍。』『殺掉。』『幹掉牠。』

小惡魔們七嘴八舌地說。

創造迷宮的理由是魔王？為了跟龍之谷的龍族引發戰爭？

因為太過零散，再加上小惡魔們說話很隨便，讓人不知道該相信到哪個地步。

『吾輩俺，希望肅靜。』

吾輩俺魔族要求吵吵鬧鬧的小惡魔安靜。

牠跟剛剛一樣用拳頭砸碎那些仍舊吵個不停的小惡魔，強行讓牠們安靜下來。

『吾輩俺，告知。魔王的種子，消失。吾輩俺，改變作戰。』

『變更』『變更～』『變變～』『更～更～』

小惡魔們嘲笑似的跳起舞來。

『吾輩俺，命令肅靜。』

小惡魔們似乎也學乖了，當吾輩俺魔族舉起拳頭的瞬間就閉上嘴停止動作。

吾輩俺魔族半瞇著眼，之後還是決定將拳頭揮向其中一個小惡魔的腦袋將其打碎。

小惡魔們竊竊私語著，不過在被吾輩俺魔族瞪了一眼，就害怕得安靜下來。

看來魔族是個力量橫行的不合理階級社會。

『吾輩俺，宣言。主人即將復活。』

『主人。』『復活。』『歡喜。』『歡洗。』『喀喀。』『轉轉。』『呀哈～』

吾輩俺魔族說的話讓小惡魔開心地跳起舞來。這次牠沒有加以制止。

原來如此，看來巫女歐奈的神諭是指魔族們的主人──漆黑上級魔族將會復活的事吧。

『吾輩俺，命令。必要的素材，還記得嗎？吾輩俺，確認。』

『龍的逆鱗。』『雷獸的眼淚。』『暗焰的燈火。』『最後是～』『怨恨的魂魄。』

『充足。』『充分。』

──暗焰？

難道是指在優沃克王國出現的偽王「背德妃」使用的暗焰嗎？

『吾輩俺，命令。交出素材。吾輩俺，督促。』

小惡魔們將翅膀伸進眼珠，從裡面拿出素材交給吾輩俺魔族。

『龍的逆鱗呢？吾輩俺，憤怒。』

『還沒有？』『快了？』『就快了！』

見到吾輩俺魔族因為素材不足感到憤怒，小惡魔們慌張起來。

吾輩俺魔族將手臂舉到開始找理由的小惡魔們頭上。

『來了。』『來了喔。』『最後的。』『一個。』『送到了。』『到了～』

——最後一個送到了？

小惡魔們用翅膀指著天花板主張。

『吾輩俺，了解。我們迅速回收。吾輩俺，勤勉！』

『了解。』『回收。』『勤勉。』『勉勉。』『勤勤勤。』『回收～』

吾輩俺魔族消失，小惡魔也失去蹤影。

我切換地圖進行確認，便發現吾輩俺魔族已經移動到地面上。

「魔族出現在地面上了。」

「那不是很糟糕嗎？」

「慘了、慘了～」

「非常Dangerous喲！」

波奇因為慌張過頭產生混亂。

「子爵大人，發生什麼事了嗎？」

在我們面面相覷時，巫女歐奈走了過來。

真不愧是神諭的巫女，她或許感覺到什麼了也說不定。

「我有不好的預感，我們回地面上去吧。」

「我明白了，我立刻叫醒尤凱爾他們。」

或許是因為神諭的事，巫女歐奈迅速作出決定。

我和巫女歐奈一起叫醒尤凱爾和訓練生。

他們應該差不多該習慣新學到的技能了，些許的疲勞感就請稍微忍耐一下吧。畢竟不能把他們留在這裡嘛。

「我們先上去，拜託娜娜妳殿後了。」

「是的，主人。」

我帶著獸娘們和亞里沙率先回到地面。

尤凱爾和巫女歐奈也在一起。

「主人，我也知會露露她們了。」

亞里沙小聲地在我耳邊說。

真不愧是亞里沙。

◆

「聽得見鐘聲～？」

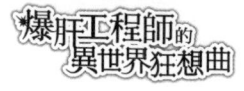

「有很多人害怕的聲音喲！」

通往地面的房間裡，可以聽見外面傳來的警鐘和喧鬧聲。

「趕緊走吧。」

我們連忙來到屋外，只見雷獸飛過上空，消失在城堡的方向。

接著一道粗大的光束彷彿在追趕牠們似的劃過上空。

「——來這裡集合！」

我這麼喊著，用魔法「防禦壁」保護了附近的人。

然後稍微晚了一些，強烈的衝擊波和轟鳴聲襲擊我們、周圍的人以及建築物。

屋頂被掀開，放在地上的物品被吹走。雖然不到將人吹走的程度，仍有許多被風壓吹倒而在地上翻滾的人。

也有人抓住柱子或柵欄抵抗風力，其中有一位女性神官的裙襬被風吹到很不妙的程度，因此我用魔術性的念力「理力之手」將它拉回適當的位置。

夥伴們和巫女歐奈因為受到我使用的「防禦壁」保護，裙襬並未被風掀起來。

在第一波強風結束後，我解除「防禦壁」走出去。

儘管我連忙使用了魔法，似乎沒有人在意。

「剛剛的光是魔物嗎？」

「恐怕是吧。我們去城裡吧，尤凱爾。」

「好的，歐奈大人！」

尤凱爾跳上自己寄放在馬廄的馬，載著巫女歐奈衝了出去。

下判斷的速度真快。

「我們也要追過去嗎？」

亞里沙壓著被風吹亂的頭髮投來疑問。

「去那邊吧～？」

「去塔上的話，應該就能知道發生什麼事了喲！」

「好，我們走吧！」

我停下打算打開地圖的動作，依照小玉和波奇的指示前往塔頂。

附近剛好有幾個立足點，因此我們沒有正常走樓梯，而是抄了捷徑。

「Unbelievable？」

「城堡出事了喲！」

或許是被剛剛的光線擊中，城堡的其中一座尖塔斷裂且正在燃燒。

——GWLBORRBBBOOOUNN！

漆黑的巨大物體從雷達外高速接近。

僅僅只是從旁邊飛過，風壓就差點使我們從塔頂掉落。

「黑龍～？」

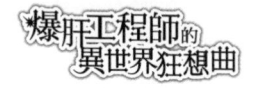

「是黑龍的人喲！」

沒錯，剛剛的巨大黑色身影是黑龍赫伊隆。

由於加上了標誌，不可能會弄錯。

——GWLBORBBBOOOUNN！

「黑龍大人在追那個閃閃發亮的光嗎？」

「大概吧。」

正如莉薩所說，黑龍執著地追著雷獸。

「主人，那個亮晶晶的是什麼，我這麼提問道。」

「是雷獸喔。」

根據地圖情報，那隻雷獸並不是跟潔娜小姐他們交戰的個體。上面沒有標誌，而且狀態還顯示為「附身」。從打算跟剛剛的吾輩俺魔族會合來看，附身在雷獸身上的一定是魔族。

「終於追到了。」

亞里沙氣喘吁吁地爬上樓梯。

以跑步來說有點太快，應該是在塔內連續用了短距離轉移吧。

我將黑龍在追雷獸的事告訴亞里沙。

「——呀！」

黑龍盤旋飛過了附近。

即使是直徑數公里的大都市，對黑龍來說也等同於花園。

「不呼喚牠嗎？」

「剛剛就在嘗試了。」

我用空間魔法「遠話」呼喚著黑龍，但是牠完全沒有回應。

「啊！的喲！」

黑龍朝雷獸發出的「龍之氣息」水平掃過天空。

光是這樣，空中彷彿就被燃燒，熱風蹂躪聖留市。

「眼睛好紅！是因為憤怒而忘我了！」

亞里沙用差勁的演技說。

大概是在模仿名作奇幻電影的其中一個場景吧。

在燃燒的紅色天空映照下，眼睛看起來的確是紅色的。

「脖子上的鱗片被剝掉了～？」

「對喲！波奇看到了喲！」

兩人表示在剛剛接近時，她們看到黑龍在流血。

我用眺望看了一下，發現黑龍的脖子附近的確在流血，那裡正是逆鱗附近的位置。

看來牠因為逆鱗被剝掉而憤怒抓狂了。

「不太妙呢。」

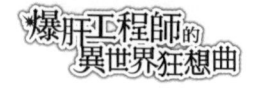

雷獸在城堡周圍盤旋，追趕著牠的黑龍對周圍造成了巨大的損害。

「要變成勇者嗎？」

對於亞里沙的話語，夥伴們眼睛亮了起來。

「請等一下，聖留伯爵不是懷疑過主人是勇者嗎？」

「啊！之前訪問時，他好像說過這種話呢。」

我對莉薩跟亞里沙點了點頭。

雖然很想立刻以勇者無名的身分出擊，聖留伯爵暗示我就是銀假面的說法使我有些猶豫。

儘管還有用庫羅身分出手的方法，要是反倒讓他覺得佐藤等於庫羅也很麻煩。

「那麼，我會在牠鼻頭使用上級火魔法吸引牠的注意，主人再趁機去說服牠。」

亞里沙說出可靠的話。

「我們也趕去城堡吧。」

我對夥伴們說，並且抱起亞里沙跑了起來。

「主人，城裡張設了結界，我這麼告知道。」

正如娜娜所言，城堡被半圓形的巨大障壁所覆蓋。

如此一來，至少城堡應該是安全的。

「主人！」

「佐藤！」

乘坐希爾芙的蜜雅和露露在內牆前追了上來。

「愛汀小姐她們留在莉薩的熟人那裡擔任護衛了。」

露露向我報告。

這麼一來即使魔物從迷宮衝出來，在我們前去救援之前也能確保安全。

『吾輩俺，襲擊！小惡魔們負責佯攻。吾輩俺，回收！』

『佯攻。』『行動。』『破壞。』『活動。』『放火。』

某處傳來了魔族們的聲音。

「主人，到處都失火了。」

接到吾輩俺魔族的指示，小惡魔似乎開始在都市各地進行佯攻。

「麻煩大家去應付魔族！我跟亞里沙去阻止黑龍。」

夥伴們異口同聲地回答「好」，接著分散去阻止魔族的佯攻。

「看到了。」

「要上嘍——多發連續火球！」

亞里沙在黑龍的鼻頭放出如同煙火般華麗的魔法。

——GWLBORRBBBOOOUNN！

黑龍從多發連續火球的爆炸中穿出，惱怒地發出咆哮，接著看都不看一眼便放出如同雨水般的雷球。

「哦哇哇哇哇！」

「別擔心。」

我輕鬆地躲過雷球。

雷球命中了寬敞的主要幹道，擊碎大量的石製地板。

「靜電啊啊啊啊啊，頭髮要蓬起來了——」

皮膚的確有些刺痛。

『赫伊隆！是我！庫羅！』

我用風魔法「風之耳語」，用龍語呼喚黑龍。

然而沒有任何反應。牠似乎發怒到澈底忘我，導致沒能認出我來。

或許是因為用雷球報復滿意了，黑龍專心地追擊雷獸。

「子爵大人！」

尤凱爾騎著馬來到我們身邊。

原本應該跟他在一起的巫女歐奈不見了。

「歐奈大人怎麼了？」

「為了祈求神諭跟奇蹟，她進入了神殿的聖域……」

尤凱爾表情苦澀地低著頭。

「你不必跟歐奈大人待在一起嗎？」

「我就算留在神殿也什麼忙都幫不了，請至少讓我幫子爵大人的忙吧。」

「就算您說要幫忙——」

無法使用遠程攻擊的尤凱爾就算來了，也幾乎沒有事情能做。

「我可以當作誘餌。」

要是做出那種事，等級才剛過三十的尤凱爾瞬間就會變成焦炭。

——對了。

我的腦中浮現將危機化為轉機的點子。

「我有件事想拜託尤凱爾大人。」

我這麼開口，並請他去找熟識的牧羊人跟牧場主人，把山羊跟羊聚集起來。

這是因為我想起了酒會時尤凱爾跟他朋友們的談話。

「山、山羊跟羊嗎？」

「沒錯。這個任務很重要，拜託你了。」

我這麼說著，將塞滿金幣的袋子塞給尤凱爾。

山羊是黑龍的最愛，貪吃的黑龍肯定會對山羊有所反應。

「重要？真的嗎？」

我對困惑的尤凱爾點了點頭，保證這絕對很重要之後，將他送了出去。

「主人，要再來一次嗎？」

「嗯。不過在這裡做的話感覺會對居民造成傷害，還是去有抗龍塔的莊園那裡吧。」

我這麼說著登上了位於莊園裡的塔。

抗龍塔裡擠滿了軍隊相關的人，因此我選擇了其中一座風車塔。

「主人，看那個！」

——GWLBORBBBOOUNN！

亞里沙的聲音和黑龍的咆哮聲重疊在一起。

黑龍放出的「龍之氣息」一擊貫穿了城堡的結界。

明明號稱能夠承受住一兩次來自上級魔族的攻擊，看來黑龍的氣息威力似乎在那之上。

雷獸鑽進城堡新張設的結界裡。

——GWLBO。

幾道熱線擊中黑龍的側腹。

在熱線的照射下，浮現在龍鱗表面的障壁變得通紅。

不過沒有對黑龍的鱗片和身體造成任何傷害。

「——魔力砲？」

「是從那裡來的！」

亞里沙指著莊園的方向。

我想大概是莊園抗龍塔上的大型魔力砲吧。

爬上風車塔時，我正好看到抗龍塔被黑龍的尾巴掃過。

「亞里沙，要吸引注意嘍。」

「在這裡吸引牠沒問題嗎？」

「嗯，這裡不會對市區造成傷害。」

亞里沙使用多發連續火球，我也同時放出火焰暴風。雖說下級魔法會被黑龍無效化，若是中級魔法打中會很不妙，因此我稍微偏移了準頭。

——GWLBBBOOO！

黑龍第一次發出了慘叫。

看來我放出的火焰暴風光是擦過就燒開黑龍的障壁，並燒掉了幾片龍鱗。

「主人的火魔法威力還真誇張耶。」

「不是兩種魔法產生了加成效果嗎？」

「就當作是這麼回事吧——要過來了。」

黑龍擺出發射氣息的動作。

我創造出最大三十二枚的「自在盾」，保護自己跟塔不受氣息傷害。

「哇啊啊啊啊啊啊啊啊啊啊啊！」

正面承受「龍之氣息」的壓力使得亞里沙發出慘叫。

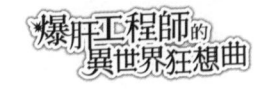

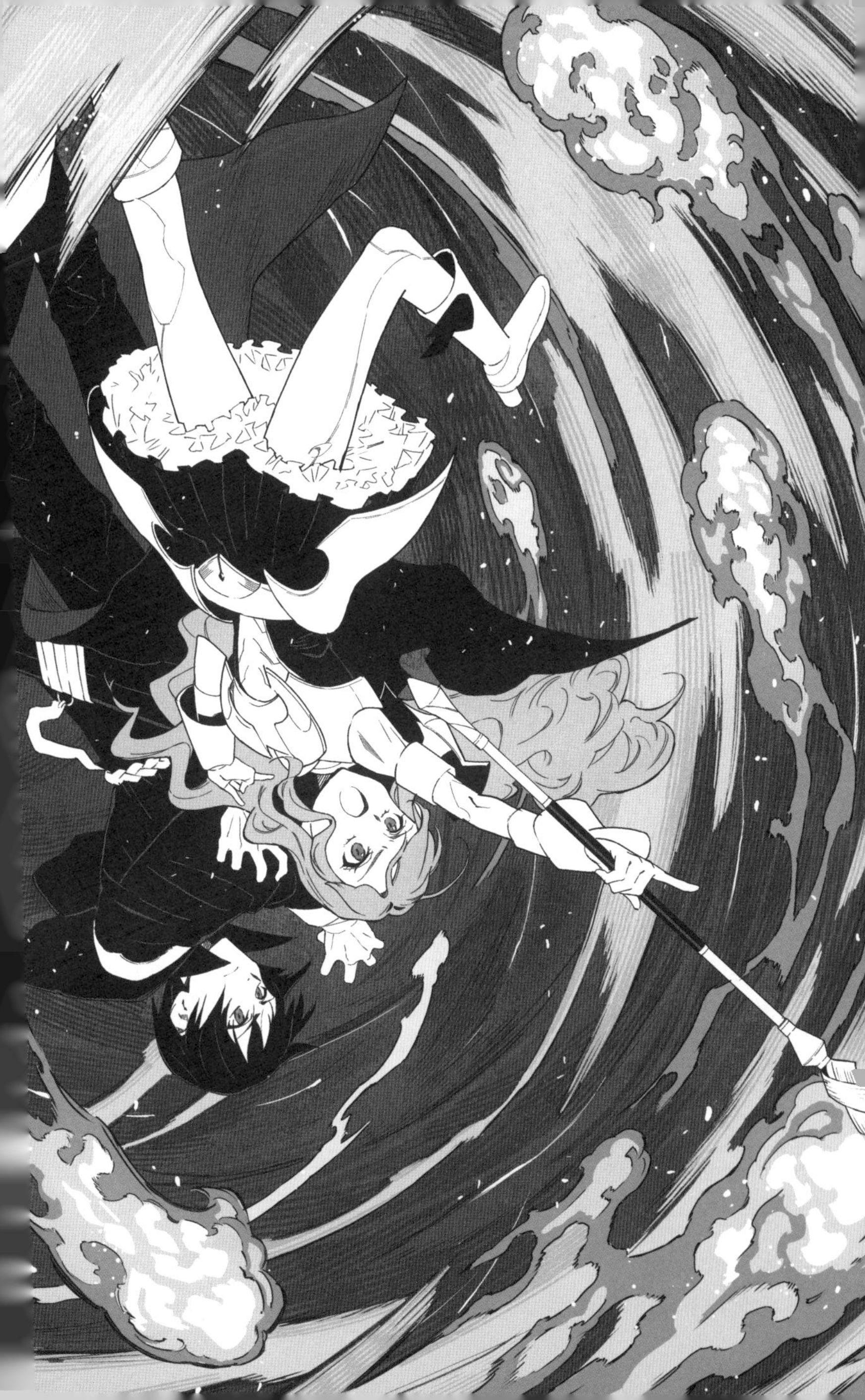

透過將一疊八片、四疊合計三十二片的自在盾設置在正面，我輕鬆擋下了氣息。

儘管每疊自在盾各被蒸發兩片，還在預料之內。

上次跟黑龍交手算出的推測十分完美，使我有些滿足。

——GWLBORBBBOOOUNN！

氣息沒有效果似乎傷到了牠的自尊，黑龍拉開距離開始連續使用魔法。

不接近過來使用爪子、尾巴以及必殺的牙齒攻擊，應該是在戒備剛剛的火魔法吧。

「雖然氣到抓狂，還挺冷靜的呢。」

「——話說回來，主人，真虧你面對這種猛攻還能保持冷靜呢。要是處理不好，或許比上級魔族的攻擊還要激烈喔？」

「畢竟是在跟成年龍交手嘛。」

姑且不論狗頭跟豬王，我認為攻擊力應該比一般的魔王來得高。

我和亞里沙用牽制的火魔法吸引黑龍注意，同時以藉由自在盾擋下黑龍所有魔法的方式來爭取時間。

「主人，城堡的方向有東西在閃閃發光。」

「那是雷獸在和領軍交戰。」

畢竟魔力還很充足，我便決定也使用空間魔法「眺望」來確認那邊的情況。

或許是透過都市核的儀式魔法得到強化，奇果利卿彷彿變了個人一樣。他正將城牆和高塔當成立足點在空中奔馳，和雷獸勢均力敵地交戰著。小光說過的失傳魔法「超人強化」，大概就像這樣嗎？

以雷爺和潔娜小姐為首的魔法使們也在對雷獸使用阻礙魔法，或是用魔法障壁阻止其行動來支援奇果利卿。由於在城堡的區域內，或許很難使用高威力的魔法吧。

「雖然很在意，這邊也不能隨便應付啊！」

亞里沙對開始注意到城堡方向的黑龍放出牽制的火魔法。

「應該沒問題了？」

「暫時應該是。」

儘管如此，雷獸依然沒有受到任何夠大的傷害。

「有什麼值得不安的嗎？是因為被魔族附身？可是，他們之前打跑了三隻雷獸吧？」

「這裡的雷獸實力強悍得多喔。」

或許是被魔族附身的緣故，這隻雷獸的等級高達四十二，體型也比那些雷獸大上兩圈，很有可能是牠們的父母。

「要讓莉薩小姐她們去幫忙嗎？」

「說得也是呢——」

我確認地圖。

幸好，莉薩她們就快要掃蕩完所有小惡魔了。

當我打開魔法欄，準備用「遠話」請莉薩去幫忙潔娜小姐她們時，奇果利卿為了保護從軍神官，被雷獸的大招擊中倒了下來。

雖然雷爺趁著雷獸停下動作時用沒見過的單體攻擊型雷魔法對其造成了沉重的傷害，自己也遭到反擊，跟在附近的孫子一起被打飛出去的樣子。

潔娜小姐一邊用風魔法牽制雷獸，一邊朝雷爺跑了過去。

這下情況有點不妙。

「莉薩，那邊就交給其他孩子，請妳趕往城裡。」

『了解！』

莉薩沒有詢問理由就同意了。

從地圖上來看，在附近的娜娜似乎也一起趕了過去。

「主人，這邊似乎也失去耐心了。」

「開始遷怒了嗎？」

或許是我擋下太多攻擊，黑龍開始在抗龍塔施放攻擊魔法。

目前暫時往抗龍塔使出廣範圍的攻擊，因此塔上自備的據點防禦用障壁似乎承受得住。

『赫伊隆！看這裡！』

我用帶著挑釁技能的龍語嘗試大喊。

攻擊再度集中在我們這邊，不過很快就分散到其他地方。

每當這時候，我就會再次加以挑釁，踏實地重新吸引牠的注意力。

「那個不是莉薩小姐她們嗎？」

「看來趕上了呢。」

似乎是聖留伯爵操作的，在莉薩她們抵達城門的瞬間，障壁開了個洞讓她們通過。

「是不搭調嗎……」

雷獸似乎憑藉野獸的直覺判斷莉薩是個威脅，不再像面對奇果利卿那時飛得很低。

莉薩曾一度利用二段跳的娜娜當作跳臺飛向更高的位置成功接近，但是被能以如同瞬動般高速在空中穿梭的雷獸勉強躲開了。

「要我轉移過去嗎？」

現在雖然正在用魔刃砲進行攻擊，卻只能當作牽制。

「不，露露跟蜜雅也在路上，不必做到那種地步。」

娜娜擋下了雷獸的所有攻擊，因此只是難以進攻，狀況並不危險。

——咦？

潔娜小姐跟莉薩似乎在爭論什麼。

因為感到在意，我也用了「遠耳」魔法。

『潔娜大人，這樣很危險。』

『我知道。等雷獸的注意力轉到我身上時，就請進行計畫。』

『由我來當誘餌吧。』

『我不只是當誘餌而已。我身上還有師父託付給我的雷鳴環。』

潔娜小姐的手腕上有雷爺在礦山都市與雷獸交戰時配戴在身上的祕寶。

『但是——』

『莉薩，請妳相信我。』

『——我明白了。但是，請跟我約好不要勉強自己。』

『好的，我不會亂來。』

雖然潔娜小姐這麼說，臉上卻充滿了只能亂來的決心。

從莉薩的表情來看，她似乎也明白這一點。

『■■……■　飛行！』

詠唱結束後，潔娜小姐用飛行魔法飛上空中。

趁雷獸被潔娜小姐吸引注意力的間隙，莉薩衝到最近的塔上從最上層用空步快速接近。

『——螺旋槍擊！』

雷獸連忙閃避，卻沒能徹底閃過莉薩的一擊，後腳被螺旋槍擊扯了下來。

『……■雷掌。』

潔娜小姐用帶著紫電的手毆打雷獸的背部。

被打個措手不及的雷獸掉到地面。

『盾擊，我這麼告知道。』

在地面上的娜娜痛扁雷獸。

此時潔娜小姐降落在牠的背上。

『吸雷！』

潔娜小姐發動詠唱完畢的魔法。

雷獸逐漸被她配戴在身上的雷鳴環吸走。

『——呃唔唔唔！』

每當雷獸掙扎，雷鳴環就會噴出紫電，傷害潔娜小姐的手腕和手臂。

一隻魔族從雷獸體內飛了出來。

『吾輩咱，察覺危險。迅速逃離。吾輩咱，臨機應變。』

是一隻眼珠子長著雙腳的噁心魔族。

『休想逃走。』

莉薩以瞬動接近，用魔槍將魔族釘在地面上。

魔族長出翅膀拚命想要逃跑，卻被莉薩從妖精背包拿出的紅鋼槍切斷雙翼。

『潔娜小姐，請解決牠！』

看來莉薩將最後一擊讓給了潔娜小姐。

——哦哦？

吸收完雷獸的潔娜小姐看起來就像少年漫畫裡覺醒的主角進入超級模式一樣，散開的頭髮上充滿了靜電，全身像霓虹燈一樣散發光芒。

……那樣子沒問題嗎？

詠唱結束後，潔娜小姐將配戴的雷鳴環手臂高高舉起。

『降雷！』

因為雷鳴環提升威力的降雷將魔族化為焦炭。

真是驚人的威力。看來是因為吸收了雷獸，雷鳴環的威力大幅地提升了。

「——潔娜大人！」

「謝謝妳，莉薩。我沒事。」

莉薩扶著魔力使用過頭而搖搖晃晃的潔娜小姐。

雖說有莉薩跟娜娜的協助，潔娜小姐也變得強到足以打倒魔族了。

我在心裡為潔娜小姐鼓掌，稱讚她的戰果。只要等級再高一點，她或許就能跟夥伴們並肩作戰了。

如果是十分努力的潔娜小姐，不遠的將來肯定就能實現吧。

◆

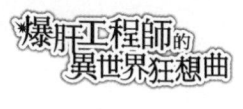

「那麼，剩下這裡了嗎——」

或許是意識到遠距離攻擊無法奏效，黑龍向我們挑起近身戰。

雖說憤怒到抓狂，牠也沒有使用會露出弱點的必殺撕咬攻擊。感覺拜此所賜，自在盾才勉強來得及補充。

不過，牠好像快要不耐煩地使用「能貫穿一切」的龍牙了，因此不能大意。

「主人，來了。」

亞里沙拉著我的袖子。

原以為是黑龍終於衝過來了，原來是尤凱爾帶著大量的羊和山羊回來了。

「馬利安泰魯卿！請將羊跟山羊放進莊園！」

我用擴音技能向尤凱爾下達指示。

他轉達給同行的牧羊人，將羊跟山羊放進莊園。

雖然羊跟山羊中途打算回頭，我請亞里沙用空間魔法限制路線，驅使牠們前進。

——GWLBORBBBOOOUNN！

發現羊和山羊的黑龍眼睛顏色有了改變。

氛圍明顯跟之前不同。

「——哦？」

黑龍在空中突然轉向，很慌張似的快速下降。

伴隨著「轟！」的沉重著地聲，黑龍流著口水大口大口地吃著羊和山羊。

「唔哇，感覺會作惡夢。」

亞里沙摀著嘴巴轉過身。

我能理解她的感受。畢竟莊園被染上了驚悚的血腥色彩嘛。

——RWULOOOUUUNN！

一改之前的模樣，黑龍發出感覺很開心的一聲咆哮。

難道恢復理智了嗎？

『赫伊隆，聽得見嗎？』

『——嗯？這個聲音是庫羅嗎？你在哪裡？快過來，這裡有大餐喔。』

我用風魔法「風之耳語」呼喚黑龍，牠愉快地作出回應。

『知道了，我立刻就過去。』

我停下魔法，走下風車塔和尤凱爾會合。

一邊移動還一邊聯絡莉薩她們，並且再次對黑龍使用「遠話」。

『庫羅會用很稀有的魔法呢。』

『畢竟人族大多不懂龍語嘛。為了不讓人覺得可疑，可以讓他們用魔法跟你對話嗎？』

『無所謂，那只不過是小事。』

黑龍個性隨和真是幫了大忙。

我帶著尤凱爾前往黑龍所在的莊園。

移動途中我將已經把剝下牠逆鱗的魔族處理掉的事告訴黑龍。牠似乎對無法親自報復的事感到不滿，不過在最愛的山羊面前怒氣似乎沒能持續太久，只回了句「知道了」。

「潘德拉剛卿，真的沒問題嗎？」

「沒問題喔。你看，牠不是發出開心的叫聲嗎？」

「是這樣嗎？那不是威嚇的吼聲？」

「不是喔。」

我一邊安撫嚇到腿軟的尤凱爾，一邊來到黑龍面前。

『庫羅，那個人族是誰？』

『他是尤凱爾。這些山羊跟羊就是尤凱爾提供的慰勞品。』

『這樣啊，是個好人呢。』

黑龍轉動頭部，將鼻子轉到尤凱爾的面前。

「潘、潘德拉剛卿。」

「牠在對你帶來山羊表示感謝。」

「真的嗎？」

「是真的喔。」

所以請別抱住我。

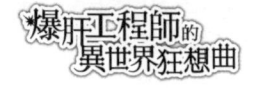

『庫羅，來開宴會吧！那個人族也一起享受吧！』

黑龍就像在唱歌般發出長長的咆哮後，地面凹陷變得像鏡面一樣。

過了一會兒，凹洞中央湧出清水。

透明的清水逐漸染上綠色，變成像哈密瓜汽水一樣清澈的酒。

「湧出了泉水？」

「這是名叫龍泉酒的酒。」

「龍泉酒？是出現在勇者大作故事中的那個傳說中的酒嗎？」

勇者大作……請別在奇怪的地方留下傳說啦。

「這是黑龍特地準備的，一起喝吧。剛湧出來的龍泉酒非常好喝喔。」

我拿出放在儲倉裡的「幻之藍」酒杯舀起龍泉酒，將其中一杯遞給尤凱爾。

「主人，給我喝一口～」

「只能喝一口喔？」

「知道了啦——嗯～果然很好喝。」

要是喝太多又會跟之前一樣，因此我按照約定只讓她喝了一口就拿走酒杯。

「我還想多喝一點——」

「不行。」

「算了，今天就只用間接接吻來滿足吧。」

亞里沙一臉滿足地說。

「——真好喝。」

喝了龍泉酒的尤凱爾十分感動。

畢竟剛湧出來的龍泉酒無論是香氣、透明滑順的口感，還是沁入心扉的酒精醇厚感都存在跟其他酒有明顯區隔的美味。

『庫羅跟人族也吃吧。』

黑龍把烤好的羊放在我們面前。

「這、這個是？」

「牠要我們一起吃。」

聽不懂龍語的尤凱爾似乎被黑龍唐突的舉動嚇了一跳，有些害怕。

因為大半變成焦炭，我迅速將其撥開，處理成烤肉。

『庫羅，沒有美乃滋嗎？』

『有喔。』

這麼說來黑龍好像喜歡美乃滋呢。

我透過萬納背包從儲倉拿出事先做好的壺裝美乃滋交給黑龍。

『就是這個，有了這個就更好吃了！你們也吃吧！』

「要用這個嗎？」

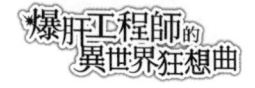

我從黑龍用爪子遞過來的壺裡舀起一勺美乃滋塗在肉上享用。

「味道真奇特呢。」

「儘管跟烤肉沒那麼搭配，沾在炸雞跟蔬菜上很好吃喔。」

我做了一些蔬菜棒遞給尤凱爾。

此時夥伴們趕到，過了一會兒聖留伯爵也在騎士的保護下來到現場。

「潘德拉剛卿……沒問題嗎？」

「是的，如您所見。」

由於從雷達上發現到聖留伯爵正在接近，我拜託黑龍將尤凱爾放在手上，展現出友好的態度。

「是馬利安泰魯卿在控制牠嗎？」

「他似乎說服了牧羊人們跟牧場主人，提供山羊跟羊群平息了黑龍的怒火。」

「居然！這麼說來四十年前黑龍襲擊時，好像也留下了拚命吃山羊的紀錄……」

「馬利安泰魯卿肯定知道那個故事吧。您有個很棒的部下呢。」

為了實現尤凱爾和巫女歐奈的戀情，就把這些全部都當作他的功勞吧。

「……唔嗯。」

聖留伯爵注視著尤凱爾跟黑龍。

空氣十分沉重，使我腦中閃過了作戰失敗的字眼。

「——看來他反應挺快的。」

聖留伯爵重重地嘆了口氣這麼接著說。

看來還需要加一把勁嗎？

『赫伊隆，如果可以，能請你帶著尤凱爾飛上天空嗎？』

『為什麼？』

『他好像夢想能坐在龍身上飛行。』

儘管沒聽他這麼說過，由於曾經在伯爵們的交誼宴會中聽過王祖大和的其中一項偉業是「騎在龍身上飛行」，我試著仿效了這個故事。

『沒問題。雖然不打算讓他騎在背上，在手掌上飛行倒是無所謂。』

黑龍將尤凱爾放在手上飛了起來。

因為事出突然，尤凱爾發出介於尖叫和歡呼之間的叫聲。

「飛起來了？跟黑龍一起？」

聖留伯爵驚訝地叫了出來，周遭的人們也開始議論紛紛。

「騙人的吧？喂？」

「我在作夢嗎？」

「人居然騎在龍身上！」

「那不是被抓住嗎？」

「看清楚了！馬利安泰魯正在笑啊！」

「真好，我也想騎……」

連護衛伯爵的騎士們也跟其他士兵們一樣，目光追逐著黑龍跟尤凱爾的身影。

「馬利安泰魯卿達成了如同王祖大人一樣的偉業？」

伯爵摀著嘴角抬頭看著尤凱爾。

仔細一看，可以從指縫間發現伯爵的嘴角上揚，表情放鬆。看來他已經從驚訝中恢復，對眼前發生的事感到興奮。

「——尤凱爾！」

原以為是潔娜小姐，沒想到出現的是巫女歐奈。

應該留在巴里恩神殿的她不知道什麼時候來到這裡的樣子。

「子爵大人，這是怎麼回事！為什麼尤凱爾會被黑龍抓住呢？」

巫女歐奈驚慌地搖著我的身體。

看來她沒見到尤凱爾主動爬到黑龍手上的場景。

「既然如此，就算必須祈求巴里恩大人降臨，也要把尤凱爾救出來！」

巫女歐奈一副豁出去的表情仰望在空中巡迴的黑龍。

在這種情況下，所謂的降臨應該是指以巫女的生命為代價請神降臨的祈願魔法吧。

「歐奈大人，您不必那麼做喔。」

「不！要救出被黑龍抓住的尤凱爾，沒有別的方法了！」

看來平時冷靜沉著的巫女歐奈也有為了愛慕對象拋棄一切的激情。

「就說冷靜點啦。小尤凱爾是自己騎到黑龍身上的。」

「——自己騎的？」

亞里沙用長棍敲打巫女歐奈的頭吸引她的注意。

仔細一看，那不是棍子，而是烤成法國麵包風格的燉菜用麵包。

「妳看，他不是正在揮手嗎？」

「——啊。」

看來巫女歐奈終於注意到正在朝自己揮手的尤凱爾。

『赫伊隆，不好意思，可以請你再載一個人一起飛嗎？』

『再載一個人？是你的同伴嗎？』

『不是，是你目前載著的尤凱爾的戀人。』

『戀人？啊，一對中的女孩嗎？好吧，就看在你的面子上服務一下。』

交涉成立後，黑龍朝我們的方向猛然降下。

周圍的人們慌忙逃跑，隨侍的神官和神殿騎士連忙想讓巫女歐奈前去避難。

「尤凱爾！」

「歐奈大人？——歐奈大人也請一起來吧！」

察覺到黑龍意圖的尤凱爾在自己所在的黑龍掌上向巫女歐奈招手。

雖然隨侍的神官和神殿騎士試圖阻止，巫女歐奈甩開他們抓住尤凱爾的手，爬到龍的手掌上。

確認這件事之後，黑龍後腳用力一蹬就跳到足夠的高度，在空中展開巨大的翅膀翱翔。

「唔哇，好大的風——」

亞里沙摀著被風吹亂的頭髮仰起頭。

「是熱戀中情侶的遊覽飛行呢。這是主人的主意嗎？」

「這下他們就成為公認的情侶了吧？」

亞里沙露出奸詐的笑容，我也用同樣壞心眼的笑容回應。

「連歐奈大人都……」

「這是怎麼回事？是打算把歐奈大人當成龍的活祭品嗎！」

「不，聽說馬利安泰魯卿平息了龍的怒火。」

「怎麼辦到的？」

「不知道。雖然不知道，從那個樣子看來，牠似乎中意尤凱爾到願意載著歐奈大人一起飛行呢。」

聽見騎士和士兵們的對話，伯爵陷入沉思。

「騎著龍的騎士和巫女嗎……這應該可以當作我等領地的榮耀吧……可是，假如要託付歐奈……」

我的順風耳技能捕捉到伯爵的喃喃自語。

看來盤算與對女兒的愛正在他的內心交戰。

過了一會兒，黑龍繞著聖留市飛幾圈之後回到這裡。

「歐奈大人，手給我。」

「謝謝你，尤凱爾。」

尤凱爾跟巫女歐奈從黑龍的手上回到地面。

以伯爵為首，待在地面上的人們都和黑龍保持一定的距離。

再怎麼說，也不會有人膽大到隨便跑到黑龍身邊。

「如果可以，我也想騎上黑龍試試看……」

「請別那麼做，大人！雖然我也想那麼做，萬一惹怒龍，我們連當肉盾都辦不到！」

騎上龍似乎很浪漫，導致伯爵跟奇果利卿也想那麼做，不過考慮到萬一的情況，似乎還是忍下來了。

『赫伊隆！我跟露露一起準備了山羊料理喔！』

我趁黑龍在遊覽飛行的期間，請領軍的工兵幫忙做了準備。

『哦哦！亮晶晶地，看起來很好吃的烤全羊！』

黑龍垂涎三尺地看著照燒風格的整隻烤山羊。

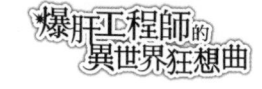

「黑、黑龍大人！這是我們全心歡迎的證據，請收下！」

伯爵對黑龍這麼說，隨即開始了跟黑龍的宴會。

黑龍無視伯爵直接撲向食物，不過伯爵似乎並未特別感到不悅。

倒不如說，他見到黑龍開始享用料理，反而鬆了口氣。

證據就是伯爵對城裡的廚師下令，接連送來豪華的料理款待黑龍和我們。

我也透過萬納背包從儲倉裡拿出陶洛斯的肉提供給他們。

由於透過萬納背包只能拿出依照部位切割好的肉，無法提供對黑龍來說有口感的尺寸。

『雖然很小，卻很好吃呢！庫羅，這是什麼肉？』

『是來自樹海迷宮的陶洛斯。』

『樹海迷宮嗎？下次去狩獵看看吧。』

黑龍眼裡閃動著食慾的光芒說。

『我有很多整隻陶洛斯肉，之後再送去黑龍山脈吧。』

『哦哦！那真是太感謝了！』

畢竟要是黑龍去要塞都市阿卡緹雅玩，蘿蘿跟緹雅小姐會忙死。

「喵嘿嘿～」

「是黑龍的人喲！」

「好久不見了，黑龍大人。」

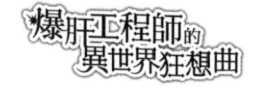

獸娘們拿著肉料理來跟黑龍打招呼。

『嗯，辛苦了。』

黑龍美味地享用獻上的肉料理。

——ＬＹＵＲＹＵ。

不知是受到料理的味道吸引，還是對黑龍的氣息有所反應，幼龍溜溜從波奇的胸口飛了出來。

『是白龍的孩子嗎？為什麼會在這裡？』

黑龍疑惑地詢問。

『我們收留了牠，目前正在尋找牠的白龍父母。』

『這樣啊。牠是個不會照顧孩子的隨便傢伙。』

『你認識牠嗎？』

看來溜溜的父母是不會照顧孩子的類型。

『雖然不認識住在龍之谷裡的傢伙，外面的白龍應該只有那傢伙才對。』

『你知道牠在哪裡嗎？我想把溜溜送過去。』

『你把牠取名叫做溜溜嗎？真是個好名字。』

黑龍用慈愛的目光看著溜溜。

『庫羅就這麼繼續照顧牠吧。如果不方便，換我來照顧也行喔？』

『謝謝你，要是育兒有麻煩會找你商量。比起這個，你知道白龍在哪裡嗎？』

『那傢伙很隨興，會隨著風向跟心情飛越大陸。現在或許在南方大陸跟古龍婆婆打架也說不定。』

很遺憾，黑龍似乎也不知道溜溜的父母在哪裡。

「主人，後面、後面。」

我因為亞里沙這麼說而回頭一看，發現一群抱著大盤肉料理的人們正在排隊。

一問之下，他們似乎打算模仿獸娘們向黑龍獻上肉料理。或許是嚮往強悍，很多人是騎士和士兵。

『這些傢伙是怎麼回事？』

『好像是想將料理獻給你。』

『辛苦了，貢品我就收下了。』

不懂龍語的人們在聽見黑龍的聲音之後嚇得縮起身子。

「黑龍大人似乎願意接受各位的貢品喔。」

我這麼說完，人們戰戰兢兢地彎腰向黑龍獻上料理。

由於最後幾步似乎有些勉強，獸娘們接過料理送到黑龍的嘴邊。

莫名有種像是「黑龍巫女」的感覺。

或許是對黑龍收下貢品的事感到安心，四周設置的席位那如同守靈般的沉重氣氛消失，看來是有了談笑的餘力。

「挺厲害的嘛，尤凱爾！伯爵大人也稱讚你了喔！」

「嗯，馬利安泰魯卿的偉業我看得一清二楚。之後我打算也上奏告訴陛下，你就好好期待吧。」

奇果利卿和聖留伯爵開心地圍著尤凱爾和巫女歐奈。

巫女歐奈對這種被公認的感覺十分滿足，可是尤凱爾似乎因為被伯爵隨意地拍肩而不知該作何反應。

「山菜。」

「主人，蜜雅找到了美味的山菜跟藥草，我這麼報告道。」

由於今天大多是肉料理，蜜雅便摘了點山菜過來。

大概是要我做成料理吧——咦？山菜？

「莊園的山菜？應該不是種在田裡的吧？」

「不是。」

蜜雅一副出乎意料似的搖搖頭。

「好像是因為黑龍的歌長出來的喔。」

我沿著亞里沙說著「你看」，手指的方向一看，只見和波奇及小玉開心玩鬧的黑龍正愉快地哼著歌。

這麼說來，龍的歌聲好像能長出稀有植物的樣子。

「這裡畢竟是聖留伯爵的莊園，藥草就還回去吧。」

「山菜也要？」

「現在吃掉的份應該沒關係吧？」

這麼做黑龍也會比較開心。

「嗯，幫我煮。」

「可以啊。」

「主人，我來幫忙。」

我跟露露一起處理蜜雅遞過來的山菜，並將其加入宴會料理中。

宴會持續到深夜，達成騎著龍飛翔這種「自王祖大人以來的偉業」的尤凱爾大受歡迎。

這股人氣直到黑龍離開後的第二天也依然持續，甚至還出現了領內的貴族千金對他獻殷勤，導致巫女歐奈嫉妒的場面。

在我們完成第三期訓練時，聖留伯爵正式將尤凱爾指名為巫女歐奈的候補未婚夫。

「父親大人，您是說『候補』嗎？」

「馬利安泰魯卿還年輕。假如再累積幾年經驗、不會被這個名聲壓垮，我就讓他正式成為妳的未婚夫。」

面對提出抗議的巫女歐奈，聖留伯爵擺出一副歷經滄桑的大貴族態度這麼說。

「可以吧，馬利安泰魯卿？」

「是！伯爵大人！」

「嗯，累積更多的功績吧。」

聖留伯爵將手放在尤凱爾肩膀上激勵他。

儘管還沒抵達終點，之後只要自己努力應該就能解決，我決定就此收手。

「——尤凱爾。」

「歐奈大人。」

戀人們注視著彼此。

加油吧，年輕人們——開玩笑的啦。

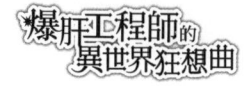

尾聲

「我是佐藤。雖然以前每逢盂蘭盆節時總會去墓地參拜，現在我把工作忙碌當理由，已經不再前往了。雖說算不上彌補，因為法事前往墓地時，我會認真地參拜。」

「三期生的訓練剛剛結束了。」

我為了報告來到伯爵的辦公室。

「這樣契約就結束了呢。」

「嗯，我很滿意你的成果。」

伯爵露出滿意的表情回答。

縱然包含尤凱爾在內學會魔刃的特別訓練生只有四個，即將學會技能、正所謂「只差一點」的成員接近兩倍，他們應該遲早也會學會魔刃技能吧。

「關於約好的獸人奴隸移交，我已經吩咐管家了，之後去接收吧。」

「我明白了。」

我從伯爵手上接過獸人奴隸們的讓渡證明書。

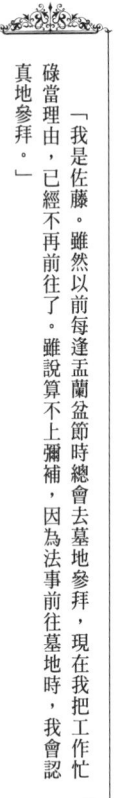

這麼說來，妨礙訓練的偷懶騎士皮卡洛跟老兵巴克塔受到了降級處分，而且據說還因為被迫承接不受歡迎的任務當作處罰而發出慘叫。

順帶一提，作為元凶的笨蛋兒子不但被要求閉門思過，還被開除了公職，現在似乎正在他那嚴格父親擔任太守的礦山都市裡，如同拉馬車的馬一般辛苦地工作。

「你從奇果利那裡聽說畢業生們的活躍表現了嗎？」

「是的，我聽說了。」

闖入訓練後酒會的奇果利卿告訴了我許多事情。

「探索迷宮和資源的回收率比以前增加五成。而且人員只受到了能恢復的輕微傷害。」

伯爵看著窗外這麼說，接著閉上了眼睛。

「人力資源的浪費嗎……看來一切就跟閣下說的一樣呢。」

他露出沉痛的表情停頓了一下，接著轉過頭來說：

「我對於因為見識淺薄，把愚蠢行徑當成最佳選擇的自己感到羞愧。」

伯爵應該是指之前把獸人奴隸們當成肉盾犧牲的事情。

我認為這應該是他的真心話。據奇果利卿所說，伯爵為了追悼被當成肉盾死去的獸人奴隸們，命令文官建立了慰靈碑。

「關於契約中提到的獸人待遇改善一事，我剛剛已經在領地內公告了。雖然要普及到下層可能需要一段時間，我向聖留伯爵家的家名和王祖大人起誓，絕不會讓它流於形式化。」

對於希嘉王國的貴族來說，用家名跟王祖大和的名義立下誓言最值得信賴。這也代表了他對此有多認真。

之後我們約好在王國會議再見，我便離開了他的辦公室。

◆

「「「莉薩！」」」

「亞貝、奇塔、凱米！」

莉薩和脫離奴隸身分的獸人們互相擁抱。

第三期訓練在昨天結束，伯爵將除了重犯罪奴隸之外的兩千九百六十七名獸人奴隸移交給我們。

雖然莉薩的熟人都被解放了，除此之外的獸人奴隸們在聖留伯爵的要求下，要在穆諾伯爵領當幾年的農奴才會脫離奴隸身分。

據說要是在聖留市解放他們，他們就不會願意在穆諾伯爵領從事農業或狩獵工作，而是會在聖留伯爵領淪落成盜賊造成麻煩。

「是下午搭乘飛空艇嗎？」

「不，預計是在明天早上。」

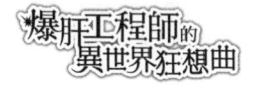

熊人亞貝向莉薩確認。

兩艘飛空艇都是剛剛才抵達。

儘管透過妮娜小姐安排了飛空艇，我預料從第二期開始人數會不堪負荷，因此拜託小光將從王都前往穆諾伯爵領運送移民的大型飛空艇調配過來。

即使如此，一趟還是不夠載運所有人，所以增加的大型飛空艇還需要來回一趟。

「沒想到我跟這孩子居然有機會搭乘飛空艇。」

抱著幼兒的豹頭人奇塔感慨地說。

「如果明天才要搭飛空艇，在那之前我想去一個地方，可以嗎？」

身後跟著犬人和貓人孩子們的長毛鼠人凱米對莉薩說。

「主人，可以嗎？」

「是無所謂，不過你想去哪裡？」

如果是去找之前的主人復仇之類的事，就必須制止才行。

要是解放獸人奴隸的計畫泡湯就麻煩了。

「我想去祭拜尤娜婆婆的墓。」

凱米生硬地說。

「那麼我們一起去摘點花吧。」

我用地圖搜索找出開花的地點，帶著他們去摘花並一起前去尤娜婆婆的墓前參拜。

「這裡～？」

「波奇知道喲！這裡是之前尤娜家在的地方喲！」

尤娜婆婆的墳墓位於類似廢棄屋的尤娜宅邸空地內。

「隨便進去沒關係嗎？」

「沒問題。我已經請娜蒂小姐擔任仲介，買下了這裡的所有權。」

趁訓練的空檔時間辦好了手續。

「不愧是主人，做事真是周到。」

「要是重訪的時候，回憶的地方消失了會很討厭吧？」

幸運的是，我有多到不知道該怎麼用的錢。

在長毛鼠人的帶路下，我們來到尤娜婆婆墳墓的所在地。

「真是樸素呢。」

這是一座在木頭下面放了一塊跟孩童頭部大小相仿石塊的樸素墳墓。

「要至少刻上名字嗎？」

「不用。尤娜婆婆說過，只要知道埋著誰的人來這裡弔唁就夠了。」

這座墳墓似乎還埋著過去死掉的其他獸人奴隸們的遺骨。

我們將花放上墳墓，用燭臺點亮蠟燭代替香火。因為只有這樣稍嫌寂寞，還倒了一杯據說是尤娜婆婆生前喜歡的濁酒。

「主人，再見了。」

「主人，好寂寞。」

「主人，我很有精神。」

犬人和貓人孩子們用有限的詞彙表達對尤娜婆婆的思念。

「主人，我並不討厭妳喔。」

「主人，我不會忘記受您照顧的日子。」

「噠——」

熊人和豹頭人母子獻上花朵。

「居然比我先走了……」

長毛鼠人忿忿不平地說，將花甩在墳墓上。

「「「凱米！」」」

熊人和孩子們對長毛鼠人發出譴責的聲音。

然而後續的話語在見到她臉上滑落的淚水之後就停了下來。

「為什麼啊，不是說好要活到一百歲嗎？」

長毛鼠人將額頭抵在墳墓上啜泣。

現場對尤娜婆婆的死最難過的人似乎就是她。

「抱歉，讓你們看到我差勁的一面了。」

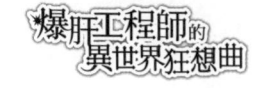

「不，沒那回事。」

長毛鼠人一臉害羞地偏過頭去，莉薩用溫柔的語氣回應。

感受著他們和尤娜婆婆之間羈絆的暖意，我們離開了尤娜宅邸。

「「「主人。」」」

當我走到門口時，娜娜姊妹一起看著我。

「「「我們也想向前主人獻花，我這麼告知道。」」」

娜娜姊妹們說出這種話。

大概是看到悼念尤娜婆婆的獸人們，讓她們想起前任主人「不死之王」賽恩的事了吧。

「可以啊。因為到明天早上為止時間不夠，等第二次去移民時再去吧。」

「「「是的，主人。」」」

畢竟只要今晚趁著夜色使用閃驅，很快就能前往山頂；只要事先設置好轉移點，要去「搖籃」遺跡獻花也很方便。

「怎麼了？」

莉薩正在和犬人和貓人的孩子們說著什麼。

「我想跟娜蒂道謝。」

「店長也是。」

「主人，可以嗎？」

「畢竟沒有急事要辦，沒問題喔。」

應孩子們的要求，我們決定去一趟萬事通屋。

「——莉薩師父！」

聽到呼喚聲回頭一看，有三名士兵站在那邊。

雖然不記得名字，我想其中一人是第二期的畢業生。

「這個人是莉薩師父？」

「初次見面！已經不再進行訓練了嗎？因為沒參加選拔導致沒能接受師父的訓練，實在非常遺憾。」

其中一人很驚訝，另一人則向莉薩提出要求。

因為突然被搭話，莉薩露出困惑的表情。

「喂，離遠一點！抱歉莉薩師父，這些傢伙很纏人。」

畢業生將懇求的士兵從莉薩面前拉開。

「不，沒關係。但是，我無法憑個人意願決定是否進行訓練——」

莉薩用視線向我求救，因此我告訴他們：「假如接到聖留伯爵的委託，我們會考慮。」

「啊——！露露師父！」

「小玉師父跟波奇師父也在！」

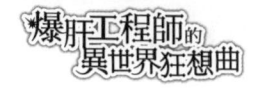

「娜娜大人和蜜雅大人，還有亞里沙也在呢。」

其他畢業生也發現我們並聚集了過來。

身為亞人種的獸娘們和人族的畢業生們毫不避諱地在談笑。

儘管是非常稀鬆平常的光景，在不久之前的聖留市是不可能發生的事情。

這或許只是一小部分的奇蹟也說不定。

但是，這是莉薩和夥伴們帶來的變化，我對她們感到驕傲。

◆

「主人，波奇我們可以去找悠妮嗎喲？」

跟畢業生們道別完來到萬事通屋門前時，波奇有些坐立難安地詢問。

「嗯，可以喔。」

「太好了～」

「耶～的喲！」

波奇和小玉衝向門前旅館去見小悠妮。

我們和獸人們一起走進萬事通屋向娜蒂小姐跟店長表達至今的感謝，並多送了一些聊表心意的謝禮。

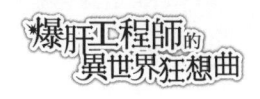

「娜蒂小姐，買房那時受您關照了。」

「哪裡、哪裡。那原本就是以借貸型式交給商業公會處理的空房，能有人買下來也算是幫了我們大忙。」

繼承尤娜婆婆遺產的外甥似乎因為沉迷賭博，淪為了債務奴隸。

現今人族奴隸們似乎被送往礦山都市以代替目前大幅減少的獸人奴隸，因此負債累累的他很有可能也被送了過去。

「尤亞，感謝。」

「娜蒂。」

「但是，感謝。」

「了解。」

蜜雅向店長道謝。

儘管只是猜測，店長可能認為這是娜蒂做的事，所以拒絕道謝。不過蜜雅即使如此依然表示了謝意，而店長接受了她的道謝吧。

他們還是老樣子，是兩個說話詞語簡短過頭，需要翻譯的人呢。

「佐藤先生。」

瑪莎小姐從門前旅館的方向走了過來。

帶著小悠妮過來的波奇跟小玉也在一起。

「聽這些小朋友說，你已經要走了嗎？」

「嗯，因為在這裡的工作已經結束了。」

「咦～要變寂寞了呢～下次來的時候來住一晚吧。我想屆時旅館會變多，人潮也會穩定下來。」

「到時候我一定會來一趟。」

「不要只是來玩，也來留宿嘛。打折——雖然不行，我會替你們準備充滿真心的美味料理跟乾淨床鋪。」

瑪莎小姐說出跟第一次見面時相同的臺詞。

從那稍微有些害羞的笑容來看，她似乎也記得當時的事。

「知道了，到時候我會留宿。」

「約好了喔！」

我和瑪莎小姐勾勾手。

「波奇會住在馬廄裡，幫悠妮的忙喲！」

「稻草床就交給我了～？」

「哈哈哈，小波奇跟小玉都已經是貴族大人了，所以應該可以住正式的房間才對。對吧，瑪莎小姐？」

小悠妮笑著向瑪莎小姐問。

「嗯，那當然嘍。畢竟伯爵大人發布了接下來獸人的旅客將會增加，因此禁止拒絕住宿或入店的通知嘛。對獸人的暴力和歧視發言也被禁止了，客人們都在討論這件事呢。」

聖留伯爵似乎有好好實行跟我簽訂的待遇改善方案。

拒絕住宿跟入店並不包含在契約改善方案的內容中，可是他顯然是為了迷宮都市未來的發展藍圖才加入這些內容的樣子。

「這樣啊。不過我想他們很快就會適應吧。」

「是這樣嗎？不過看著這些孩子跟悠妮，總有種那一天似乎明天就會到來的感覺呢。」

瑪莎小姐笑了笑。

初次見到波奇和小玉時說著「誰會親切對待獸人啊」這種話的她，現在也已經完全接受她們了。

如果歧視也能像這樣減少就好了。

◆

「佐藤先——」

我們回到城裡立刻就遇見了潔娜小姐。

「——生啊啊啊啊啊啊啊啊啊啊啊啊啊啊啊！」

朝我們衝來的潔娜小姐就像受到多普勒效應一樣奔向遠方。

「Speedy～？」

「跟波奇的瞬動一樣快喲。」

「潔娜大人不要緊吧？」

小玉和波奇感到佩服，莉薩則擔心著潔娜小姐。

「不要緊吧，潔娜小姐？」

「不好意思，佐藤先生，我還不太習慣。」

當我將手伸向潔娜小姐時，感覺到了一股靜電。

她的手上依然配戴著雷爺所持有的雷鳴環。

「——呀。」

雷鳴環發光，潔娜小姐變成了在魔族戰時見到的超級模式。

「不好意思，現在我還會不受控制地變成跟雷獸半融合的狀態。」

那個超級模式似乎是跟雷鳴環封印的雷獸半融合的狀態。

潔娜小姐深呼吸開始冥想，不久之後超級模式就解除了。

「妳在這裡啊，潔娜。」

「師父。」

雷爺和其孫子從兵營的陰影處走了出來。

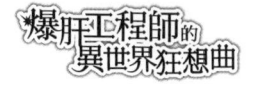

「剛剛發出光芒的人是潔娜嗎？」

「很抱歉，我還不夠成熟——」

「無所謂，只要能夠自由控制封印了雷獸的雷鳴環，妳成為超越老夫的雷魔法使只是時間的問題。」

「但是，我不能一直占用貝克曼男爵家的傳家之寶……」

「沒關係、沒關係。自從封印雷獸之後，雷鳴環就不允許潔娜以外的人觸碰。直到妳退休之前，就這麼用下去吧。」

對於潔娜的道歉，雷爺露出豁達的笑容回應。

「就是這麼回事，佐藤先生。雖然很想帶您參觀之前沒能帶路的貴族街，我目前不能離開城裡。」

「要是現在妳四處走動，一旦發生放電，普通人立刻就會沒命。」

見潔娜小姐一臉抱歉地說，雷爺開口吐槽。

「直到能穩定控制前，就在老夫底下修行吧。」

雷爺這麼說完放聲大笑。

「潘德拉剛子爵！」

從城堡方向叫住我的，是身穿領軍禮服的潔娜小姐的弟弟——尤凱爾。

跟他在一起的巫女歐奈也穿著神殿儀式用的巫女服。

「你好，今天發生了什麼事嗎？」

「是的，今天有選拔派遣隊伍前往迷宮都市賽利維拉的任命儀式。」

尤凱爾和巫女歐奈似乎會去接替已經派遣到迷宮都市的選拔隊。

「潘德拉剛子爵，我也要以祕銀探索者為目標。」

「很危險喔？」

「我明白。要是判斷做不到，我會老實撤退。畢竟賭上的並不只有我一個人的生命。」

尤凱爾這麼說著看向巫女歐奈。

嗯，就算是為了兩人光明的未來，希望他們能以「珍惜生命」為原則努力。

對了——

「我在迷宮都市有很多熟人，待會兒我給你們介紹信吧。」

準備給太守夫人、原綠貴族波布提瑪前伯爵、工會長，以及迷宮方面軍將軍的介紹信就行了吧。

「那真是幫大忙了。尤凱爾，快點道謝。」

「好的，感謝您，潘德拉剛子爵。」

看來尤凱爾似乎已經對巫女歐奈言聽計從了。

◆

獸人們移民到穆諾伯爵領的事情很順利。

由於布萊頓市的代理太守莉娜小姐很有能力，非常順利地接納了獸人們。

畢竟這已經是第二次移民了。

「主人，『搖籃』的遺跡有人在。」

今天我趁著移民事業的空檔，來到搖籃的遺跡向賽恩獻花。

「人像螞蟻一樣，我這麼告知道。」

姊妹的長姊愛汀指著在谷底排成一列運送東西的人這麼說，最小的妹妹維兔便將他們比喻成螞蟻。

「嗯？」

「那是在做什麼呢？」

蜜雅跟露露偏著頭。

「好像是在運送白色的東西。」

「那是鹽喔。」

莉薩補充道。

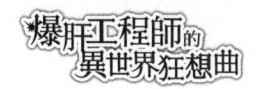

因為搖籃製作者托拉札尤亞內建的自爆裝置被啟動，以山樹為基礎的「托拉札尤亞的搖籃」化為鹽塊崩塌。

在谷底工作的人們應該就是在搬送那些鹽吧。

「那是搖籃的殘骸吧？吃了沒關係嗎？」

亞里沙提出疑問。

「我想應該沒問題。」

由於戰利品自動回收系統的影響，不能說是少量的鹽被收進儲倉裡，可是上面顯示即使正常食用也沒問題。

「我們想要獻花，我這麼告知道。」

「要供奉在哪裡呢？」

是要在那個堆滿搖籃殘骸形成的小山上，還是能俯瞰整座峽谷的這裡呢？

「特麗雅覺得這裡比較好，我這麼提議道。」

「說得也是呢。畢竟收下結婚戒指的夫人和前主人・賽恩，他們的墓地都在富士山脈的中間地帶。」

姊妹的三女特麗雅這麼主張，長女愛汀舉出理由並同意了。

「「「願前主人・賽恩安息，我這麼告知道。」」」

姊妹們在我製作的墳墓前供奉花，並且獻上祈禱。

難得來到這裡，會讓人想跟紅頭盔見個面，不過他似乎離開村子了，只能留到下次了。

於是我們用歸還轉移縮短到山腳的距離，回到了聖留市。

因為波奇和小玉想把在山裡找到的花送給小悠妮，我帶著她們前往門前旅館。

「呀啊啊！」

在進門的瞬間聽見了小悠妮的慘叫。

小玉跟波奇隨即衝了進去。

「悠妮沒事吧～？」

「波奇我們來了，所以可以放心了……喲？」

小玉和波奇拚命的表情變得微妙起來。

兩人眼前是腳放進水桶裡，屁股坐在地上的小悠妮。

原本在她手上的行李包裝散開，內容物泡進了水裡。

「悠妮！——呃，應該先處理行李！」

瑪莎小姐從旅館裡面衝了出來，撿起泡在積水中的行李。

「唉呀～全部溼透了。希望裡面沒有傷到……」

瑪莎小姐拆開包裝確認內容物。

——咦？

我忍不住朝其中一個行李伸出手。

「等、等一下，佐藤先生，不可以隨便亂碰啦。」

瑪莎小姐抗議著，然而現在不是說那個的時候。

「這是什麼？祝福寶珠？」

「——不對。」

雖然外型很像，放在裡面的東西非常危險。

「還給我，佐藤先生，那是寄給賢者大人弟子的包裹。」

瑪莎小姐朝我伸出手，但是我猶豫是否應該老實交給她。

若要說為什麼——

「瑪莎小姐，請派人去城裡。」

「這是什麼危險的東西嗎？」

「嗯，非常危險呢。」

這是「權能寶珠」。

問題在於裡面所擁有的權能。

這個權能是獨特技能「暗焰擁抱」。

是偽王「背德妃」所使用的獨特技能。

搞不好優沃克王國會出現魔王，也是賢者弟子搞的鬼也說不定。

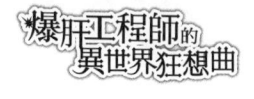

「——主人。」

「嗯，那個事件——」

或許還沒結束。

◆

那個時候，在我不知道的地方——

「這個痕跡無疑來自『抗拒之物』。」

在優沃克王國出現的人影喃喃自語地說。

「儘管如此，幾乎沒有神的痕跡。」

人影——一名青年身穿顏色深到接近發黑的紫色服裝四處張望。

「雖說封印剛解開，實力大幅衰弱到只有本來幾分的程度，那也不是勇者或轉生者應付得來的對手——究竟是誰做到的？」

青年摸著自己的短鬍子思索。

看來他似乎有著在思考時自言自語的習慣。

「魔王的痕跡確實跟預言中的一樣……然而好像有點稀薄呢。」

青年的身影消失，移動到位於王城地下的遺跡。

儘管那裡也有許多士兵，卻沒人注意到青年的存在。

青年來到嵌著九顆寶珠的大門前。

「原因果然是札伊庫恩的封印鬆動了嗎……」

他表情苦澀地瞪著顏色黯淡的黃色寶珠。

「那種無能傢伙也是必要的嗎……真是的，有祂在就只會添亂，沒有祂又會帶來麻煩，真是個愚蠢的厄神。」

青年就像在壓抑怒氣似的閉上眼睛。

「沒辦法，雖然把難得累積的力量拿去復活那種笨蛋讓人不爽，要是不斷讓反覆封印的『抗拒之物』復活，世界的均衡將會崩塌。再這樣下去，說不定外面的傢伙會把復活的傢伙當成路標闖進來。」

那樣一來就麻煩了——青年忿忿不平地說。

「雖然不情願，還是朝讓札伊庫恩復活的方向調整吧。然後就是這裡的瘴氣——」

青年的身影出現在化為廢墟的王城上方。

「以要讓抗拒之物和魔王出現來說，瘴氣濃度很稀薄。這樣應該不需要創造淨化用的迷宮吧。」

青年環顧跟廢墟差不多的優沃克王都。

「光靠聖留市的新迷宮和庫沃克王國的再生迷宮應該就夠了。畢竟有葛羅的反應，經過沙珈帝國的時候再去問他，應該就能知道大略的真相了。」

此時巡邏的士兵經過了喃喃自語的青年面前。

「什麼人！這裡禁止進入——」

當士兵喝斥時，原本在那裡的青年已經消失無蹤。

「這裡的迷宮被破壞了嗎……」

青年的身影來到距離很遠的庫沃克王國。

「根據聖留市迷宮的狀態，或許需要新建——」

「——鈴木前輩？」

「你是誰？」

一名瀏海長及眼睛，長相稚氣的少年抬頭看著青年，驚訝地叫了出來。

「是我，是我啦！——咦，等等？前輩長大了？而且為什麼留了鬍子啊？」

「原來如此，是其他次元的光子嗎……不，不對，只是被捲入的不幸少年嗎？」

「請問～你是鈴木前輩對吧？」

青年冷淡地看著長相稚氣的少年——被佐藤稱為後輩的他。

「雷吉，發生什麼事了？」

「不要緊，只是遇到熟人而已。」

一名表情不安的女性從附近的建築物裡呼喚佐藤後輩。

「原來如此，如果有當地的妻子，就不能把他送回原本的世界了呢。」

青年的表情變得放鬆，隨興地將手放在佐藤後輩的頭上。

「就給你祝福吧。」

青年的手發出紫色的光芒，包覆住佐藤後輩的身體。

當佐藤後輩對光芒感到驚訝時，青年的身影已在不知不覺間消失了。

「雷吉，剛剛那是？」

「誰知道？我也一頭霧水。」

佐藤後輩露出一副莫名其妙的表情，抱住了自己新婚不久的妻子。

他要理解自己身上究竟發生了什麼，是在不遠的將來。

青年的身影出現在聖留市的門前廣場上。

「佐藤先生？」

門前旅館的招牌女孩瑪莎向青年的背影搭話。

「佐藤？這個誤會真讓人不愉快。」

「對不起。」

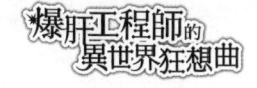

面對認真的斥責，瑪莎反射性地道歉。

「這麼說來有點老呢。」

「瑪莎小姐，妳很失禮喔。」

站在瑪莎身後的侍女悠妮責備她。

「對不起，悠妮。」

「妳搞錯對象了吧？請妳跟那個人道歉。」

挨了悠妮的罵的瑪莎向青年道歉。

「看在小孩子的分上，我就原諒妳吧。」

聽見這句話的時候，門前廣場已經不見青年的身影。

青年來到位於聖留市地下「惡魔迷宮」的深處。

「吾輩偶，歡迎！」

眼珠子上長著手臂和翅膀的下級魔族出現在青年面前。

「魔族嗎？給我消失吧。」

光這麼一句話，下級魔族就化為黑霧消散了。

青年並未為此停頓，而是觸摸附近的牆壁確認什麼。

「迷宮種的固定情況還算可以。如此一來就算不再創建其他迷宮，龍之谷的源泉也不會淤塞。」

說完青年消失，再次出現在其他地方。

這裡是靠近龍之谷，被稱作「戰士堡壘」的廢墟。

「氣息很淡。」

青年注視著龍之谷的方向低語。

「妳還在沉睡嗎——」

縱然語氣平淡，卻充滿了濃厚的敬愛、愛情與執著。

「——我親愛的阿空加古拉。」

後記

您好，我是愛七ひろ。

非常感謝各位購買《爆肝工程師的異世界狂想曲》第二十七集！

能像這樣以逼近三十集的氣勢順利地增加集數，都是多虧了各位讀者的支持。接下來我也會繼續追求比至今更加有趣的故事，還請各位今後也繼續多多支持。

那麼，為了看過後記才決定是否購買的讀者，來講述本集的看點吧。

第二十七集的舞臺重新回到了可說是故事開端的聖留市。

潔娜小姐自不必說，從第二集以來許久未登場的門前旅館招牌女店員瑪莎和小侍女悠妮，以及萬事通屋的娜蒂與店長等人都會登場。甚至到了寫作時由於懷念過頭，忍不住增加他們登場次數的程度。

不認識作品中登場的尤娜婆婆和奴隸們的讀者，如果願意可以參照爆肝ＥＸ集的加筆短篇〈莉薩的老朋友〉。動畫版中登場次數很多的賽達姆市陶器工房老闆也會登場喔～關於這裡提到的陶器「幻之藍」，則請參照爆肝ＥＸ第二集（註：此為日本當地的販售狀況）的加筆短

篇〈幻之藍〉～

在ＷＥＢ版重訪時，雖然佐藤圍繞潔娜小姐的婚事和聖留伯爵展開了激烈的辯論，由於書籍版潔娜的立場有些不一樣，故事流程和ＷＥＢ版大不相同。

但是在書籍版中，佐藤依然為了跟ＷＥＢ版完全不同的理由和聖留伯爵展開了激烈的辯論。這就是所謂的歷史修正力吧（不對）。

當然，不光是聖留市那些令人懷念的角色，莉薩她們的活躍以及爆肝慣例的觀光和美食也依然健在。

此外，尾聲中一個意想不到的角色將會比ＷＥＢ版更早登場。讓後輩在上一集登場也是為了這件事的伏筆。

要是不小心寫太多，將會導致開始劇透，所以看點的話題就到此告一段落吧。

接下來是慣例的謝詞！

對於責任編輯Ｉ和Ａ，我無論怎麼感謝都不夠。不僅是精確的糾正與改稿建議，還能準確地找出作者漏看的矛盾點和沒寫到的地方，兩位實在給了我非常大的幫助。接下來也請兩位繼續鞭策指教。

對於用充滿魅力的插畫為狂想曲世界增添色彩炒熱氣氛的ｓｈｒｉ老師，我也是怎麼感謝都謝不完。這次莉薩伸出手的封面也相當優秀。

接著，我要向以角川ＢＯＯＫＳ編輯部的各位為首，與本書的出版、通路、銷售、宣傳與媒體相關的所有人獻上感謝。

最後要向各位讀者獻上最深的感謝！

非常感謝各位將本作品看到最後！

那麼下一集，讓我們在狂想曲第二十八集〈東方小國篇〉再會吧！

愛七ひろ

國家圖書館出版品預行編目資料

爆肝工程師的異世界狂想曲 / 愛七ひろ作；九十九夜譯. -- 初版. -- 臺北市：臺灣角川股份有限公司, 2024.04-

　冊；　公分. -- (Kadokawa fantastic novels)

譯自：デスマーチからはじまる異世界狂想曲

ISBN 978-626-378-758-2(第27冊：平裝)

861.57　　　　113001891

Kadokawa Fantastic Novels

爆肝工程師的異世界狂想曲 27

（原著名：デスマーチからはじまる異世界狂想曲 27）

2024年4月10日　初版第1刷發行

作　者：愛七ひろ
插　畫：shri
譯　者：九十九夜

發行人：台灣角川股份有限公司
總　監：呂慧君
總編輯：蔡佩芬
主　編：林秀儒
編　輯：彭曉凡
設計指導：陳晞叡
美術設計：李思穎
印　務：李明修（主任）、張加恩（主任）、張凱棋

發行所：台灣角川股份有限公司
地　址：104台北市中山區松江路223號3樓
電　話：（02）2515-3000
傳　真：（02）2515-0033
網　址：www.kadokawa.com.tw
劃撥帳戶：台灣角川股份有限公司
劃撥帳號：19487412
法律顧問：有澤法律事務所
製　版：巨茂科技印刷有限公司
ISBN：978-626-378-758-2

※版權所有，未經許可，不許轉載。
※本書如有破損、裝訂錯誤，請持購買憑證回原購買處或連同憑證寄回出版社更換。

DEATH MARCH KARA HAJIMARU ISEKAI KYOSOKYOKU Vol.27
©Hiro Ainana, shri 2023
First published in Japan in 2023 by KADOKAWA CORPORATION, Tokyo.
Complex Chinese translation rights arranged with KADOKAWA CORPORATION, Tokyo.